folio
junior

D0773914

Cet ouvrage a précédemment été publié en 2003 chez M6 Éditions
dans une autre traduction, sous le titre : *Minuit sonne pour Charlie Bone*.

Titre original : *Midnight for Charlie Bone*
Publié pour la première fois en Grande-Bretagne par Egmont Books Ltd, Londres, 2002
© Jenny Millward, 2002, pour le texte
© Éditions Gallimard Jeunesse, 2008, pour les illustrations
© Éditions Gallimard Jeunesse, 2008, pour la traduction française

Jenny Nimmo

Charlie Bone
et le mystère de minuit
Livre I

Illustrations de Kellie Strøm

Traduit de l'anglais
par Vanessa Rubio

GALLIMARD JEUNESSE

Encore un livre pour Myfanwy, avec tout mon amour.

Prologue

Il y a fort, fort longtemps un nouveau roi arriva dans le Nord. On l'appelait le Roi rouge car il portait une cape écarlate et un bouclier orné d'un soleil flamboyant. On racontait qu'il venait d'Afrique. Ce roi se trouvait être un merveilleux magicien et chacun de ses dix enfants hérita d'une parcelle de ses pouvoirs. Mais, lorsque l'épouse du roi mourut, cinq d'entre eux devinrent d'une extrême méchanceté. Les cinq autres, pour échapper à l'influence néfaste de leur fratrie, furent obligés de prendre la fuite et de quitter le château de leur père pour ne jamais y revenir.

Le cœur brisé, le Roi rouge disparut à son tour au fin fond de l'immense forêt du Nord. Il ne partit pas seul, cependant. Il était accompagné de ses trois fidèles félins, des léopards pour être plus précis – ne les oublions pas !

Les innombrables, les incroyables pouvoirs du Roi rouge furent transmis à sa descendance, de génération en génération. Ils se manifestaient à l'improviste, bouleversant la vie d'enfants qui n'avaient pas la moindre idée d'où leur venaient ces capacités hors du commun. C'est ce qui arriva à Charlie Bone, et à certains des camarades qu'il rencontra derrière les murs gris et sinistres de l'institut Bloor.

Charlie entend des voix

Tout commença un jeudi, en fin de journée, juste après le dîner, lorsque Charlie vit de la fumée. Il était en train de regarder par la fenêtre quand un gros nuage noir s'éleva au-dessus des feuillages d'automne. Le vent le poussait vers le sud et il traversait le ciel, flottant telle une grosse baleine.

Quelque part, à l'autre bout de la ville, un incendie faisait rage. Charlie entendit hurler la sirène du camion de pompiers qui filait sur les lieux. Il ne pouvait se douter qu'il était, d'une manière bien mystérieuse et inattendue, lié à ce sinistre et qu'il allait bientôt se retrouver à l'endroit même où le feu avait pris.

Charlie passa une bonne nuit et se leva le lendemain matin pour aller à l'école. Après les cours, il rentra comme d'habitude en compagnie de son ami Benjamin Brown. Le nuage de fumée s'était dissipé, mais le ciel était sombre et chargé. Un vent furieux faisait tournoyer les feuilles rouges et dorées au milieu de la chaussée.

Benjamin traversa pour se rendre au 12, Filbert Street, tandis que Charlie s'arrêtait devant le numéro 9. La plupart des habitants du numéro 9 accablaient de reproches l'immense marronnier qui se dressait juste devant la maison. Il leur cachait la lumière, il était tout de guingois, grinçant et branlant, il allait bien finir par tomber sur le toit et tous les tuer pendant leur sommeil ! Inutile de préciser qu'aucun des habitants du numéro 9 ne faisait quoi que ce soit pour y remédier. Ils se contentaient de se plaindre les uns aux autres. Vous imaginez un peu la famille ! Ou plutôt les familles...

Alors que Charlie grimpait les marches du perron, le marronnier émit un soupir et lâcha une poignée de glands sur sa tête. Heureusement, ses boucles drues amortirent le choc. C'était l'un des rares avantages des cheveux épais. En général, ils attiraient plutôt les sarcasmes. Charlie était sans arrêt sommé de se donner un coup de peigne, tâche ô combien difficile pour le propriétaire de cette touffe capricieuse comme un buisson de ronces.

– Bonjour, les grand-mères ! lança Charlie en pénétrant dans l'entrée.

Car, en effet, deux grand-mères cohabitaient au numéro 9 : grand-mère Jones, la mère de la maman de Charlie, et grand-mère Bone, la mère de son père.

Si grand-mère Jones était replète, gaie et bavarde,

grand-mère Bone n'ouvrait la bouche que pour se plaindre. Elle ne souriait pratiquement jamais et rien ne parvenait à la dérider. Elle avait de longs cheveux blancs en chignon et ne portait que des robes austères et sombres – du noir, du gris ou du marron (en tout cas, jamais de rose, qui était la couleur préférée de Rosie). Grand-mère Jones adorait qu'on l'appelle Rosie, alors que jamais au grand jamais Charlie n'aurait osé appeler son autre grand-mère par son prénom, Grizelda. Elle tenait toujours à préciser que, avant son mariage, elle avait porté l'illustre nom de Yeldim. Il s'agissait d'une très ancienne famille dont la lignée regorgeait d'artistes et de personnes aux talents plus extraordinaires, tels que l'hypnose, la télépathie ou la sorcellerie.

Charlie savait qu'il avait déçu sa grand-mère car il était tout ce qu'il y a de plus ordinaire. Et pire encore à ses yeux, il était très heureux comme ça.

Lorsqu'il rentrait de l'école, c'était Rosie qui lui collait un bisou mouillé sur la joue et lui fourrait une assiette pleine sous le nez. Aujourd'hui, sa grand-mère arborait une énorme bosse au milieu du front.

– Maudits glands ! confia-t-elle à Charlie.

D'habitude, grand-mère Bone, assise au coin du feu dans son rocking-chair, faisait toujours une remarque désobligeante sur la cuisine de Rosie ou la coiffure de Charlie. Mais, pour une fois, le fauteuil était vide. C'était assez exceptionnel pour être noté.

Plutôt que d'acheter une carte d'anniversaire pour Benjamin, qui fêtait ses dix ans samedi, Charlie avait prévu de la fabriquer lui-même. Il avait choisi une photo où Zaricot, le chien de son ami, souriait – ou plutôt découvrait ses longues canines d'un jaune éclatant. Et il avait demandé à sa mère de faire agrandir l'image chez Rapido Photo en rentrant du bureau. Il voulait écrire « Bon anniversaire, Benjamin ! » dans une bulle qu'il collerait au-dessus du chien.

Mais il n'avait pas prévu qu'un autre événement exceptionnel allait se produire.

À quatre heures cinq, la mère de Charlie poussa la porte d'entrée avec une cagette de pommes trop mûres et de rhubarbe dans les bras.

– Ça fera un excellent crumble, expliqua-t-elle en la laissant lourdement tomber sur la table, tout en embrassant son fils sur le front.

Amy Bone travaillait à temps partiel chez un marchand de fruits et légumes, si bien qu'on n'en manquait jamais au numéro 9.

En s'écartant vite des fruits gâtés, Charlie demanda :

– Tu es passée prendre ma photo, maman ?

Elle fouilla dans son sac et en sortit une grande enveloppe orange qu'elle posa à côté de l'assiette de Charlie.

Il ouvrit l'enveloppe… mais ce qu'il y trouva n'avait rien à voir avec le portrait de Zaricot. Rien du tout, même.

C'est le moment que grand-mère Bone choisit

pour faire son apparition. Elle surgit dans l'encadrement de la porte, remettant nerveusement en place ses cheveux blancs aux reflets d'argent et tirant sur sa longue jupe noire. Elle paraissait à un tournant capital de son existence. Ce qui n'était pas faux, bien qu'à soixante-cinq ans, cela semble un peu tard, je vous l'accorde.

La photo que Charlie avait entre les mains représentait un homme assis sur une chaise, avec un bébé dans les bras. Il avait les cheveux clairsemés et grisonnants, un visage long et mélancolique. Son costume noir était froissé et ses épais verres de lunettes lui donnaient un regard lointain et froid, telle une statue de marbre.

Au lieu de remettre la photo dans l'enveloppe, Charlie la fixa longuement. En fait, il ne pouvait en détacher ses yeux. La tête lui tournait, des bruits étranges résonnaient à ses oreilles, des voix qui sifflaient et crachotaient comme une radio qu'on n'arrive pas à régler sur la bonne fréquence.

– Oh, fit-il. Hein… Quoi ?

Sa propre voix lui parvint étouffée, assourdie par une sorte de brouillard.

– Ça ne va pas, Charlie ? s'inquiéta sa mère.

– Que se passe-t-il ? demanda grand-mère Bone en s'approchant comme un vautour. Tante Eustachia vient de m'appeler. Elle a eu une de ses prémonitions. Alors tu es un vrai Yeldim, tout compte fait ?

Rosie lui lança un regard noir, tandis que Charlie plaquait ses mains sur ses oreilles en secouant la tête. Il fallait que cet affreux bourdonnement s'arrête. Il était obligé de crier pour s'entendre parler :

– Ils se sont trompés au labo photo. Ce n'est pas Zaricot.

– Pas la peine de hurler, Charlie.

Sa mère jeta un coup d'œil par-dessus son épaule.

– Oh, mon Dieu, effectivement, ça n'a rien d'un chien.

– Ouille, ouille, ouille, gémit Charlie.

Mais, soudain, le bourdonnement cessa et les murmures lui parvinrent plus clairement.

D'abord une voix de femme, douce et inconnue :
« Tu es vraiment obligé de faire ça, Ernest ? »

« Sa mère n'est plus là. Je n'ai pas le choix. »

La réponse venait d'un homme, aucun doute possible.

« Bien sûr que si. »

« Tu n'as qu'à t'en occuper, alors », répliqua la voix d'homme.

« Tu sais bien que je ne peux pas. »

Charlie leva les yeux vers sa mère.

– Qui a dit ça ?

Elle parut surprise.

– Qui a dit quoi, Charlie ?

– Il y a un homme dans la pièce ?

– Seulement toi, Charlie, pouffa Rosie.

Il sentit alors des doigts se refermer sur son épaule

14

telles des serres de rapace. Grand-mère Bone se pencha vers lui.

— Dis-moi ce que tu entends.

— Des voix, expliqua Charlie. Je sais que ça a l'air idiot mais j'ai l'impression qu'elles viennent de la photo.

Elle hocha la tête.

— Et que racontent-elles ?

— Bon sang de bonsoir, Grizelda ! Arrêtez avec ces bêtises ! protesta Rosie.

Grand-mère Bone la toisa d'un regard plein de mépris.

— Ce ne sont pas des bêtises.

Charlie remarqua alors que sa mère ne disait plus rien. Elle tira une chaise et s'assit, toute pâle, l'air bouleversé.

Rosie alla s'affairer aux fourneaux, marmonnant dans un vacarme de poêles et de casseroles :

— Il ne faut pas l'encourager. C'est n'importe quoi. Ça ne prend pas avec moi…

— Chut ! souffla Charlie.

Il entendait le bébé pleurer.

La femme reprit la parole :

« Tu lui as fait peur. Regarde l'appareil, Ernest. Et essaie de sourire un peu. Tu as une tête d'enterrement. »

« Tu t'attendais à quoi, hein ? »

Un obturateur cliqueta.

« Voilà. J'en prends une autre ? »

15

« Comme tu veux. »

« Tu me remercieras, un jour, affirma la femme derrière l'objectif. Si tu vas vraiment au bout de ton idée, cette photo sera ton seul souvenir d'elle. »

« Hum. »

Charlie remarqua un chat qui pointait son museau derrière la chaise de l'homme. Son poil était d'une couleur incroyable, orange cuivré, comme une flamme.

Il entendit la voix de sa mère dans le lointain :

– Tu veux que je leur rapporte la photo, mon chéri ?

– Non, murmura-t-il, pas tout de suite.

Mais la photo semblait n'avoir plus rien à dire. Le bébé pleurnicha un moment, puis se tut. L'homme sinistre fixait l'appareil sans un mot et le chat… Oh, mais il ronronnait, non ? Rosie faisait un tel boucan avec ses casseroles qu'il avait du mal à entendre.

– Silence ! ordonna grand-mère Bone. Vous gênez Charlie.

– Sornettes ! grommela Rosie. Je ne comprends pas comment tu peux rester assise là pendant que ta folle de belle-mère divague. Pauvre Charlie. C'est un garçon tout ce qu'il y a de plus normal. Il n'a rien en commun avec ces maboules de Yeldim.

– Il est de leur sang, répondit calmement la mère de Charlie. Tu ne peux pas le nier.

Rosie n'avait effectivement rien à répondre à cela. Elle serra les lèvres d'un air réprobateur.

Charlie était abasourdi. Ce matin encore, il était

un garçon parfaitement ordinaire. Il n'avait pas reçu de coup de baguette magique, il ne s'était pas cogné la tête. Il n'avait pas mis les doigts dans une prise électrique, il n'était pas tombé d'un bus en marche. Et, pour autant qu'il sache, il n'avait pas croqué dans une pomme empoisonnée. Pourtant, voilà qu'il entendait des voix s'élever d'une photographie.

Pour rassurer sa mère, il affirma :

— Ce n'était rien. J'ai dû avoir une hallucination, c'est tout.

Grand-mère Bone se pencha encore plus près pour lui susurrer à l'oreille :

— Ressors la photo ce soir. Ça marche mieux la nuit.

— La nuit, il dort, je vous le rappelle, intervint Rosie qui avait l'ouïe fine. C'est vraiment n'importe quoi !

— C'est ce qu'on va voir ! rétorqua grand-mère Bone.

Sur ce, elle tourna les talons et quitta la pièce, laissant flotter derrière elle une odeur de menthe et de naphtaline.

— Je n'ai rien entendu du tout, décréta Charlie une fois qu'elle fut partie.

— Tu es sûr ? s'inquiéta sa mère.

— Sûr et certain. C'était juste pour faire marcher grand-mère Bone.

Il essayait de s'en convaincre tout autant que sa mère.

— Sacré filou ! s'écria gaiement Rosie en donnant un grand coup de tranchoir dans un gigot.

La mère de Charlie, soulagée, se plongea dans le journal du soir, tandis que son fils rangeait la photographie dans son enveloppe. Il était épuisé. Il aurait bien regardé un peu la télévision pour se détendre, mais il n'en eut pas le temps, car la sonnette retentit. La voix de grand-mère Bone résonna :

— Benjamin Brown, c'est ça ? Charlie est dans la cuisine. Mais laisse donc ce sac à puces d'Haribo dehors.

— C'est Zaricot, corrigea Benjamin. Et je ne peux pas le laisser dehors, il fait un temps épouvantable.

— Justement, c'est ce qu'on appelle un temps de chien, répliqua grand-mère Bone.

Benjamin entra dans la cuisine, suivi de près par Zaricot. C'était un garçon de petite taille, pâlichon, avec les cheveux couleur de foin mouillé. Quant à Zaricot, c'était un grand chien avec un long museau et le poil de la même couleur de foin mouillé. À l'école, Benjamin était la tête de Turc des autres élèves. On lui volait ses affaires, on lui faisait des croche-pattes, on se moquait de lui. Charlie essayait de l'aider, mais il n'y avait rien à faire. Parfois même, il se disait que Benjamin ne se rendait pas compte qu'il était une victime-née. Il vivait dans son petit monde.

Zaricot, alléché par le fumet du gigot, se rua sur Rosie et se mit à lui lécher les chevilles.

— Bas les pattes ! cria-t-elle en lui donnant un coup de torchon sur le museau.

– Tu viens à mon anniversaire, hein ? demanda Benjamin.

– Évidemment, répondit Charlie avec une pensée coupable pour sa carte ratée.

– Tant mieux, parce que je vais avoir un super jeu, et il faut être deux pour y jouer.

Charlie comprit alors qu'ils ne seraient que deux et se sentit encore plus coupable. Zaricot se mit à couiner comme s'il avait deviné qu'il n'allait pas figurer sur la carte d'anniversaire de son maître.

– Je viens, ne t'en fais pas ! assura-t-il d'un ton guilleret.

Il n'avait toujours pas acheté de cadeau. Il fallait qu'il fonce dans les boutiques avant de commencer sa quête. Hein ? Mais de quelle quête parlait-il ? On aurait dit que quelqu'un ou quelque chose piratait ses pensées.

– Tu veux venir promener Zaricot avec moi ? proposa Benjamin, plein d'espoir.

– D'accord.

Rosie cria quelque chose à propos du dîner alors qu'ils quittaient la maison, mais le vent leur sifflait aux oreilles et un grondement de tonnerre couvrit ses mots. Zaricot jappa en recevant un gland sur le bout de la truffe, ce qui tira enfin un sourire à Benjamin.

Les deux garçons et le chien affrontèrent le vent. Les feuilles mortes les giflaient et se collaient aux vêtements ou au poil. Charlie se sentait mieux, ragaillardi par l'air frais. Finalement, toute cette histoire n'était peut-être que le fruit de son imagination. Il n'avait pas entendu de voix du tout, ce n'était que des bêtises qu'il avait inventées et grand-mère Bone l'y avait encouragé juste pour embêter Rosie et contrarier sa mère.

– Ouais ! s'exclama-t-il gaiement. C'est du vent tout ça !

– Et des feuilles, compléta Benjamin, pensant qu'il faisait référence au mauvais temps.

– Et des feuilles ! répéta Charlie.

Voyant un journal emporté dans sa direction, il essaya de le coincer sous son pied. Mais le papier, soulevé par une bourrasque soudaine, s'enroula autour de sa taille. Lorsqu'il s'en saisit, une photo en première page attira son regard.

Un jeune homme brun, à l'air mauvais, était assis sur le perron d'un bâtiment de pierre grise. Il avait un long visage malingre et une fine moustache ombrait sa lèvre supérieure. Il portait la raie au milieu avec les cheveux en queue-de-cheval basse.

– Qu'est-ce que c'est que ça ? demanda Benjamin.

– Bah, un garçon, répondit Charlie, avec le pressentiment que ce n'était pourtant pas un garçon comme les autres.

Son ami se pencha par-dessus son épaule pour lire :

– *Manfred Bloor, âgé de dix-sept ans, rescapé de l'incendie qui s'est déclenché à l'institut Bloor hier. Il s'estime, selon ses propres dires, « heureux d'être encore en vie ».*

– Non, c'est faux, répliqua aussitôt Charlie.

Benjamin fronça les sourcils.

– Comment ça ?

– Il n'a jamais dit ça, murmura son ami.

Et sans prévenir, il s'assit par terre, adossé à un mur. Il tenait le journal à bout de bras, effaré par les mots qui s'échappaient de la photographie.

« Quelqu'un va payer pour ça. »

– Qu'est-ce que tu… ? commença Benjamin.

– Tais-toi, Benji. J'écoute.

– Tu écoutes quoi ?

Tandis que Charlie fixait Manfred Bloor, des cris retentirent et une voix de femme s'éleva par-dessus les autres :

« Tu accuses quelqu'un en particulier, Manfred ? »

« Oui, et pas qu'un peu », répondit une voix rauque.

« Qu'est-ce qui te fait penser que ce n'était pas un accident ? »

La voix rauque reprit :

« Je ne suis pas un imbécile, c'est tout. »

Un homme intervint :

« Les pompiers ont conclu qu'une bougie renversée était sans doute à l'origine de l'incendie. Tu ne crois pas à cette explication ? »

« ÇA SUFFIT ! »

Cette nouvelle voix était tellement grave et glaçante que Charlie en lâcha le journal.

– Qu'est-ce qui se passe ? s'inquiéta Benjamin.

Son ami poussa un profond soupir.

– J'entends des voix.

– Ah…

Benjamin s'assit à côté de lui et Zaricot prit place à côté de son maître.

– Quel genre de voix ?

Benji n'était pas du genre à répliquer : « N'importe quoi ! » Il prenait tout très au sérieux, ce qui n'était pas toujours une mauvaise chose.

Charlie lui parla de la photo de Zaricot qui avait été intervertie avec celle de l'homme et du bébé.

– Je voulais te faire une surprise pour ton anniversaire, mais c'est raté. Désolé.

– Ce n'est pas grave. Vas-y, continue.

Charlie lui expliqua qu'il avait surpris une conversation en regardant l'homme avec le bébé dans les bras. Il avait même entendu le bébé pleurer et peut-être un chat ronronner.

– Bizarre…, souffla Benjamin.

– J'ai essayé de me persuader que j'avais rêvé, mais ça s'est reproduit avec le journal. J'ai entendu les reporters interviewer le gars de la première page. Et lui aussi, je l'ai entendu. Il a l'air méchant et sournois. Puis quelqu'un s'est écrié : « Ça suffit ! » Jamais de ma vie je n'avais entendu une voix aussi terrifiante.

Benjamin frissonna et Zaricot poussa un petit jappement compatissant.

Les deux amis restèrent assis côte à côte sur le trottoir mouillé, sans savoir quoi faire. Le vent charriait des feuilles mortes et le tonnerre grondait dans le lointain.

Il se mit à pleuvoir. Zaricot couina en grattant la cuisse de son maître. Il détestait être mouillé. Soudain, annoncé par un coup de tonnerre particulièrement fracassant, un homme surgit juste devant eux. Il était vêtu d'un imperméable sombre et ses cheveux trempés étaient plaqués contre son front en grosses mèches noires.

— Il pleut, au cas où vous ne l'auriez pas remarqué, déclara-t-il.

Charlie leva les yeux.

— Oncle Vassili ! s'exclama-t-il, surpris.

Vassili était le frère de Grizelda Bone. Il avait vingt ans de moins et ne s'entendait absolument pas avec elle. Vassili menait sa vie de son côté, il mangeait seul et ne sortait jamais la journée.

— On t'attend à la maison, dit-il à son neveu.

Charlie et Benjamin se levèrent et secouèrent leurs jambes engourdies. C'était le troisième événement exceptionnel de la journée. Oncle Vassili s'était aventuré dehors alors que la nuit n'était pas encore tombée.

Charlie se demanda ce qui avait bien pu susciter un changement d'habitudes aussi radical.

Les tantes Yeldim

Oncle Vassili n'était pas facile à suivre. Il fendait le vent et la pluie comme s'il avait aux pieds des bottes de sept lieues.

– C'est la première fois que je vois ton oncle dehors dans la journée, haleta Benjamin. Il est un peu bizarre, non ?

– Un peu, reconnut Charlie qui était assez impressionné par cet oncle farfelu.

Il accéléra le pas en s'apercevant que celui-ci était déjà arrivé devant le numéro 9.

Benjamin trottinait derrière lui.

– J'ai l'impression qu'il se trame quelque chose chez toi, remarqua-t-il. J'espère que ça ne t'empêchera pas de venir à mon anniversaire.

– Ne t'inquiète pas, rien ne pourrait m'en empêcher, le rassura Charlie en arrivant au niveau de son oncle.

— Pas de chien à l'intérieur, décréta Vassili en voyant Benjamin et Zaricot les rejoindre.

— Allez, s'il vous plaît, supplia Benjamin.

— Pas aujourd'hui. On a des affaires à régler en famille, expliqua sèchement Vassili. Rentre chez toi.

— Bon, ben… salut, Charlie, soupira-t-il.

Et il s'éloigna en traînant les pieds, son chien sur les talons, la tête basse et la queue entre les jambes – avec ce qu'on appelle, si vous me passez l'expression, un air de chien battu !

Oncle Vassili poussa son neveu dans la cuisine avant de filer à l'étage.

Charlie trouva sa mère et ses deux grand-mères assises à la table de la cuisine. Rosie paraissait extrêmement contrariée. À l'inverse, un sourire mystérieux se dessinait sur les lèvres pincées de grand-mère Bone. Amy, quant à elle, touillait mécaniquement son café. Charlie ne comprenait pas pourquoi : sa mère ne prenait jamais de sucre.

— Assieds-toi, Charlie, ordonna grand-mère Bone, comme si elle lui réservait une surprise extraordinaire.

— Ne te laisse pas embêter par les Yeldim ! chuchota Rosie en tapotant la main de son petit-fils.

— Qu'est-ce qui se passe ? s'enquit-il.

— Les tantes Yeldim vont nous rendre visite, lui apprit sa mère.

— Mais… pourquoi ?

Les tantes Yeldim étaient les trois sœurs de grand-mère Bone – trois vieilles filles. Charlie ne les voyait qu'à Noël, mais il avait la nette impression de les avoir profondément déçues jusqu'ici. Elles lui offraient toujours d'étranges cadeaux : boîtes de peinture, instruments de musique, masque, cape… et même un coffret de petit chimiste. Charlie n'y avait jamais porté qu'un intérêt très limité. Lui, ce qu'il aimait, c'était le foot et la télé, point final.

Grand-mère Bone se pencha vers lui, les yeux pétillants.

– Mes sœurs viennent pour évaluer tes capacités, Charlie. Et si l'on découvre que tu es doué, c'est-à-dire que tu as, comme il me semble, un don naturel, elles s'engageront à payer ta scolarité à l'institut Bloor.

– Moi ? À Bloor ? répéta Charlie, perplexe. Mais c'est pour les génies !

– Ne t'en fais pas, mon chéri. Tu n'as pas de don, affirma Rosie.

Elle se leva en marmonnant :

– Bien sûr, vous comptez sur cette bonne vieille Rosie pour préparer la visite des trois chouettes ! Ah, je me demande ce que je fais encore ici.

Il y aurait un grand repas de famille pour le dîner, expliqua Amy à son fils. On allait sortir l'argenterie, les verres en cristal et la vaisselle en porcelaine et dresser la table dans la salle à manger – pièce que l'on utilisait uniquement lors des visites des tantes Yeldim. Rosie s'empressait déjà de décongeler poulet, poisson et que sais-je encore.

Charlie aurait pu s'inquiéter s'il n'avait été intimement persuadé de ne pas réussir l'examen que ses grand-tantes allaient lui faire subir. Il avait accumulé des échecs cuisants : il avait complètement raté le tableau qu'il voulait leur peindre ; malgré toute sa bonne volonté, il n'avait jamais réussi à apprendre à jouer du violon, de la flûte, de la harpe ou du piano ; et il avait beau enfiler tour à tour tous les déguisements qu'elles lui offraient – animal, clown, pirate, cow-boy, astronaute… –, il demeurait invariablement Charlie Bone. Il fallait bien se rendre à l'évidence : il n'était vraiment doué pour rien !

C'est pour cette raison que, en attendant l'arrivée de ses grand-tantes, Charlie n'était pas aussi angoissé qu'on aurait pu l'imaginer.

En revanche, Benjamin, lui, était affreusement préoccupé. Charlie était son seul et unique ami. Tout ce qui lui arrivait avait, indirectement, des conséquences sur son existence à lui. Et il sentait qu'une terrible menace pesait sur son ami.

De sa chambre, Benjamin regardait la maison de Charlie. À la nuit tombée, les lampadaires s'allumèrent. Derrière le gros marronnier, toutes les fenêtres s'éclairèrent du rez-de-chaussée au grenier. Que se passait-il donc ?

Le vent soufflait toujours plus fort. Le tonnerre retentissait au moment même où les éclairs fendaient le ciel : cela voulait dire que la tempête était arrivée au-dessus d'eux. Benjamin serra Zaricot tout contre lui, le gros chien enfouit son museau sous son bras.

Dans la rue déserte, le garçon distinguait juste trois silhouettes sombres qui avançaient au même rythme : une rangée de parapluies noirs ne laissant apparaître que l'ourlet de trois manteaux et trois paires de bottes – quatre noires et deux rouges. Malgré le vent, elles marchaient d'un pas dansant sous leurs grands parapluies. Elles s'arrêtèrent au niveau du marronnier, comme Benjamin le craignait, et montèrent les marches du perron.

Pour la première fois de sa vie, Benjamin était bien content de ne pas être à la place de Charlie Bone.

Au numéro 9, la table était mise et des bûches humides se consumaient dans l'âtre. Lorsqu'on sonna à la porte, on envoya Charlie ouvrir. Les trois grand-tantes s'engouffrèrent dans la maison, tapant des pieds sur le sol carrelé tout en secouant leurs parapluies trempés. Elles se débarrassèrent prestement de leurs pardessus, qui atterrirent sur Charlie, changé pour l'occasion en portemanteau.

– Pends-les sur un cintre, gamin, ordonna tante Lucrecia au pauvre garçon qui disparaissait sous les vêtements trempés. Prends-en soin, c'est de la moleskine, pas de vulgaires haillons.

– Ne sois pas si autoritaire, Lucrecia, intervint tante Eustachia. Charlie a un secret à nous confier, n'est-ce pas, mon chou ?

– Hum…, marmonna-t-il.

— Ne fais pas ton timide.

Tante Venicia, la plus jeune, s'approcha de lui en ondulant des hanches.

— On veut *tout* savoir !

— Entrez, entrez, mesdemoiselles Yeldim ! leur cria grand-mère Bone de la salle à manger.

Les trois sœurs franchirent la porte d'un pas décidé : l'aînée, Lucrecia, en tête, et Venicia, la benjamine, fermant la marche. Elles s'emparèrent du verre de sherry que grand-mère Bone leur tendait, puis se regroupèrent autour du feu déclinant pour secouer leurs jupes dégoulinantes et recoiffer leurs cheveux épais. Ceux de Lucrecia étaient blancs comme neige, ceux d'Eustachia gris acier, tandis que ceux de Venicia, encore bien noirs, encadraient son visage comme deux ailes de corbeau.

Charlie en profita pour regagner la cuisine où sa grand-mère et sa mère s'affairaient aux fourneaux.

— Emporte donc la soupe, veux-tu, Charlie, lui demanda cette dernière.

Le jeune garçon n'avait aucune envie de se retrouver seul avec ses grand-tantes mais sa mère, en nage, avait l'air tellement épuisée qu'il obéit.

La soupière était très lourde. Charlie sentait les yeux brillants des Yeldim fixés sur lui, suivant ses moindres mouvements. Il déposa maladroitement la soupière sur le dessous-de-plat et fila chercher les bols, sans laisser à grand-mère Bone le temps de se plaindre des quelques gouttes de soupe qui avaient débordé.

Lorsque tout fut prêt, elle fit tinter la cloche – ce que Charlie trouva assez ridicule : tout le monde voyait bien que le repas était servi.

– À quoi ça sert de sonner comme ça ? demanda-t-il.

– C'est la tradition, répliqua sa grand-mère. De plus, ton oncle Vassili n'a aucun odorat.

– Mais il ne mange jamais avec nous.

– Ce soir, il va partager notre repas, répliqua-t-elle avec emphase.

– Une fois n'est pas coutume, commenta Rosie.

Mais son sourire se figea lorsqu'elle vit le regard noir que lui lançaient les quatre sœurs.

Oncle Vassili les rejoignit, visiblement à contre-cœur, et le dîner put commencer. Rosie avait fait de son mieux, sachant qu'il n'est pas évident de préparer un festin en dix minutes. La soupe était trop salée, le poulet trop sec et le gâteau aussi plat qu'un pneu crevé. Personne ne s'en plaignit, cependant. Ils mangèrent vite et de bon appétit.

Amy et Rosie débarrassèrent la table avec l'aide de Charlie et de Vassili. Puis vint l'heure du fameux examen. Il apprit alors que sa mère n'avait pas le droit d'y assister.

– Je n'y vais pas sans toi ! Pas question !

– Tu n'as pas le choix, Charlie. Les Yeldim tiennent les cordons de la bourse. Je n'ai pas un sou.

– Je ne comprends pas pourquoi tu tiens à ce que Charlie aille dans ce collège de fous, soupira Rosie.

– En mémoire de son père, expliqua Amy.

Rosie émit un petit claquement de langue réprobateur mais n'ajouta rien.

Le père de Charlie était mort, qu'est-ce que ça pouvait bien lui faire ? Sa mère ne voulait rien lui dire. Elle se contenta de le pousser dans la salle à manger.

– Si maman n'est pas là, je refuse, annonça Charlie.

– Ouh là, là, là ! Le petit garçon à sa maman, se moqua tante Venicia.

– Arrête de te conduire comme un bébé, Charlie, fit sèchement tante Lucrecia. Il est temps de grandir un peu. Il s'agit d'une affaire de famille. Nous devons régler ça entre Yeldim, un intrus risquerait de nous gêner.

C'est à cet instant qu'oncle Vassili tenta de s'éclipser, mais sa sœur aînée le rappela à l'ordre :

– Vassili, on a besoin de toi. Assume tes responsabilités pour une fois.

Il s'installa donc de mauvaise grâce à la place qu'elle lui montrait.

Charlie dut s'asseoir d'un côté de la table, face aux quatre sœurs. Son oncle, lui, était tout au bout. Le garçon se demandait quelles épreuves il allait subir. Il ne voyait sur la table ni instruments de musique ni masques ni pinceaux. Il attendit en silence tandis que les Yeldim le dévisageaient.

– D'où tient-il ces cheveux ? demanda tante Lucrecia.

– De sa mère, elle est originaire du pays de Galles.

Elles parlaient de lui comme s'il n'était pas là.

– Ah ! soupirèrent les trois grand-tantes d'un air entendu.

Tante Lucrecia fouilla dans une grande besace en cuir. Elle en tira un paquet enveloppé de papier kraft et entouré d'un ruban noir. Lorsqu'elle dénoua celui-ci, le paquet s'ouvrit, révélant une pile de vieilles photos.

Grand-mère Bone la poussa vers Charlie, étalant les clichés sur la table.

– Qu'est-ce que je suis censé en faire ? demanda-t-il, tout en sachant parfaitement ce qu'elles attendaient de lui.

Les grand-tantes lui adressèrent un sourire encourageant.

Charlie croisa les doigts. Pourvu que rien ne se produise… Il n'avait qu'à jeter un coup d'œil rapide à ces images jaunies et à détourner la tête avant qu'elles ne lui parlent. Mais dès le premier regard, il sut que les gens qui posaient sur ces photos étaient extrêmement bruyants. Ils jouaient du violoncelle, du piano ou du violon. Ils dansaient, chantaient, riaient. Le garçon fit la sourde oreille, rendant les clichés à tante Lucrecia. Elle les poussa de nouveau dans sa direction.

– Qu'entends-tu, Charlie ? demanda grand-mère Bone.

– Rien.

– Allez, Charlie, essaie, insista tante Venicia.

– Et arrête de mentir, compléta Eustachia.

– Ou tout ça va finir dans les larmes, menaça Lucrecia.

Charlie était furieux. Il n'était pas question qu'elles le fassent pleurer !

– J'entends rien, répéta-t-il en écartant les photos.

– Je *n*'entends rien, corrigea Lucrecia en les repoussant dans sa direction. Ce petit *n* est important. Tu n'as donc pas appris la grammaire ?

– Il a bien besoin d'aller à l'institut, constata tante Eustachia.

– Regarde, Charlie, il y a un petit chien, reprit tante Venicia d'une voix douce. Juste une minute. Si rien ne se produit, on te laissera tranquille et…

Elle agita ses longs doigts blancs dans les airs.

– … on s'envolera.

– D'accord, accepta-t-il à contrecœur.

Il espérait pouvoir s'en tirer en jetant un bref coup d'œil sans laisser les voix l'atteindre. Mais cela ne fonctionna pas. La musique des violoncelles, pianos et flûtes sopranes, ponctuée de grands éclats de rire, lui sauta au visage, emplissant toute la pièce. Ses grand-tantes lui parlaient, il les voyait remuer leurs lèvres minces, mais leurs mots se perdaient dans l'épouvantable vacarme qui s'échappait des photographies.

Finalement, Charlie rassembla les clichés et retourna la pile face contre la table. Quel soulagement que ce silence soudain ! Ses grand-tantes le fixèrent, savourant leur victoire.

Ce fut tante Venicia qui reprit la parole la première :

— Là, ce n'était pas si terrible que ça, tu vois, Charlie.

Il comprit alors qu'elle lui avait tendu un piège. Il faudrait qu'il se méfie d'elle, à l'avenir. Elle était visiblement encore plus sournoise que ses sœurs.

— Mais qui sont tous ces gens, d'abord ? s'exclamat-il, dépité.

— Tes aïeux, Charlie, répondit tante Lucrecia. Le sang des Yeldim coule dans leurs veines ainsi que dans les tiennes, très cher enfant.

Elle avait radicalement changé d'attitude. Mais elle était encore plus effrayante gentille que méchante.

Grand-mère Bone le congédia.

— Tu peux y aller, Charlie. Il faut qu'on discute de ton avenir.

Charlie ne se fit pas prier. Il se leva d'un bond et se rua vers la porte. Au moment de quitter la pièce, il fut surpris par l'expression de son oncle. Il paraissait triste et mélancolique. Charlie se demanda alors pourquoi il n'avait pas ouvert la bouche de toute la séance. Vassili lui adressa un bref sourire avant de détourner les yeux.

Charlie fila dans la cuisine où sa mère et sa grand-mère attendaient avec impatience le résultat de son examen.

— Je crois que j'ai réussi, annonça-t-il d'un ton sinistre.

— Alors là, ça m'en fiche un coup, soupira Rosie. J'étais persuadée qu'elles allaient faire chou blanc. C'est à cause des voix, c'est ça ?

Il acquiesça, tout dépité.

— Satanés Yeldim, fit sa grand-mère en secouant la tête.

La mère de Charlie, cependant, n'était pas si mécontente que ça.

— Ça va te faire du bien d'aller dans ce collège.

— Non, répliqua Charlie. Je ne veux pas y aller. C'est une prison pour les génies. Je n'ai rien à faire là-bas. Et puis, c'est à l'autre bout de la ville et je ne connais personne. Qu'est-ce qui se passera si je refuse ?

— Si tu refuses… tout ceci risque de disparaître, répondit sa mère avec un geste circulaire en direction des placards de la cuisine.

Charlie n'en revenait pas. Alors ses grand-tantes étaient des sorcières ? Elles pouvaient faire disparaître une maison d'un coup de baguette magique… ou de parapluie, qui sait ?

— Tu veux dire que la maison se volatiliserait ?

— Non, pas au sens propre, mais notre vie changerait radicalement. Rosie et moi, nous n'avons pas un sou. Lorsque ton père, Liam, est mort, nous nous sommes retrouvées à la merci des Yeldim. Ce sont elles qui fournissent tout. Elles ont acheté la maison, elles paient les factures. Je suis désolée, Charlie, mais tu seras obligé d'aller à Bloor si c'est ce qu'elles souhaitent.

Soudain, le garçon se sentit très las.

— D'accord, murmura-t-il. Bon, je vais me coucher.

Il avait complètement oublié l'enveloppe du labo photo mais, en arrivant dans sa chambre, il la trouva sur son oreiller. Sa mère devait l'avoir ramassée sur la table de la cuisine avant qu'elle ne disparaisse sous les piles de vaisselle. Charlie décida de regarder à nouveau l'homme et le bébé. Il rapporterait le cliché chez Rapido Photo demain pour tenter de récupérer Zaricot.

Lorsque sa mère monta lui dire bonsoir, Charlie lui demanda de s'asseoir sur son lit pour lui poser quelques questions. Il voulait en apprendre un peu plus sur sa propre histoire avant de mettre les pieds à Bloor.

— Je voudrais d'abord savoir ce qui est réellement arrivé à mon père. Redis-le-moi encore.

— Je te l'ai déjà raconté tellement de fois, Charlie ! Il y avait du brouillard, il était fatigué. Il est sorti de la route et sa voiture est tombée dans un fossé, cent mètres plus bas.

— Mais pourquoi n'a-t-on pas de photos de lui ? Pas une seule.

Une ombre passa sur le visage de sa mère.

— Il y en avait, mais un jour, pendant que j'étais sortie, elles ont toutes disparu. Même le portrait que j'avais dans mon médaillon.

Charlie n'était pas au courant de ça.

37

— Pourquoi ? s'étonna-t-il.

Sa mère lui révéla enfin la vérité. La famille Yeldim avait été horrifiée en apprenant que Liam était tombé amoureux d'elle, Amy Jones, une fille banale, qui ne possédait aucun talent particulier et encore moins de don extraordinaire.

Ils avaient interdit leur mariage. Des lois immémoriales régissaient leur lignée : les femmes pouvaient se marier librement, mais tous les hommes de sang Yeldim devaient obligatoirement épouser une femme qui possédait un don. Liam avait enfreint les règles et les parents de Charlie avaient dû s'enfuir au Mexique.

— Nous avons passé une lune de miel merveilleuse, soupira sa mère. Mais à notre retour, je sentais bien que Liam se faisait du souci. Il ne pouvait leur échapper. Il regardait constamment par-dessus son épaule, comme s'il était poursuivi par des ombres. Puis, par une nuit de brouillard, alors que tu avais deux ans, il a reçu un coup de téléphone. C'était un ordre, ni plus ni moins. Grand-mère Bone était malade, il devait aller la voir immédiatement. Alors il a pris sa voiture… et il est tombé dans un ravin.

Elle resta les yeux dans le vide un moment, en murmurant :

— Il n'était pas lui-même, ce jour-là. Il y avait quelque chose qui clochait. Un peu comme s'il était envoûté.

Elle essuya une toute petite larme.

– Je pense que grand-mère Bone est incapable d'amour. Pour les Yeldim, la mort de Liam n'était que la clôture d'un épisode malheureux. Cependant, ils s'intéressaient à toi, Charlie. Et s'il s'avérait que tu possédais un don ? Ils étaient obligés de s'occuper de toi jusqu'à ce qu'ils en aient le cœur net. C'est pour cela qu'ils m'ont installée dans cette maison avec Rosie. Puis grand-mère Bone nous a rejointes. Pour nous surveiller. Oncle Vassili est arrivé peu après, parce que... eh bien, j'imagine qu'il n'avait nulle part où aller. Je leur en étais très reconnaissante jusqu'au jour où les photos ont disparu. Ça, je ne pouvais pas l'admettre. Grand-mère Bone a nié y avoir touché, bien entendu.

Les pièces du puzzle se mettaient en place dans l'esprit de Charlie.

– Je sais pourquoi les photos ont disparu, affirma-t-il. Grand-mère Bone ne voulait pas que j'entende ce que mon père avait à me dire.

– Mais Charlie, tu n'avais que deux ans. Elle ne pouvait pas savoir que tu possédais ce don étrange.

– Elle a deviné. Ce doit être un truc de famille.

Son expression on ne peut plus sérieuse fit sourire sa mère. Elle l'embrassa et lui conseilla d'oublier un peu les Yeldim.

– Ne t'inquiète pas non plus pour Bloor. Après tout, ton père y est allé, lui aussi.

– Il possédait un don ?

– Oui, lui répondit sa mère sur le seuil de la

chambre, mais pas du même genre que le tien. Son don à lui, c'était la musique.

Lorsqu'elle fut partie, Charlie ne parvint pas à trouver le sommeil. Les pensées se bousculaient dans sa tête. Comment dormir alors qu'il faisait partie de cette étrange famille ? Il avait envie d'en savoir plus. Beaucoup plus. Mais par où commencer ? Oncle Vassili pourrait peut-être lui fournir quelques éléments de réponse. Il n'avait pas l'air aussi dur que ses sœurs.

La tempête finit par se calmer. La pluie cessa. Le vent retomba alors que minuit sonnait à la cathédrale. Au douzième coup, Charlie fut pris d'une étrange angoisse. Comme si, tout à coup, sa vie ne tenait plus qu'à un fil. Il pensa à Liam, ce père dont il n'avait aucun souvenir.

L'angoisse se dissipa, mais c'était trop tard, il ne parviendrait pas à fermer l'œil, maintenant. Il entendit alors Vassili descendre à la cuisine sur la pointe des pieds pour se préparer un petit encas. Charlie était habitué aux escapades nocturnes de son oncle, dont les allées et venues le réveillaient souvent. En principe, il se retournait dans son lit pour se rendormir aussitôt mais, cette nuit-là, il se leva et s'habilla sans un bruit.

Lorsque son oncle quitta la maison, Charlie le suivit à pas de loup. C'était quelque chose qu'il voulait faire depuis longtemps, sans en avoir jamais eu le courage. Mais aujourd'hui, ce n'était pas pareil. Il se sentait sûr de lui, déterminé. Vassili marchait vite. Alors que le garçon refermait le portail tout doucement derrière lui, il était déjà arrivé au bout de la rue. Rasant les murs, il se mit à courir après lui.

Vassili s'arrêta pour jeter un coup d'œil par-dessus son épaule. Charlie se tapit dans un recoin. La rue que son oncle avait prise était éclairée par de petites lampes en forme de cloche, baignant d'une douce lueur les pavés mouillés. Les arbres étaient plus rapprochés, les murs plus hauts. L'endroit était paisible et mystérieux.

Vassili Yeldim s'était remis en marche, son pas vif et décidé se fit plus calme, plus lent, comme s'il se promenait sans but précis. Bientôt, Charlie, qui avançait d'arbre en arbre (ou plutôt de tronc en tronc), se retrouva à quelques mètres seulement de son oncle.

Un vent glacé lui sifflait aux oreilles et il commençait à se demander si cette traque nocturne allait aboutir à quelque chose. Finalement, son oncle ne s'était changé ni en vampire, ni en loup-garou. Il préférait peut-être vivre la nuit, tout simplement. Charlie allait faire demi-tour pour rentrer à la maison lorsque Vassili s'arrêta brusquement, au pied d'un lampadaire. Son neveu entendit une sorte de bourdonnement. Ou plutôt non, il ne l'entendait pas, il le ressentait, comme si son oncle émettait une étrange musique silencieuse qui vibrait dans les airs.

La lumière du lampadaire devint de plus en plus vive, si vive que Charlie pouvait à peine la regarder, puis il y eut un claquement et l'ampoule vola en éclats, jonchant le trottoir d'éclats de verre.

Charlie étouffa un cri. Se frotta les yeux. Pourquoi l'ampoule avait-elle explosé, juste au moment où son oncle s'arrêtait devant ? Ce n'était peut-être qu'une coïncidence.

Vassili repartit. Il lui emboîta le pas, en se cachant toujours derrière les arbres. En arrivant au niveau du réverbère suivant, son oncle ralentit. À nouveau, la lumière devint plus vive, presque aveuglante mais, cette fois, il s'éloigna avant que le verre ne se brise. Puis, sans se retourner, il demanda abruptement :

– Pourquoi me suis-tu ?

Les trois Flammes

Le garçon se figea. Comment son oncle avait-il pu le remarquer ? Vassili répéta sa question :

– Charlie, pourquoi me suis-tu ?

Tout penaud, il quitta sa cachette.

– Comment m'as-tu repéré ? demanda-t-il dans un murmure.

Vassili se tourna face à lui.

– Je n'ai pas des yeux dans le dos, si c'est ce que tu insinues.

– Non, non, mais comment as-tu fait ?

– Je t'ai aperçu à un tournant, mon garçon. Pour tout avouer, je m'y attendais un peu. Je comprends que tu n'arrives pas à dormir après une soirée pareille !

Il lui adressa un sourire triste.

– C'est donc ça, ton don, oncle Vassili ? Tu fais de la lumière ?

– C'est pathétique, n'est-ce pas ? Et à quoi cela peut bien servir, je te le demande !

Il baissa les yeux vers ses doigts osseux.

– Allez, rentrons à la maison. Ça suffit pour ce soir.

Il prit Charlie par le bras et ils revinrent sur leurs pas.

Le garçon découvrait son oncle sous un nouveau jour. Qui pouvait se vanter de faire exploser une lampe par sa simple présence ? En fait, il ne connaissait personne d'autre capable de cet exploit. La nuit, la ville se parait de lumières. Oncle Vassili aurait pu s'en donner à cœur joie avec toutes les ampoules et les néons qui clignotaient et scintillaient dans le centre.

– Tu as déjà fait ça – ce truc, avec les lampes – dans un endroit où il y a beaucoup d'éclairages… des cinémas, des théâtres, des boîtes de nuit, tout ça ? voulut savoir Charlie.

Il crut d'abord que son oncle refusait de répondre. Il n'aurait peut-être pas dû poser cette question. Mais Vassili finit par murmurer :

– Une fois, il y a longtemps, je l'ai fait pour une fille…

– Waouh ! Elle a dû être sacrément impressionnée !

– Elle s'est enfuie en courant et ne m'a plus jamais adressé la parole.

– Je vois. Mais tu ne crois pas que tu devrais plutôt sortir la journée, alors ? Il y a moins de lumières allumées.

– Quoi ? Tu veux rire ? Toutes les vitrines sont éclairées. Il y a des lampes partout. Et puis, le jour, les gens me verraient. De toute façon, c'est dans ma

44

nature, maintenant. Je n'aime pas la lumière du soleil, je n'aime pas qu'on me voie.

Ils étaient arrivés devant le numéro 9. Charlie fila vite au lit avant que les autres ne se réveillent. Il s'endormit tout de suite et rêva que son oncle faisait exploser les étoiles les unes après les autres, en un véritable feu d'artifice.

Le lendemain matin, il se réveilla avec le cœur lourd. Que ça lui plaise ou non, il allait bientôt partir pour Bloor. Cette simple pensée lui retournait l'estomac. Pour le petit déjeuner, il réussit tout juste à avaler une tranche de pain grillé, et ne toucha pas aux œufs au bacon que Rosie lui avait préparés.

– Ça le tracasse, tout ça. Pas vrai, mon chou ? Maudits Yeldim ! Je ne vois pas pourquoi tu devrais étudier dans leur collège de malheur ! On va aller t'acheter du chocolat en ville. Ça te remontera le moral.

Grand-mère Bone n'était pas dans les parages. Elle prenait toujours son petit déjeuner dans sa chambre. Quant à Vassili, pour autant que Charlie sache, il ne mangeait que le soir.

Il se tourna vers sa mère qui était à des kilomètres de là, perdue dans ses pensées.

– Je vais devoir porter un uniforme ? demanda-t-il.

Sa mère releva la tête en sursaut.

– Une cape bleue, oui. Les musiciens sont en bleu. Un beau bleu saphir.

– Mais je ne sais jouer d'aucun instrument ! protesta Charlie.

– Je sais bien. Il n'y a pas de classe spéciale pour les élèves possédant ton genre de don. Tu seras donc en section musique, comme ton père. Emporte ta flûte à bec, je suis sûre que ça ira.

– Tu crois ?

Charlie n'était pas convaincu. Il n'avait jamais été très brillant en musique et ne touchait jamais à sa flûte par plaisir.

– Quand dois-je aller là-bas ?

– Après les vacances de la Toussaint, répondit sa mère.

– Quoi ? hurla-t-il, horrifié. En plein milieu du trimestre ? Avant Noël ?

– Je suis désolée, Charlie. Les Yeldim pensent que le plus tôt sera le mieux. Ils disent qu'il n'y a pas de temps à perdre, maintenant que tu… maintenant qu'ils en sont sûrs.

– Mon pauvre chaton, murmura Rosie.

Il avait recommencé à pleuvoir. Sa grand-mère enfila donc un imper rose vif. Sa mère prit un parapluie dans l'entrée. Elle n'aimait pas les imperméables.

– Nous ne serons pas longues. Tu veux que je rapporte ta photo ?

Charlie avait failli oublier l'anniversaire de Benjamin. Bizarrement, il n'avait pas très envie de se séparer si vite de la photographie de l'homme et du bébé.

– Non, répondit-il, mais tu pourrais acheter une carte pour Benjamin. Je crois que je ne vais pas la fabriquer moi-même finalement.

Une fois qu'elles furent parties, Charlie fila dans sa chambre chercher l'enveloppe orange. Il venait de l'ouvrir pour prendre la photo lorsqu'on sonna à la porte. Personne ne répondit. Grand-mère Bone avait dû sortir et, durant la journée, oncle Vassili ne décrochait même pas le téléphone.

La photographie à la main, Charlie alla ouvrir.

Sur le seuil se tenait un homme très étrange. Les trois chats qui se frottaient contre ses jambes étaient plus étranges encore.

– Finistre et Flammes, dératisation, annonça-t-il en tirant une carte de visite de son manteau de fourrure.

– Sinistre ? s'étonna Charlie.

– Pas du tout. *Finistre*, c'est tout à fait différent ! Frank Finistre.

Il gratifia Charlie d'un large sourire, découvrant une rangée de dents d'un blanc éclatant.

– Je crois que vous avez un problème. Des souris ?

D'un petit bond agile, il atterrit à côté de Charlie.

– Je ne suis pas au courant.

On lui avait maintes fois répété de ne jamais laisser entrer un inconnu. Mais l'homme était déjà à l'intérieur, de toute façon.

– Qui vous a demandé de passer ? s'étonna-t-il.

– Pas qui, mais *quoi* ! Je ne peux cependant pas vous dire ce qu'il en est pour le moment, vous ne me croiriez pas.

– C'est vrai ?

47

Charlie était intrigué.

Les chats avaient suivi M. Finistre. Ils rôdaient maintenant dans l'entrée. Ces trois félins avaient une allure on ne peut plus étrange. Le premier était d'une belle couleur cuivrée, le deuxième orange vif et le troisième d'un jaune éclatant.

Le chat cuivré semblait connaître Charlie. Debout sur les pattes de derrière, il tentait d'actionner la poignée de porte de la cuisine.

– Un peu de patience, Bélier ! ordonna M. Finistre. Tu ne changeras donc jamais !

Le chat réussit à tourner la poignée. La porte de la cuisine s'ouvrit, et il s'engouffra à l'intérieur, suivi de ses deux compagnons.

– Désolé, s'excusa M. Finistre. Notre Bélier a un caractère bien trempé. Lion a un peu tendance à exagérer, lui aussi, tandis que Sagittaire, en revanche, est très bien élevé. Pardonnez-moi, mais il vaut mieux que je les aie à l'œil.

Sans laisser à Charlie le temps de se retourner, M. Finistre se faufila derrière lui et s'introduisit dans la cuisine en criant :

– Mes trois Flammes, ne me décevez pas. Faites votre travail comme il faut.

Les trois chats allaient et venaient devant le garde-manger. La cagette de fruits gâtés devait les attirer ! Avant qu'ils ne forcent la porte, Charlie l'ouvrit pour eux.

Ils bondirent, toutes griffes dehors. On entendit

48

courir, sauter, couiner, miauler ! Apparemment, le garde-manger était infesté de souris… mais plus pour longtemps ! Les chats les exterminèrent une à une, alignant avec soin leurs cadavres le long du mur.

Charlie recula d'un pas. Il ignorait qu'il y avait des rongeurs dans le garde-manger. Comment se faisait-il que ni sa mère ni sa grand-mère ne s'en soient aperçues ? Peut-être avaient-elles envahi les lieux ce matin, attirées par l'odeur des fruits abîmés. Charlie trouvait ces animaux plutôt sympathiques et n'appréciait guère de voir s'allonger la file de petits corps gris sans vie.

Lorsqu'il y eut quinze souris toutes raides les unes à côté des autres, les chats estimèrent avoir rempli leur mission. Ils s'assirent afin d'entreprendre une toilette vigoureuse, léchant leur beau poil touffu.

— Je boirais bien un petit café, moi, décréta M. Finistre. Je suis épuisé.

Autant que Charlie pût en juger, l'homme n'avait pas levé le petit doigt. Il ne voyait pas bien ce qui avait pu l'éreinter à ce point. C'était les chats qui avaient tout fait. Mais M. Finistre était déjà installé à table et fixait la boîte de café en poudre d'un œil avide. Charlie n'eut pas le cœur de le décevoir. Il dut poser la photo qu'il avait toujours à la main afin de remplir la bouilloire.

— Ah ! s'exclama M. Finistre. Voilà ! Tout s'explique.

— Comment ça ?

Charlie regarda la photographie que l'homme brandissait en désignant le chat, dans le bas.

— C'est Bélier. Il y a quelques années de cela, mais il a une mémoire terrible. Il savait que vous l'aviez remarqué, c'est pour ça qu'il m'a conduit jusqu'ici.

— Pardon ?

Charlie se sentait faible, tout à coup. Il s'assit.

— Vous êtes en train de me dire que Bélier (il montra le chat cuivré du doigt)... que Bélier a su que j'avais vu cette photo ?

— Ça ne s'est pas vraiment passé de cette façon.

M. Finistre se gratta la tête, enfouissant ses doigts dans sa chevelure épaisse. Charlie remarqua qu'il aurait eu bien besoin de se couper les ongles. Rosie n'aurait jamais laissé passer ça !

La bouilloire se mit à siffler. Charlie prépara le café de M. Finistre.

— Comment cela s'est-il passé, alors ? demanda-t-il en posant la tasse devant son visiteur.

— Trois sucres, s'il vous plaît.

D'un geste impatient, Charlie versa trois cuillerées de sucre dans le café.

M. Finistre sourit, satisfait. Il but une gorgée, sourit à nouveau puis, se penchant vers Charlie, il lui confia :

— Il a senti que vous étiez liés, notre Bélier. Et il avait raison, puisque vous êtes en possession de cette photo. Ce ne sont pas des chats ordinaires. Ils sentent les choses. Ils m'ont choisi parce que j'ai un bon contact avec les animaux. Ils me conduisent ici et là, où ils doivent intervenir pour lutter contre le mal, et je les suis, en leur donnant un coup de main quand je peux. Mais cette affaire…

Il montra du doigt la photographie de l'homme avec le bébé dans les bras.

– … c'est l'une des pires auxquelles nous ayons été confrontés. Ça contrarie beaucoup Bélier. Il a essayé à plusieurs reprises d'arranger les choses, mais nous avions besoin de toi, Charlie.

– Moi ?

– Tu as un don, n'est-ce pas ?

M. Finistre avait baissé la voix, comme s'il s'agissait d'un secret qu'il ne fallait pas divulguer.

– Paraît-il, répondit Charlie.

Il ne put s'empêcher de regarder la photo. Son visiteur pointait un index accusateur sur le visage de l'homme. Dès que ses yeux se posèrent sur le cliché, il entendit le bébé pleurer.

Bélier accourut vers lui et, posant les pattes sur ses genoux, poussa un miaulement déchirant. Son cri fut immédiatement repris en chœur par Lion, le chat orange, et Sagittaire, son compagnon au poil jaune. C'était insoutenable, Charlie plaqua les mains sur ses oreilles.

– Chut ! ordonna M. Finistre. Il réfléchit.

Lorsque les chats se furent tus, il poursuivit :

– Tu vois, Charlie, que tu es bien lié à cette histoire. Allez, dis-moi tout.

Cet homme avait beau être des plus étranges, il paraissait sympathique et digne de confiance. Et puis Charlie se sentait un peu dépassé par les événements, il avait grandement besoin d'aide. Il commença par le commencement : les photos interverties, les voix qui sortaient du cliché, les abominables grand-tantes Yeldim et leur fameux test, et enfin leur décision de l'expédier à Bloor.

— Et je ne veux pas y aller ! conclut Charlie. Plutôt mourir !

— Mais, mon garçon, c'est là qu'elle se trouve, intervint M. Finistre. La petite fille perdue, le bébé. Tout du moins, c'est ce que les chats semblent penser. Et ils ne se trompent jamais.

Il se leva.

— Venez, les Flammes. Il faut qu'on y aille.

— Vous insinuez que le bébé de la photo a été perdu. C'est ridicule, comment peut-on perdre un bébé ?

— Il ne m'appartient pas de le dire. Rapporte la photo à son propriétaire, peut-être qu'il te donnera une explication.

— Mais je ne sais pas à qui elle est, moi, cette photo ! protesta Charlie, paniqué.

M. Finistre s'apprêtait à partir sans lui avoir fourni la moindre aide.

— Fais marcher ta cervelle, Charlie. C'est un agrandissement, non ? Trouve l'original, et tu auras un nom et une adresse.

— Vous croyez ?

– Sans l'ombre d'un doute.

M. Finistre lissa la fourrure de son manteau du plat de la main, remonta son col et se dirigea vers la porte.

Charlie se leva en chancelant, étourdi par les nombreuses questions qui se bousculaient dans sa tête. Le temps qu'il arrive à la porte, son visiteur n'était plus qu'une silhouette lointaine, suivie par une gerbe de couleurs flamboyantes, semblable à la queue d'une comète.

Il referma la porte avant de se ruer au premier étage. Il saisit l'enveloppe orange pour la secouer frénétiquement. Il en tomba un petit cliché, l'original de l'agrandissement resté au rez-de-chaussée. Il le retourna et, au dos, comme prévu, découvrit un nom et une adresse, dans une écriture ronde et énergique :

Mlle Julia Melrose
3, passage de la Cathédrale

Où se trouvait le passage de la Cathédrale et comment était-il censé s'y rendre ? Il devait filer avant que sa mère et sa grand-mère ne soient de retour. Elles ne voudraient jamais le laisser s'aventurer tout seul dans un quartier qu'il ne connaissait pas. Et s'il ne se dépêchait pas, il ne serait pas de retour à temps pour l'anniversaire de Benjamin. Mais il fallait qu'il laisse un mot, sinon sa mère risquait de s'inquiéter.

Aussi loin qu'il s'en souvienne, Charlie n'était

jamais entré dans la chambre de son oncle auparavant. Un panneau « Ne pas déranger » était affiché en permanence sur la porte. Charlie se demandait ce que Vassili pouvait bien fabriquer là-dedans toute la journée. Parfois, un léger martèlement s'en échappait mais, en général, il y régnait le silence le plus complet.

Aujourd'hui, Charlie devait passer outre le panneau.

Il frappa à la porte, trois petits coups hésitants d'abord, puis plus vigoureux.

— Quoi ? fit une voix agacée.

— Je peux entrer, oncle Vassili ?

— Pourquoi ?

— Parce que j'ai une course à faire et je voudrais que tu préviennes maman.

Il entendit soupirer, mais il n'osa pas ouvrir la porte avant que son oncle ne dise d'un ton glacial :

— Entre, si tu ne peux pas faire autrement.

Charlie tourna la poignée et glissa un coup d'œil à l'intérieur. Ce qu'il découvrit le surprit. La chambre de son oncle disparaissait sous la paperasse. Les feuilles débordaient des étagères, s'entassaient en piles vacillantes sur l'appui de fenêtre, recouvraient le bureau et jonchaient le sol, si bien que Vassili pataugeait dans une mer de papier. Impossible de distinguer le lit, qui devait être enseveli sous une montagne de livres. Les bouquins tapissaient les murs du sol au plafond et s'amoncelaient en tours vertigineuses aux abords du bureau.

– Oui ? fit son oncle, levant à peine la tête de son travail.

– Pourrais-tu m'indiquer où se trouve le passage de la Cathédrale, s'il te plaît ? demanda nerveusement Charlie.

– À ton avis ? Près de la cathédrale, tiens.

Vassili n'était pas du tout le même en plein jour. Il paraissait froid et intimidant.

– Oh, murmura Charlie tout penaud. Bon, ben alors, j'y vais. Tu pourrais prévenir ma mère ? Elle va se demander…

– Oui, oui, répondit Vassili en agitant la main pour congédier son neveu.

– Merci, fit-il avant de refermer la porte aussi silencieusement que possible.

Il retourna sans sa chambre, enfila vite son blouson et glissa les photos, dans leur enveloppe orange, au fond de sa poche. Puis il se mit en route.

De sa fenêtre, Benjamin vit son ami passer d'un pas décidé devant chez lui.

Il l'ouvrit et cria :

– Où tu vas comme ça ?

Charlie leva la tête.

– À la cathédrale.

– On peut t'accompagner, Zaricot et moi ?

– Non, je vais chercher ton cadeau. Je veux te faire une surprise.

Benjamin referma la fenêtre. Il se demandait quel genre de cadeau Charlie avait l'intention d'acheter à la cathédrale. Un stylo gravé au nom du monument ? Mais il avait déjà des tonnes de stylos !

– Bah, ce n'est pas grave, confia-t-il à son chien. Du moment qu'il vient à ma fête.

Zaricot battit de la queue contre l'oreiller de son maître. Il n'avait pas le droit de monter sur son lit. Mais par chance, personne n'était au courant, à part Benjamin.

La cathédrale était au cœur de la vieille ville. Dans ces ruelles étroites et pavées, les boutiques étaient plus petites. Sous l'éclairage chaleureux et discret de leurs vitrines, bijoux et accessoires de luxe s'étalaient sur des panneaux de soie et de velours. Ce quartier dégageait une atmosphère très feutrée, si bien que Charlie avait presque l'impression d'être un intrus.

Aux abords de la cathédrale, les magasins cédaient la place à de vieilles maisons à colombages. Cependant, au numéro 3 du passage de la Cathédrale se trouvait une librairie. Au-dessus de la porte, une enseigne en lettres gothiques annonçait : *Librairie Melrose*. Les ouvrages présentés en vitrine, pour la plupart reliés de cuir, avec la tranche dorée, paraissaient anciens et poussiéreux.

Charlie prit une profonde inspiration avant de pousser la porte. Un carillon tinta, annonçant sa présence, et une dame écarta un rideau tendu derrière le comptoir. Elle n'était pas aussi vieille qu'il l'aurait supposé, à peu près de l'âge de sa mère. Elle avait les cheveux châtain foncé, en chignon, et des yeux marron d'une grande douceur.

– Bonjour, puis-je vous aider ?

– J'espère, répondit Charlie. Vous êtes Julia Melrose ?

Elle hocha la tête.

– C'est au sujet de votre photo…, commença-t-il.

La femme porta la main à sa bouche.

– Dieu du ciel ! Vous l'avez retrouvée ?

– Je crois, fit Charlie en lui tendant l'enveloppe.

Elle l'ouvrit et les deux clichés tombèrent sur le comptoir.

– Oh, merci ! Vous ne pouvez pas savoir comme je suis contente !

– Avez-vous la mienne ? demanda-t-il. Je m'appelle Charlie Bone.

Mlle Melrose écarta le rideau, lui faisant signe de la suivre.

– Venez, je vous en prie.

Avec précaution, Charlie contourna le comptoir et passa sous le rideau qui s'ouvrait dans un mur de livres. Il se retrouva dans une pièce assez similaire à la boutique. Des livres encore et toujours, serrés sur les étagères ou empilés un peu partout. L'atmosphère était chaleureuse, baignée d'un doux parfum de mots choisis et de pensées profondes. Un feu brûlait dans un petit poêle en fonte et, sur une table, une lampe à l'abat-jour couleur parchemin diffusait une lumière tamisée.

— Voilà, fit Julia Melrose en tirant une autre enveloppe orange d'un tiroir.

Charlie la prit et s'empressa de l'ouvrir.

— Oui, c'est bien Zaricot, confirma-t-il. Le chien de mon meilleur ami. C'est pour lui fabriquer une carte d'anniversaire.

— Bonne idée, commenta Mlle Melrose. Une carte personnalisée, c'est plus gentil.

— Oui, répondit Charlie d'un ton vague.

— En tout cas, je te suis très reconnaissante, Charlie. Tu as bien mérité une récompense. Je n'ai pas beaucoup de monnaie sur moi, mais…

— Ce n'est pas la peine, protesta-t-il, affreusement gêné, tout en se disant qu'un peu d'argent serait le bienvenu pour acheter le cadeau de Benjamin.

— Non, franchement, j'ai eu de la chance de tomber sur toi. En fait, je crois même que tout cela t'attendait, fit-elle en montrant du doigt un coin de la pièce.

Charlie s'aperçut alors qu'il s'était trompé : il n'y avait pas que des livres. Dans le fond, une table disparaissait sous une montagne de cagettes, de caisses et de cartons.

— Qu'est-ce que c'est ? demanda-t-il.

— Tout ce qui reste de mon beau-frère. Il est mort la semaine dernière.

Charlie sentit sa gorge se serrer.

— Oh…

— Non, non, je me suis mal fait comprendre. Ce

ne sont pas ses cendres. Il s'agit de… – comment appeler ça ? – … ses inventions. C'est arrivé hier par la poste. Il m'avait tout expédié la veille de sa mort. Dieu sait pourquoi il me les a confiées.

Elle prit l'une des caisses, en ôta le couvercle et en sortit un chien à l'allure de robot.

– Je ne sais pas quoi en faire. Ça t'intéresse ?

Charlie pensa à Zaricot et à Benjamin.

– Il sait faire des trucs, ce chien ? demanda-t-il.

Car, en général, toutes les inventions servaient à quelque chose.

– Bien sûr. Voyons voir.

Elle tira sur la queue de l'animal en métal qui aboya deux fois avant de dire :

– Je suis numéro deux. Vous m'avez tiré la queue, vous savez donc comment activer le mode « lecture ». Pour faire « avance rapide », appuyez sur mon oreille gauche. Pour « rembobinage rapide », appuyez sur mon oreille droite. Pour « enregistrer », appuyez sur ma truffe. Pour « stop », tirez sur ma patte droite. Pour changer de cassette, ouvrez-moi le ventre.

Charlie connaissait cette voix. Il l'avait déjà entendue quelque part.

– Alors il te plaît ? Ou veux-tu voir les autres inventions ?

– C'est génial ! Parfait ! Mais cette voix…

– C'est mon beau-frère, le professeur Tolly. Il s'agit de l'une de ses premières créations, mais il n'a jamais voulu la vendre. Une fois qu'il avait terminé un projet, il s'en désintéressait. Il était un peu paresseux. Très intelligent, mais pas très courageux.

— C'est lui, sur la photo, n'est-ce pas ?

Charlie ne pouvait évidemment pas dire qu'il avait reconnu sa voix.

— Oui, c'est bien lui. Il n'a pas fait que de belles choses. Ah, quelle terrible histoire…

Mlle Melrose pinça les lèvres.

— Pourquoi vouliez-vous récupérer cette photo si elle vous rappelle de mauvais souvenirs ? s'étonna Charlie.

La libraire le fixa avec intensité, essayant de juger s'il était digne de confiance.

— C'est le bébé que je veux retrouver, finit-elle par avouer. Et cette photo est le seul indice dont je dispose.

Tout à coup, Mlle Melrose lui raconta la fameuse histoire : lorsque sa sœur Nancy était morte soudainement, à la veille du deuxième anniversaire de sa fille, son mari, le professeur Tolly, n'avait pas voulu s'en charger et il l'avait donnée.

— Comment ça « donnée » ? On ne peut pas donner un enfant ! s'exclama Charlie, horrifié.

— Normalement non, confirma Mlle Melrose. On m'a fait jurer de ne rien dire. J'aurais dû la prendre avec moi, mais j'étais égoïste et irresponsable. Je pensais que je ne m'en sortirais pas avec un bébé. Depuis, pas un jour ne passe sans que je ne regrette amèrement ma décision. J'ai essayé de savoir à qui il l'avait confiée, où elle était partie, mais le professeur

Tolly n'a rien voulu me dire. Toute cette histoire n'est qu'un tissu de mensonges. Tout a été truqué : il ne reste que de faux documents, aucune piste sérieuse. Elle doit avoir dix ans maintenant, et je donnerais tout pour la retrouver.

Charlie se sentait très mal à l'aise. Il était entraîné malgré lui dans une affaire qui ne lui plaisait guère. Si seulement il n'avait pas entendu ces voix ! Comment pouvait-il expliquer à cette dame que, d'après trois chats roux très spéciaux, le bébé disparu se trouvait à Bloor ? Jamais elle ne le croirait.

Dans un recoin sombre, une vieille horloge sonna midi.

– Je ferais mieux de rentrer, s'empressa-t-il de dire, ou ma mère va s'inquiéter.

– Bien sûr, mais prends le chien, Charlie, et...

Elle bondit soudain vers la table et tira une mallette argentée de sous la pile.

– ... tu veux bien emporter également ceci ?

Sans attendre sa réponse, elle la fourra dans un sac en plastique de la librairie. En le tendant à Charlie, elle ajouta :

– Tu n'as qu'à y mettre le chien aussi, il y a juste assez de place.

Le sac était affreusement lourd. Charlie posa avec précaution le chien dans son carton au-dessus de la mallette. Puis il retourna tant bien que mal dans la boutique en se demandant comment il allait se débrouiller pour porter ça jusque chez lui.

Julia Melrose lui tint la porte qui fit entendre une nouvelle fois son carillon mélodieux.

– Excusez-moi de vous poser la question, mais qu'y a-t-il dans cette mallette ? s'enquit Charlie.

La réponse le laissa sans voix :

– Je l'ignore. Et je ne suis pas sûre de vouloir le savoir. Le professeur Tolly a donné sa fille pour l'obtenir. Quoi qu'il y ait à l'intérieur, cela ne peut pas valoir un enfant, n'est-ce pas ?

– N... non, bafouilla-t-il en posant le sac par terre.

– Je t'en prie, Charlie. Prends-la. Je suis sûre que je peux te la confier. Il ne faut pas qu'elle reste ici, tu comprends.

Baissant la voix, elle jeta un rapide coup d'œil dans la rue.

– Puis-je te demander de n'en parler à personne pour le moment ?

Charlie avait de moins en moins envie de se charger de cet étrange objet.

– Vous m'en demandez beaucoup. Je ne peux même pas en parler à mon meilleur ami ?

– Je ne sais pas... Es-tu sûr de lui au point de lui confier ta vie ?

La mallette mystérieuse

Avant que Charlie ait pu ajouter autre chose, la libraire lui adressa un petit signe de la main et referma la porte. Il se retrouva seul dans une ruelle sombre, avec en sa possession un objet qui avait été échangé contre un bébé.

Pourquoi Mlle Melrose n'avait-elle pas osé ouvrir cette mallette ? Que pouvait-il bien y avoir à l'intérieur ? Charlie parlait tout seul en titubant sur les pavés, déséquilibré par le poids du sac, sous le regard suspicieux des passants. Peut-être s'imaginaient-ils qu'il venait de commettre un vol. En tournant au coin de la rue, il faillit rentrer dans un gros chien plein de poils.

— Attention ! s'écria-t-il en laissant tomber son chargement. Oh, Zaricot, c'est toi !

Le chien grimpa sur le sac pour lui lécher le visage.

— Descends de là, Zaricot ! C'est fragile.

Benjamin les rejoignit en courant.

– Désolé, haleta-t-il, je n'ai pas réussi à l'arrêter.

– Vous me suiviez ? s'étonna Charlie, qui était bien content de les voir cependant.

– Pas vraiment. J'étais juste parti promener Zaricot. Il a dû sentir ton odeur.

Benjamin fixa le gros sac noir.

– Qu'est-ce que c'est que ça ?

– Ton cadeau d'anniversaire. Tiens, tu vas m'aider à le porter, ça pèse une tonne.

– Waouh ! C'est quoi ? Non, non, je ne veux pas le savoir, fit-il, tout excité.

Charlie dut lui avouer qu'il y avait autre chose dans le sac mais, après avoir glissé un rapide coup d'œil à l'intérieur, Benjamin affirma que ça ne le dérangeait pas d'avoir la petite boîte en carton et non la grosse mallette en métal.

– Drôle d'endroit pour acheter un cadeau, remarqua-t-il en désignant du menton la cathédrale qui se dressait derrière eux.

– Je ne pensais pas le trouver ici, expliqua Charlie. J'étais venu chercher la photo de Zaricot.

Il lui raconta toute l'histoire, en terminant par sa rencontre avec l'étrange libraire qui lui avait confié la mystérieuse mallette envoyée par son beau-frère, l'inventeur paresseux.

Prenant une anse chacun, les garçons soulevèrent le gros sac noir et se mirent en route sans se douter qu'on les avait pris en filature. S'ils avaient regardé par-dessus leur épaule, ils auraient peut-être remarqué un petit rouquin à l'air sournois, déguisé en vieillard, qui se cachait sous les porches et les suivait à distance.

Zaricot grogna légèrement en poussant le sac du bout de la truffe pour qu'ils accélèrent le pas. Le chien était très perturbé : il y avait quelque chose de bizarre derrière lui et autre chose d'encore plus étrange devant, dans le sac. Ça ne lui plaisait pas du tout.

Alors que Benjamin et Charlie s'engageaient dans Filbert Street, Zaricot se retourna brusquement pour se jeter sur l'inconnu en aboyant comme un fou. Le garçon fit volte-face et s'enfuit en courant.

– Qu'est-ce qui se passe, mon Zaricot ? s'inquiéta Benjamin en le voyant revenir.

Mais le chien ne pouvait pas lui expliquer.

Quand ils arrivèrent chez Benjamin, Charlie demanda à son ami s'il voulait bien prendre le sac avec lui. Il n'avait aucune envie que l'une de ses grand-mères aille fourrer son nez dedans.

Benjamin fronça les sourcils.

– Je ne sais pas… Où veux-tu que je le mette ?

– Sous ton lit, quelque part… Je t'en prie, Benji. Mes grand-mères viennent toujours fouiner dans ma chambre. Toi, personne ne t'embête.

– OK, murmura-t-il.

– Mais surtout, n'ouvre pas ton cadeau sans moi. Bon, il faut que j'y aille sinon je vais avoir des ennuis.

Il allait tourner les talons lorsque des coups sourds s'échappèrent du sac. Benjamin le regarda, paniqué, mais Charlie fit comme s'il n'avait rien entendu et fila vite chez lui. En entrant dans la cuisine, il surprit ses deux grand-mères en pleine dispute. Elles se turent brusquement pour le toiser d'un œil noir.

– Charlie Bone ! tonna Rosie. Comment as-tu pu faire ça ? Petit garnement ! Qu'est-ce qui s'est passé ?

Elle montrait du doigt la rangée de souris mortes. Mince, il avait complètement oublié !

Il dut expliquer que M. Finistre et ses chats étaient entrés dans la maison avant qu'il ne puisse les en empêcher.

– Et après j'ai dû filer pour échanger ma photo, dit-il en agitant l'enveloppe orange. Je suis désolé, j'avais complètement oublié les souris.

– Des chats roux orangé ? demanda grand-mère Bone d'une voix blanche.

Charlie aurait juré qu'elle avait peur.

– Eh bien, on peut dire qu'ils ont fait du bon boulot, conclut Rosie, qui semblait avoir déjà pardonné à son petit-fils. Je ferais mieux de nettoyer tout ça.

Grand-mère Bone, elle, n'était pas d'humeur à pardonner.

– Je le savais, marmonna-t-elle, furieuse. C'est toi qui les as attirés ici, maudit gamin. Comme un aimant. Les mélanges avec du sang impur ne donnent jamais rien de bon. Je ne serai pas tranquille tant que tu ne seras pas enfermé à Bloor.

— Enfermé ? Comment ça ? Je n'aurai pas le droit de sortir ?

— Si, le week-end, répliqua-t-elle. Hélas !

Et elle s'en fut, en faisant claquer les talons de ses bottines noires comme un roulement de tambour.

— Je ne savais pas que je serais coincé là-bas ! protesta Charlie.

— Moi non plus, mon chou, soupira Rosie, tout occupée à désinfecter le carrelage. Ces grandes écoles, ce n'est pas mon monde à moi ! Oh, là, là ! Ta mère ne devrait pas rapporter autant de fruits et de légumes à la maison. Mais je ne comprends pas comment l'entreprise de dératisation a pu être au courant. Ce n'est pas moi qui l'ai appelée.

— Les chats, répondit Charlie. Ils le savaient.

— C'est ça ! Et bientôt, tu vas vouloir me faire croire que les chats volent !

« Ceux-là, peut-être », pensa Charlie. Bélier, Lion et Sagittaire n'étaient pas des chats ordinaires, c'était certain. Et il avait comme l'impression que grand-mère Bone le savait. Mais pourquoi donc avait-elle peur d'eux ?

Il monta dans sa chambre pour fabriquer la carte de Benjamin, mais il n'était pas vraiment concentré. La carte était toute de travers, il n'avait mis qu'un *n* à anniversaire, et la bulle débordait sur l'oreille du chien. Charlie jeta ses ciseaux par terre. Depuis qu'il avait découvert qu'il entendait parler les photos, plus rien ne tournait rond ! Si seulement il avait réussi à garder ça pour lui, il n'aurait pas été obligé d'aller dans une école sinistre où il serait emprisonné avec des gamins tordus qui faisaient des trucs bizarres.

Il entendit sa mère rentrer. C'est elle qui aurait dû le protéger des Yeldim ! Mais visiblement elle les craignait, il allait donc devoir se défendre tout seul.

Pour le déjeuner, Rosie avait préparé des spaghetti aux petits légumes. Charlie se demandait ce qu'elle avait fait des souris, mais il préféra éviter le sujet. Sa mère lui avait rapporté une cape bleu saphir, qu'il dut essayer à peine son assiette terminée. La cape lui arrivait aux genoux. Il y avait des fentes sur les côtés pour passer les bras et une capuche derrière.

— Je ne sortirai pas avec ça sur le dos, décréta Charlie. Pour que tout le monde se moque de moi, alors là, pas question !

— Mais tu ne seras pas le seul, mon chéri. Tous les élèves en portent, tes camarades seront en bleu, certains en vert et d'autres encore en violet.

— Pas dans notre quartier, riposta-t-il en ôtant la cape. Tous les élèves de Bloor doivent venir de Hautevue.

Le quartier résidentiel de Hautevue s'étendait sur une colline dominant le reste de la ville. Les maisons y étaient plus spacieuses et luxueuses, leurs habitants ne manquaient de rien. Les immenses jardins débordaient de fleurs quelle que soit la saison.

— Je peux t'assurer que non, répondit sa mère. Tiens, il y a une fille qui habite pas loin, Olivia Vertigo. Elle est passée dans le journal, l'autre jour. Elle est inscrite en art dramatique, elle doit donc porter une cape violette.

– Pff, elle habite Dragon Street, c'est aussi chic que Hautevue.

Charlie décida qu'il dissimulerait sa cape sous son blouson pour faire le trajet jusqu'à l'institut.

Même Rosie finissait par se laisser convaincre.

– Elle est vraiment mignonne, cette cape. Et d'une si jolie teinte.

Avec mauvaise grâce, Charlie l'emporta dans sa chambre et la fourra dans un tiroir. (Plus tard, sa mère viendrait la pendre soigneusement sur un cintre dans son armoire.)

Puis il glissa la carte dans l'enveloppe orange et fila.

– Je vais à l'anniversaire de Benjamin, lança-t-il en quittant la maison.

Au numéro 12, Zaricot l'accueillit en aboyant furieusement et ne voulut même pas le laisser entrer.

– Qu'est-ce qu'il a ? cria-t-il tandis que Benjamin dévalait l'escalier.

– C'est à cause de la mallette que tu nous as laissée. Elle le rend complètement dingue. Je l'ai cachée sous mon lit, comme tu m'avais dit, mais Zaricot n'arrête pas de grogner en essayant de l'attraper. Il a déchiré le sac et commencé à attaquer le couvercle à coups de griffes.

Charlie réussit à se faufiler à l'intérieur pendant que Benjamin retenait son chien. Zaricot poussa un hurlement, s'engouffra dans le couloir et fonça dans le jardin par sa chatière.

Maintenant que son ami était arrivé, Benjamin avait hâte d'ouvrir son paquet. Il courut au premier le chercher.

De l'extérieur, personne n'aurait pu deviner que c'était son anniversaire. Ses parents travaillaient tous les jours de la semaine, y compris le samedi. Charlie regretta d'avoir oublié de demander à Rosie de faire un gâteau, mais il avait été trop occupé.

– Oh, oh, ça m'a l'air drôlement intéressant, fit Benjamin en secouant le paquet. Viens, allons dans le salon.

Là non plus, pas la moindre décoration, ni le moindre gâteau.

Benjamin s'assit par terre pour ouvrir le carton.

– Waouh ! Un chien !

Charlie lui tira la queue et aussitôt la voix du professeur Tolly répéta le mode d'emploi.

Benjamin était tellement content qu'il arrivait à peine à parler. Finalement, il réussit à articuler :

– Merci, Charlie ! Merci. Waouh ! Merci !

– J'aurais dû t'apporter une nouvelle cassette, pour que tu puisses…

Charlie fut interrompu par Zaricot qui fit irruption dans la pièce en aboyant comme un fou. Il tourna autour du chien-robot, le fixant d'un œil inquiet, puis se mit à couiner.

– Il est jaloux, c'est tout, expliqua son maître.

Il le prit alors dans ses bras en disant :

— Je t'aime, mon Zaricot. Tu le sais bien. Je ne pourrais pas vivre sans toi.

Le gros chien lui lécha le visage. Benjamin n'avait que lui. Il était à la fois son père, sa mère, son frère, son grand-père. Il était toujours là quand ses parents sortaient. Et Benjamin pouvait aller n'importe où, de jour comme de nuit ; du moment que Zaricot l'accompagnait, il était en sécurité.

Charlie lui tendit sa carte d'anniversaire.

— Tiens, finalement, je l'ai faite moi-même.

Benjamin ne remarqua aucune de ses imperfections. En l'admirant, il lui confia que c'était la plus belle carte qu'il ait jamais reçue. Mais soudain Zaricot leva la tête, pointant le museau vers le plafond, et se mit à hurler.

Tap ! Tap ! Tap ! Des coups sourds mais répétés. Qui provenaient de la chambre de Benjamin, juste au-dessus.

— C'est la mallette. Je préférerais que tu la reprennes. On ne sait jamais, c'est peut-être une bombe ou un truc comme ça.

— Mlle Melrose ne m'a pas l'air d'une terroriste. Pas plus que le professeur Tolly.

— Comment peux-tu en être si sûr ? C'est leur métier de se créer une bonne couverture. On n'a qu'à monter voir.

Zaricot les suivit à l'étage en grognant doucement. Cette fois, il refusa même d'entrer dans la chambre.

Charlie tira le sac de sous le lit et, ensemble, les garçons en sortirent la valisette métallique. Les coups s'étaient tus. Charlie défit les attaches de chaque côté de la poignée, mais la mallette refusa de s'ouvrir. Elle était verrouillée et ils n'avaient pas la clé.

– La dame ne t'a pas dit ce qu'il y avait à l'intérieur ? s'étonna Benjamin.

Son ami secoua la tête.

– Elle a affirmé qu'elle préférait ne pas le savoir. Quoi que cette mallette contienne, elle a servi de monnaie d'échange contre un bébé. Sa propre nièce.

– Un bébé ?

Benjamin en resta bouche bée.

– C'est affreux.

Charlie commençait à se sentir coupable de l'avoir mêlé à tout ça.

– On va la mettre dans le placard sous l'escalier. Comme ça, tu ne l'entendras plus. Puis je vais retourner voir Mlle Melrose pour lui demander la clé.

Ils traînèrent le sac au rez-de-chaussée et le cachèrent derrière une pile de vieux vêtements que la mère de Benjamin avait entassés dans le placard. Lorsqu'ils refermèrent la porte, Zaricot se posta près de l'escalier, gémissant à fendre l'âme. Heureusement, Benjamin réussit à l'arrêter en annonçant d'une voix forte :

– Allez, on va PROMENER !

Ils revinrent alors que la nuit commençait à tomber, mais ses parents n'étaient toujours pas rentrés. Benjamin n'était pas en colère, simplement résigné.

– Je vais m'occuper de mon gâteau, je crois que ça vaut mieux.

Il fit donc un moelleux au chocolat où il planta dix bougies. Il les souffla tandis que son ami chantait *Joyeux anniversaire*. Le gâteau était un peu sec, mais très bon.

Il était sept heures et demie lorsque Charlie regarda sa montre. Il savait qu'il aurait dû rentrer chez lui, mais il ne voulait pas laisser Benjamin tout seul le soir de son anniversaire. Il resta donc une heure de plus et ils firent une partie de cache-cache avec Zaricot, qui était très doué à ce jeu.

À huit heures et demie, les parents de Benjamin n'étant toujours pas rentrés, Charlie décida de l'inviter à dîner chez lui, car il n'y avait qu'un œuf et une bouteille de lait dans son frigo.

– Alors, cette fête ? demanda Rosie en les voyant arriver avec le chien.

– Génial ! s'exclama Charlie. Mais on a encore un peu faim.

– Un garçon bizarre a frappé à la porte il y a environ deux heures, l'informa sa grand-mère. Il tentait de se faire passer pour un vieillard, mais on voyait bien qu'il était déguisé. Il voulait récupérer une mallette qui lui appartient et que tu aurais prise par erreur. J'ai jeté un coup d'œil dans ta chambre, mais je n'ai trouvé qu'un sac avec une paire de chaussures.

73

Ça l'a beaucoup contrarié, il refusait de me croire. Il est vraiment odieux, ce gamin. Allez, filez pendant que je vous prépare à dîner.

Une fois sorti de la cuisine, Charlie chuchota :

– Surtout ne parle de cette mallette à personne.

– Pourquoi ? voulut savoir Benjamin.

– Parce qu'on me l'a confiée et que je m'en sens responsable. Je pense qu'il vaut mieux la garder en sûreté en attendant d'en savoir un peu plus.

Il avait décidé de ne pas lui parler de M. Finistre et de ses chats pour le moment.

C'est alors que grand-mère Bone apparut en haut de l'escalier.

– Qu'est-ce que ce chien fabrique ici ? demanda-t-elle, en fusillant Zaricot du regard.

– C'est l'anniversaire de Benjamin, expliqua Charlie.

– Et alors ? fit-elle d'un ton glacial.

Zaricot se mit à aboyer après elle. Sans lui laisser le temps d'ajouter quoi que ce soit, Charlie entraîna son ami dans la cuisine.

– Grand-mère Bone est de mauvaise humeur, dit-il à son autre grand-mère.

– Comme d'habitude, répliqua-t-elle. Elle se calmera lorsque tu seras à Bloor.

Charlie avait voulu éviter d'annoncer la nouvelle à Benjamin le jour de son anniversaire, mais maintenant il avait l'impression de l'avoir trahi.

Son ami le dévisagea d'un œil accusateur.

– C'est quoi, ça, Bloor ?

– Un lycée privé de Hautevue. Mais je n'ai aucune envie d'y aller, Benji.

– Alors n'y va pas.

– Il n'a pas le choix, mon chou. Sa mère lui a déjà acheté son uniforme, expliqua Rosie en posant deux assiettes de saucisses aux haricots sur la table. Venez manger. Tu as l'air de mourir de faim, Benjamin Brown.

Le garçon s'assit, mais il avait perdu l'appétit. Il jeta une saucisse à son chien dans le dos de Rosie.

– J'irai seulement après les vacances de la Toussaint, dit Charlie pour le rassurer.

– Ah…

Benjamin plongea le nez dans son assiette, abattu.

Comble de malchance, la mère de Charlie choisit justement ce moment-là pour entrer dans la pièce.

– Fini les vieux pyjamas troués, Charlie, annonça-t-elle. Les Yeldim ont complètement renouvelé ta garde-robe pour ton entrée à Bloor.

– Des pyjamas ? Parce que tu vas dormir là-bas ?

– Je reviendrai le week-end.

– Ah…

Benjamin enfourna une cuillerée de haricots dans sa bouche, puis se leva.

– Je ferais mieux d'y aller. Mes parents vont rentrer.

– Tu veux que je… ? commença Charlie.

– Non, c'est bon. Zaricot est là.

Avant qu'il n'ait eu le temps de répondre, Benjamin et son chien étaient partis. Zaricot s'en fut la queue entre les jambes et les oreilles pendantes, signe que le moral de son maître était au plus bas.

— Étrange garçon, commenta Rosie.

— Je devrais quand même aller voir s'il va bien, dit Charlie. C'est son anniversaire, en plus.

Mais, au moment même où il ouvrait la porte pour sortir, il vit oncle Vassili s'éloigner à grands pas dans la rue. Cela lui donna une idée.

— Oncle Vassili, je peux venir avec toi ? cria-t-il en lui courant après.

— Pourquoi ?

Son oncle s'était arrêté pour poster une grosse liasse d'enveloppes dans une boîte à lettres.

— Parce que… Parce que…

Charlie le rattrapa, à bout de souffle.

— Euh… je voulais te demander de m'accompagner quelque part.

— Et où ça ?

— Dans une librairie. Elle est dans le quartier de la cathédrale et je n'ose pas y aller tout seul, c'est un peu sinistre par là-bas.

— Une librairie ?

Comme il le pensait, Vassili semblait intéressé.

— Ça risque d'être fermé à cette heure-ci, Charlie, objecta-t-il cependant.

— Oui, mais à mon avis, il y aura quand même quelqu'un dans la boutique.

76

Et sans l'avoir prévu, il raconta à son oncle sa rencontre avec Mlle Melrose et l'affaire de la mallette fermée à clé. Après tout, il fallait qu'il se confie à quelqu'un et son instinct lui disait que, tout Yeldim qu'il était, Vassili serait de son côté.

Ses yeux noirs brillaient d'un mystérieux éclat.

– Tu veux donc que la libraire te donne la clé ? Mais, dis-moi, où est la mallette ?

Charlie hésita.

– Je préfère ne le dire à personne, car quelqu'un semble déjà à sa recherche. Mais si tu veux vraiment…

Vassili l'arrêta d'un geste.

– Tu as raison, Charlie. Tu me le diras quand tu estimeras le moment venu. Bon, allons rendre visite à cette fameuse libraire.

Pour ce faire, ils n'empruntèrent que de petites rues où le don de Vassili passait plus facilement inaperçu. Lorsqu'ils arrivèrent dans le quartier de la cathédrale, les lampadaires se mirent à clignoter sur leur passage, comme une guirlande lumineuse.

Un panneau « Fermé » était accroché à la porte de la librairie Melrose, mais il y avait de la lumière dans la boutique, éclairant d'une douce lueur les ouvrages reliés de cuir de la vitrine. Vassili les dévora des yeux.

– Je devrais sortir plus souvent, murmura-t-il.

Charlie appuya sur la sonnette.

Une voix lointaine répondit :

– Nous sommes fermés. Revenez demain.

– C'est moi, Charlie Bone. J'aimerais vous parler un instant, mademoiselle Melrose.

– Charlie ?

La libraire paraissait surprise, mais pas en colère.

– Il est tard, tu sais.

– C'est urgent, mademoiselle. C'est au sujet de la mallette.

– Ah…

Son visage apparut derrière la porte vitrée.

– Attends une minute.

La lumière s'alluma dans la boutique. Il entendit un cliquetis de chaîne et de verrous, puis la porte s'ouvrit avec un tintement familier.

Charlie entra dans la boutique, suivi de près par son oncle.

– Oh ! s'exclama Mlle Melrose en reculant d'un pas. Vous êtes… ?

– Mon oncle Vassili, expliqua Charlie.

En se tournant vers lui, il comprit pourquoi la libraire paraissait un peu effrayée. Son oncle était immense et, drapé dans son long manteau noir, il avait vraiment l'air sinistre.

– J'espère que je ne vous ai pas fait peur, dit-il en tendant la main. Vassili Yeldim, pour vous servir.

Mlle Melrose lui serra la main en répondant d'une voix tendue :

– Julia Melrose.

– Julia, répéta Vassili, quel joli prénom. Mon neveu m'a demandé de l'accompagner.

Charlie n'arrivait pas à savoir si son oncle était intimidé ou, au contraire, s'il en faisait trop. Peut-être un peu des deux.

– Je suis venu chercher la clé. La clé de la mallette que vous m'avez confiée.

– La clé ? Quelle clé ? répéta-t-elle, perplexe. Ah, elle doit être… euh, je vais regarder. Vous feriez mieux de venir avec moi dans… euh… Sinon les gens vont penser qu'on est ouvert.

Avec un petit rire nerveux, elle disparut derrière le rideau qui masquait l'arrière-boutique.

Charlie et son oncle la suivirent. La petite pièce était baignée d'une lueur chaleureuse. Vassili embrassa d'un regard gourmand les étagères chargées de livres. Mlle Melrose devait être en train de lire avant leur arrivée, car un gros volume était ouvert sur son bureau.

– Les Incas, fit Vassili en lisant le titre du chapitre. Un sujet passionnant.

– Oui, confirma la libraire, en s'affairant fiévreusement.

Elle avait trouvé une petite boîte pleine de clés, qu'elle vida sur son bureau. La plupart portaient une étiquette, mais pas toutes.

– Comment savoir laquelle c'est ? Il y en a tellement. Tu n'as qu'à prendre toutes celles qui ne sont pas étiquetées pour les essayer, Charlie. C'est tout ce que je peux te proposer.

– Je m'en doutais, commenta Vassili.

Mlle Melrose le regarda en fronçant les sourcils. Puis elle prit une poignée de clés et les tendit à Charlie.

– Tiens. Rapporte-les-moi quand tu les auras essayées.

– Merci, mademoiselle Melrose.

Charlie les mit dans sa poche et, n'ayant plus rien à ajouter, il repassa dans le magasin avec son oncle. Mlle Melrose les suivit pour verrouiller la porte mais, au moment où ils sortaient, Vassili demanda soudain :

– M'autorisez-vous à revenir, mademoiselle Melrose ?

– Bien entendu, répondit-elle, surprise. C'est un commerce, l'entrée est libre, je ne peux pas vous en empêcher.

– Non, je sais.

Il sourit.

– Je voulais dire le soir.

La libraire parut franchement paniquée.

– Le vendredi, j'ouvre jusqu'à vingt heures, dit-elle avant de tourner le verrou.

Vassili resta un moment à fixer la porte, hypnotisé, puis il se retourna en s'exclamant :

– Charmante personne !

Il émit soudain son étrange bourdonnement. Le lampadaire voisin se mit à briller intensément, si fort que le verre se brisa. Les éclats tombèrent sur les pavés avec un tintement musical.

Tout seul dans le noir

– Oncle Vassili, tu es un vandale ! s'exclama Charlie.

Un éclat de rire tonitruant retentit dans la ruelle. C'était la première fois que Charlie entendait son oncle s'esclaffer.

– Ça va retomber sur le dos de quelqu'un, dit-il d'un ton sérieux, et je parie que ce ne sera pas sur le tien.

– Ça, c'est sûr ! acquiesça Vassili. Allez, mon garçon. Mieux vaut rentrer avant que ta pauvre mère ne commence à s'inquiéter.

Charlie était obligé de trottiner pour suivre le rythme de son oncle qui avançait à grandes enjambées.

– Plus je marche vite, plus je brûle d'énergie et moins je cause d'incidents, lui expliqua-t-il.

– Je peux te poser une question, oncle Vassili ?

– Vas-y toujours, mais je ne suis pas sûr de te répondre.

– Depuis quand as-tu ce don ? Tu te souviens du jour où tu t'es aperçu que tu pouvais intensifier la lumière ?

– C'est arrivé le jour de mes sept ans, répondit Vassili, pris d'une soudaine mélancolie. J'étais tellement surexcité de fêter mon anniversaire que j'ai fait exploser toutes les ampoules de la maison. Il y avait du verre brisé partout, les enfants hurlaient, des éclats plein les cheveux. Ils ont filé chez eux plus tôt que prévu, me laissant tout seul, tout triste. Jamais je n'aurais imaginé que c'était moi qui avais causé tout ça si mes sœurs ne s'étaient pas écriées, ravies : « Dieu merci, il est normal ! » Comme s'il était normal de faire exploser les lampes et anormal d'être un garçon ordinaire. Mes parents étaient aux anges. Ils m'ont laissé finir toutes les glaces et ça m'a rendu malade. Heureusement, d'ailleurs, car j'avais dû avaler pas mal de morceaux de verre.

– Et tu n'as pas regretté d'être un Yeldim, quand tu as su que ça impliquait d'être différent des autres ?

Vassili s'arrêta quelques pâtés de maisons avant le numéro 9.

– Écoute, Charlie, dit-il, tu vas te rendre compte que l'important, c'est la façon dont tu prends les choses. Si tu gardes ça pour toi, tout se passera bien. Ça reste dans la famille, comme ils disent. Ne fais jamais usage de ton don pour des raisons frivoles.

– Benjamin est au courant, pour les voix, avoua Charlie. Mais il ne le dira à personne.

– J'en suis sûr, le rassura Vassili en reprenant sa route. Drôle de petit gars. Si ça se trouve, c'est un descendant du Roi rouge, lui aussi.

– De qui ?

Vassili grimpa quatre à quatre les marches du perron.

– Je te raconterai ça une autre fois. Au fait, je ne parlerais pas de cette libraire à grand-mère Bone, si j'étais toi.

Il ouvrit la porte avant que Charlie ait eu le temps de lui demander pourquoi.

La vieille dame se tenait justement dans l'entrée, l'air furibond.

– Où étiez-vous passés, tous les deux ?

– Ça ne te regarde pas, Grizelda, répliqua son frère en la contournant.

– Tu vas me le dire ? insista-t-elle en se tournant vers Charlie.

– Laisse-le tranquille, ordonna Vassili en s'engouffrant dans l'escalier.

Une seconde plus tard, on entendit claquer la porte de sa chambre.

Charlie s'éclipsa dans la cuisine pour éviter les questions de sa grand-mère. Il trouva sa mère seule, en train de lire le journal.

– J'étais parti faire un tour avec oncle Vassili, expliqua-t-il.

– Oh…

Elle leva les yeux, affolée.

– Alors j'imagine que tu es au courant pour son… enfin, ce qu'il fait ?

– Oui, c'est bon, maman. Mais ne t'inquiète pas, ça me rassure plutôt de savoir que je ne suis pas le seul de la famille à faire des trucs bizarres.

Charlie étouffa un bâillement.

Jamais il n'avait autant marché qu'aujourd'hui – aussi longtemps et aussi vite, surtout.

– Je ferais mieux d'aller me coucher.

Il allait s'endormir lorsqu'il se rappela la poignée de clés qu'il avait glissées dans la poche de son blouson. Mieux valait leur trouver une bonne cachette car grand-mère Bone allait sûrement fouiller sa chambre demain. Elle avait déjà des soupçons. Pourquoi tenait-elle absolument à tout savoir ? Ce n'était pas juste. Il dissimula les clés au fond d'une chaussette de foot. Avec un peu de chance, l'odeur la dissuaderait d'aller fourrer son nez dans un endroit pareil.

Le lendemain matin, après le petit déjeuner, Charlie remit les clés dans la poche de son blouson. Malheureusement, lorsqu'il sauta les trois dernières marches de l'escalier, un tintement sonore retentit… pile au moment où grand-mère Bone sortait de la cuisine.

– C'était quoi, ce bruit ? demanda-t-elle.

– Mon argent de poche.

– Tu mens, montre-moi ce que tu as dans ton blouson.

– Et pourquoi je ferais ça ? répliqua-t-il d'une voix forte, espérant que quelqu'un viendrait à son secours.

– Tu as mon journal, Charlie ? demanda oncle Vassili en se penchant par-dessus la balustrade.

– Non, j'y vais, justement, fit-il, soulagé.

– Il n'ira nulle part tant qu'il ne m'aura pas montré ce qu'il cache, décréta sa grand-mère.

Vassili poussa un soupir agacé.

– Je lui ai donné quelques pièces pour qu'il m'achète le journal. Franchement, Grizelda, cesse de faire l'enfant.

– Comment oses-tu ? s'indigna grand-mère Bone, à deux doigts de l'implosion.

Charlie saisit l'occasion. Il esquiva la vieille dame furibonde et fila dans la rue. Juste avant que la porte ne claque derrière lui, il l'entendit crier :

– Tu vas le regretter, Vassili !

Charlie fonça droit chez Benjamin. Il dut sonner plusieurs fois avant qu'il ne vienne lui ouvrir.

– Qu'est-ce que tu veux ? lui demanda-t-il, encore en pyjama.

– J'ai les clés de la mallette. Je peux entrer ?

– Mon père et ma mère dorment, répliqua Benjamin d'un ton morose.

– Je ne ferai pas de bruit, promis.

– OK.

Il le laissa entrer à contrecœur puis, pieds nus, le conduisit jusqu'au placard sous l'escalier.

– Vas-y, fit-il en ouvrant la porte.

– Tu ne veux pas voir ce qu'il y a à l'intérieur ?
s'étonna Charlie.

– Non.

– Arrête, Benji, le supplia-t-il. Ce n'est pas ma
faute, je n'ai aucune envie d'aller dans cette école
sinistre. Tu crois que ça m'amuse ? Mais je ne peux
rien faire, sinon les vieilles biques nous jetteront à la
rue ; Rosie et maman n'ont pas un sou.

Benjamin en resta bouche bée.

– C'était pour ça, la visite de l'autre soir ?

Charlie hocha la tête.

– Elles disent que je dois aller à Bloor parce que
j'ai un don – tu sais le truc avec les photos. J'ai essayé
de le cacher, mais elles m'ont tendu un piège. Elles
m'ont donné des images d'où s'échappait un tel
vacarme que je n'entendais même plus ma propre
voix.

– Les sorcières ! s'exclama Benjamin, tout penaud.
Désolé, Charlie. Je me suis senti trahi.

– Mais non ! J'avais l'intention de te le dire, je ne
voulais pas t'annoncer la nouvelle le jour de ton
anniversaire, c'est tout.

Ils entendirent un petit jappement. Levant la tête,
ils aperçurent Zaricot, assis sur une marche, au beau
milieu de l'escalier. Visiblement, il n'osait pas descendre plus bas.

Son maître tenta de l'amadouer :

– Viens, Zaricot. On va enfin savoir ce qu'il y a
dans cette mallette.

Mais le chien ne voulait rien entendre. Il couina doucement, mais refusa de bouger.

– Comme tu voudras, répliqua Benjamin en pénétrant dans le placard.

Mais alors que Charlie s'apprêtait à le suivre, il fit volte-face en s'écriant :

– Elle a disparu !

– Tu es sûr ?

Charlie n'aimait pas ça du tout.

– Je l'avais cachée derrière un sac de vieux vêtements. Il n'est plus là, et la mallette non plus.

Benjamin fouilla frénétiquement dans le placard, écartant balais et cartons, soulevant les piles de livres, chassant les vieilles paires de chaussures à coups de pied.

– Elle n'est plus là, Charlie, conclut-il en émergeant du réduit. Je suis vraiment désolé.

– Tu n'as qu'à demander à ta mère où elle l'a mise.

– Impossible. Elle ne supporte pas que je la réveille le dimanche matin.

Benjamin se mordillait les lèvres.

Heureusement, Zaricot fit diversion en dévalant l'escalier pour aller gratter à la porte qui donnait sur le jardin. Dressé sur ses pattes arrière, il se déchaîna contre le panneau de verre en aboyant furieusement.

Les garçons se précipitèrent et ouvrirent la porte juste à temps pour voir un éclair orangé disparaître derrière un arbre.

– Les trois Flammes, murmura Charlie.

– Des flammes ? répéta Benjamin, paniqué. Où ça ?

Charlie lui parla alors de M. Finistre et de ses chats.

– Ah, des chats ! s'exclama-t-il. Pas étonnant que Zaricot soit comme un fou.

Charlie se demanderait toujours si ce qui se produisit alors avait un rapport quelconque avec les trois félins de M. Finistre. En effet, c'était eux qui les avaient attirés à la porte de derrière. Et, s'ils ne s'étaient pas trouvés là, jamais ils n'auraient entendu les légers bruits qui résonnaient derrière eux. Ils se retournèrent, tendant l'oreille, firent quelques pas dans le couloir et s'arrêtèrent devant une porte. Les petits coups assourdis venaient de là.

– Qu'est-ce qu'il y a derrière ? demanda Charlie.

– La cave, répondit Benjamin. Mais c'est dangereux, l'escalier est branlant. On n'y va jamais.

– Pourtant, il y a quelqu'un, on dirait.

Charlie ouvrit la porte. À ses pieds, il vit un petit carré de plancher, puis plus rien. Le grand vide. Il avança avec précaution et se pencha. Il distinguait à peine un escalier qui s'enfonçait dans l'obscurité. Le bruit venait d'en bas.

– Il y a la lumière, quand même, précisa Benjamin en appuyant sur l'interrupteur.

L'ampoule pendant du plafond de la cave éclaira une pièce poussiéreuse et presque vide. Charlie eut la confirmation que l'escalier était vermoulu. Certaines marches étaient fendues, d'autres étaient carrément tombées.

– Papa dit toujours qu'il va réparer, mais il n'a jamais le temps, expliqua Benjamin.

– Je vais voir en bas, décida Charlie.

Il voyait la mallette argentée briller au pied des marches.

– N'y va pas, le supplia Benjamin. Tu vas avoir un terrible accident et ce sera ma faute.

– Mais non !

Charlie commença à descendre.

– Il faut que j'ouvre cette mallette.

– Pourquoi ? gémit Benjamin.

Zaricot couina en écho.

– Je veux savoir ce qu'il y a dedans avant de partir à Bloor. Oups !

Son pied avait glissé. Il prit appui sur une marche en meilleur état et continua la descente en se cramponnant aux deux côtés de l'escalier, cherchant les marches assez solides pour supporter son poids. Après quelques frayeurs et quelques craquements sinistres, il arriva enfin en bas.

– Rapporte la mallette ici, dit Benjamin en se penchant autant qu'il osait.

Mais Charlie essayait déjà la première clé.

– Non, je préfère le faire ici. On ne sait pas ce qu'on va trouver à l'intérieur.

La première clé n'entrait pas dans la serrure, la deuxième non plus. Plus un bruit ne sortait de la mallette et Charlie commençait à se demander si, finalement, ces coups sourds ne provenaient pas de la tuyauterie ou même d'un rat caché sous les lames de parquet. Il tenta sa chance avec la troisième clé, sans résultat.

Au bout de la cinquième, Charlie eut le pressentiment qu'aucune des dix clés que Mlle Melrose lui avait données n'ouvrait la mallette métallique. Certaines n'entreraient même pas dans la serrure. En soupirant, Charlie ressortit la sixième.

– Alors ? s'enquit Benjamin.

– Zéro ! Brr, il gèle là-dedans. Je crois que je vais…

Il ne put finir sa phrase car on frappait à la porte d'entrée. Vigoureusement. Zaricot aboya tandis que Benjamin se levait.

– Qu'est-ce que je fais ? demanda-t-il, affolé.

– Va voir qui c'est avant que ça ne réveille tes parents, lui conseilla son ami. Et ferme la porte de la cave au cas où la personne veuille entrer dans la maison.

Il n'avait rien dit au sujet de la lumière mais, dans sa précipitation, Benjamin l'éteignit machinalement avant de refermer la porte.

– Hé ! protesta Charlie à voix basse.

Mais son ami était parti. Et il se retrouvait seul dans le noir. Il ne voyait ni la mallette ni les clés. Passant la main sur la surface de métal, à tâtons, il remarqua une petite encoche. Doucement, il suivit le relief du bout des doigts et déchiffra quelques mots : « Les douze coups de Tolly ».

Benjamin alla ouvrir la porte, submergé de questions : qui cela pouvait-il bien être, un dimanche matin ? Devait-il faire entrer le visiteur ? En plus, il fallait vite qu'il retourne voir Charlie, il venait de se rendre compte qu'il l'avait laissé dans le noir !

Il entrouvrit légèrement la porte et jeta un coup d'œil dehors. Une femme se tenait sur le perron. Brune, avec un long pardessus noir. Elle avait beau être cachée derrière son parapluie la dernière fois qu'il l'avait vue, Benjamin savait parfaitement qui c'était. Il avait reconnu les bottes rouges. C'était l'une des grand-tantes de Charlie, les fameuses sœurs Yeldim.

– Oui ? fit-il sans ouvrir davantage la porte.

– Bonjour, mon chou ! s'exclama-t-elle d'une voix sirupeuse. Tu dois être Benjamin.

– Mm, confirma-t-il.

– Mon petit-neveu est là ? Je sais que Charlie est un de tes amis.

Elle lui adressa un grand sourire.

Benjamin n'eut pas à répondre immédiatement car Zaricot poussa un grondement menaçant.

La dame eut un rire forcé.

– Ouh là ! Il n'a pas l'air de beaucoup m'apprécier, hein ?

Benjamin était arrivé à la conclusion qu'il ne devait en aucun cas dire à cette fouineuse de Yeldim où se trouvait Charlie.

– Il n'est pas là, mentit-il. Je ne l'ai pas vu depuis hier.

– Ah bon ?

91

La grand-tante haussa un de ses épais sourcils bruns. Elle ne souriait plus du tout.

– Comme c'est bizarre. Il a dit qu'il venait te voir.

– Non, il n'a jamais dit ça.

– Comment peux-tu le savoir ?

Elle avait perdu toute douceur et gentillesse.

– Parce que, s'il avait dit ça, il serait là, répliqua Benjamin sans une seconde d'hésitation.

C'est le moment que choisit Zaricot pour se mettre à aboyer férocement et Benjamin en profita pour lui claquer la porte au nez. Lorsqu'il l'eut verrouillée à double tour, il regarda par le judas et vit la femme qui le fixait d'un œil noir, blanche de rage.

Benjamin recula d'un bond et retourna à la cave sur la pointe des pieds.

– Charlie ! souffla-t-il en ouvrant la porte. C'était une de tes grand-tantes.

– Oh non ! pesta-t-il dans le noir. Allume la lumière, Benji, s'il te plaît.

– Oups, désolé.

Benjamin appuya sur l'interrupteur et se pencha pour voir son ami agenouillé à côté de la mallette.

– Quelle tante ?

– Elle est brune, très pâle, avec un long manteau noir et des bottes rouges.

– Venicia, murmura Charlie. C'est la plus rusée.

– Elle n'a pas l'air d'avoir l'intention de bouger du perron. Tu ferais mieux de sortir par la porte de derrière.

Charlie avait encore quatre clés à essayer, mais aucune ne convenait. De dépit, il les jeta par terre en criant :

— Il faut que je la trouve !

— Chut ! Elle risque de t'entendre ! l'avertit Benjamin.

— Je remonte.

Charlie s'engagea dans l'escalier. C'était plus dur dans ce sens. Plusieurs marches avaient cédé sous son poids à l'aller et, à certains endroits, il était obligé de se hisser à la force des bras.

— Ouille !

Il s'était enfoncé une écharde dans le pouce.

— Chuuuut ! siffla Benjamin.

Enfin, Charlie atteignit la dernière marche et, ensemble, les garçons s'approchèrent sans bruit de la porte d'entrée.

Benjamin colla son œil au judas.

— Elle est partie.

— Je ne sais pas si c'est une bonne nouvelle, commenta Charlie. Elle peut être n'importe où, prête à bondir.

— Tu n'as qu'à passer par le jardin de derrière et regarder par-dessus la haie si elle est dans le coin, suggéra son ami. C'est la meilleure solution.

— Bonne idée !

Ils se rendirent à la porte de derrière. Sur leurs talons, Zaricot aboyait, tout excité, croyant qu'ils allaient faire une promenade.

– Tes parents ont vraiment le sommeil lourd, remarqua Charlie.

– Ils sont fatigués, expliqua Benjamin, avant d'ajouter : Pourquoi tiens-tu tellement à ouvrir cette mallette ? Et si tu la laissais bien tranquillement fermée à clé ? On pourrait la jeter dans une décharge ?

– Pas question. Ce qui est à l'intérieur peut sans doute aider Mlle Melrose à retrouver sa nièce. Il faut qu'on en prenne soin.

– Imagine que ce soit un truc horrible dont personne ne veut ?

Charlie y avait réfléchi, mais il avait estimé que ce devait être au contraire un objet très convoité. Sinon pourquoi donc ses grand-tantes s'y seraient autant intéressées ? Pourquoi le mystérieux garçon roux serait-il à sa recherche ?

– Cette mallette, tout le monde la veut, affirma Charlie, mais ils ne l'auront pas. Il faut d'abord que je trouve le bébé et, d'après M. Finistre, le bébé est à Bloor.

Il ouvrit la porte, sauta les quelques marches et traversa le jardin en courant.

Benjamin vit son ami franchir le portail sans regarder aux alentours. Son horrible grand-tante allait lui tomber dessus, c'était sûr ! Il soupira. Parfois, Charlie ne réfléchissait pas assez avant d'agir.

Zaricot paraissait tellement déçu de ne pas avoir eu sa promenade que Benjamin décida de lui préparer un vrai festin pour le petit déjeuner. La perspective des saucisses grillées lui ouvrit l'appétit à lui aussi.

Cependant, en entrant dans la cuisine, il vit une carte de visite sur la table. Blanche, avec les mots « Finistre et Flammes » en lettres dorées.

Comment cette carte était-elle arrivée sur cette table ? Et que faisait-elle là ?

Charlie parvint au bout de la ruelle qui passait derrière chez Benjamin, puis déboucha dans la rue où il avait vu pour la première fois son oncle faire éclater les ampoules. Un bref coup d'œil à gauche et à droite lui indiqua que sa grand-tante n'était pas dans les parages.

— J'ai peut-être réussi à la semer, murmura-t-il en remontant vers Filbert Street.

Mais au moment où il tournait…

— Je t'ai eu ! grinça une voix dans son dos.

Tante Venicia enfonça ses longs ongles dans son épaule.

— Tu viens avec moi, mon petit gars, fit-elle d'un ton doucereux et très déplaisant. Nous avons des questions à te poser. Et si nous n'obtenons pas les réponses que nous espérons, tu vas le regretter. Je te le promets.

Des vacances gâchées

Tante Venicia raccompagna Charlie à la maison en le tenant fermement, les ongles plantés dans sa nuque. Il avait beau gigoter et se tortiller, il ne pouvait échapper à ses serres d'acier. Grand-mère Bone les attendait dans l'entrée, aussi impassible qu'une statue de pierre.

– Bien joué, Venicia. Il faut des jambes de jeune fille pour attraper les voyous.

– Je ne suis pas un voyou ! s'indigna Charlie.

Il jeta un coup d'œil aux bottes rouges de sa grand-tante. Elle n'avait plus vraiment des jambes de jeune fille. Elle était rusée, voilà tout.

Sa grand-mère le poussa dans la cuisine où il s'assit en se frottant la nuque.

Sa mère leva le nez de son journal.

— Que se passe-t-il ?

— Il a été très vilain, expliqua grand-mère Bone. Un très vilain garçon, n'est-ce pas, Charlie ? Et menteur avec ça !

— C'est pas vrai ! marmonna-t-il.

— Oh que si, affirma sa grand-mère en s'asseyant face à lui pour le fixer. Il a en sa possession une mallette qui ne lui appartient pas, mais il ne peut pas l'ouvrir.

Avant qu'il n'ait pu l'en empêcher, tante Venicia avait glissé la main dans sa poche pour en tirer les clés qu'il venait d'essayer.

— Tiens, tiens, que voilà donc ? fit-elle en les agitant au-dessus de sa tête.

— Charlie, à qui sont ces clés ? demanda sa mère.

— À personne. C'est... c'est un copain qui me les a données pour jouer.

— Menteur, gronda grand-mère Bone.

— Arrêtez de l'insulter, cingla la mère de Charlie. Comment pouvez-vous savoir que ce n'est pas vrai ?

— Ma chère Amy, j'en sais beaucoup plus que vous sur votre propre fils, répondit-elle froidement. Quelqu'un lui a donné cette mallette alors qu'il n'aurait pas dû. Quelqu'un qui n'avait aucun droit dessus. Et ce nigaud de gamin l'a cachée quelque part, sûrement chez son ami Benjamin.

— Je ne vois pas de quoi vous voulez parler, affirma Charlie.

Comme il refusait obstinément de répondre à la

moindre question, grand-mère Bone finit par abandonner.

Avec un sourire mauvais, tante Venicia laissa tomber les clés sur la table.

– Tu ferais mieux de les rapporter là où tu les as trouvées.

Charlie s'en empara avec empressement.

– L'affaire n'est pas close, le prévint grand-mère Bone.

– Laissez-le tranquille, intervint Amy.

Grand-mère Bone échangea un regard entendu avec tante Venicia.

– Oui, car pour le moment, nous avons d'autres chats à fouetter.

Au grand soulagement de Charlie, les deux sœurs mirent chapeaux et gants avant de s'engouffrer dans la rue – sans doute pour aller chercher des noises à quelqu'un d'autre. Mais si leur cible était Benjamin, Zaricot ne les laisserait jamais approcher.

– Que se passe-t-il, Charlie ? le questionna sa mère lorsqu'ils se retrouvèrent seuls.

– Rien du tout, maman. Grand-mère Bone veut tout savoir, mais j'ai bien le droit d'avoir mon jardin secret, non ?

Elle paraissait tellement préoccupée que Charlie se sentit coupable. Il décida de lui dévoiler une petite partie de l'histoire.

– C'est au sujet d'un bébé…

– Un bébé !

Son expression paniquée lui fit immédiatement regretter ses confidences.

– C'est bon, je n'ai rien volé, rien fait de mal. Ce n'est même plus un bébé, maintenant. Elle doit avoir à peu près mon âge. Sa mère est morte quand elle était petite et son père l'a échangée contre…

– Quoi ? s'exclama Amy Bone en plaquant la main sur sa bouche.

– C'est horrible, hein ? Enfin bref, son père vient de mourir, et sa tante est la seule famille qui lui reste. Elle voudrait la revoir, mais elle ne sait pas où elle est. Alors je vais la rechercher.

– Toi, Charlie ? Mais comment veux-tu retrouver un enfant perdu ? Cette fille pourrait être n'importe où !

– Oui, mais je crois que je sais où elle se trouve. Tu ne diras rien à grand-mère Bone ou aux tantes Yeldim, promis ? Je ne pense pas qu'elles soient vraiment de notre côté.

– C'est sûr…, fit sa mère avec un soupir mélancolique.

– Je vais retrouver cette fille, maman, affirma Charlie. C'est bizarre, mais j'ai l'impression que je *dois* le faire.

À son grand désarroi, les yeux de sa mère se remplirent de larmes.

– Comme tu ressembles à ton père, remarqua-t-elle d'une voix douce. Je ne répéterai pas ton secret, Charlie. Mais sois prudent. Les gens contre lesquels tu t'élèves sont très puissants.

En prononçant ces mots, elle jeta un bref regard par la fenêtre, qui confirma à son fils qu'ils pensaient bien aux mêmes personnes.

On sonna à la porte. Croyant que Rosie avait oublié ses clés, Amy envoya son fils ouvrir.

Cependant, ce n'était pas Rosie qui se tenait sur le seuil, mais un garçon au visage pétillant. Il était un peu plus grand que Charlie, avec les cheveux aux reflets cuivrés et les yeux noisette.

– Bonjour, je suis Fidelio Gong. On m'a demandé de venir t'aider pour la musique. Je vais être ton professeur, tu en as de la chance !

Charlie resta sans voix.

– Mais on est dimanche, parvint-il enfin à articuler.

Le garçon sourit jusqu'aux oreilles.

– Je suis trop occupé pendant la semaine. Je peux entrer ? fit-il en brandissant son étui à violon.

Charlie se ressaisit.

– Qui vous envoie ?

– Bloor, évidemment, répondit le garçon d'un ton enjoué. Je me suis laissé dire que tu n'étais pas vraiment au niveau question musique.

Son sourire s'élargit encore.

– Je suis au niveau zéro de la musique, plus exactement, corrigea Charlie en lui rendant son sourire.

L'étrange garçon pénétra dans l'entrée sans même y avoir été invité.

– Où est le piano ?

Charlie le fit entrer dans la pièce que l'on utilisait

seulement lors des visites de la famille Yeldim. Un piano droit était collé contre le mur du fond. Aussi loin qu'il s'en souvienne, il n'avait jamais vu personne y toucher.

Fidelio ouvrit le couvercle d'un coup sec et laissa courir ses doigts sur le clavier. Une mélodie plutôt agréable s'éleva alors.

— Il aurait besoin d'être accordé, mais ça ira, commenta-t-il. Quelqu'un en joue, dans la maison ?

Charlie se surprit à répondre :

— Peut-être mon père, je ne sais pas. Mais il est mort.

— Oh…

Pour la première fois depuis son arrivée, Fidelio avait l'air grave.

— Il y a longtemps, s'empressa de préciser Charlie.

Retrouvant le sourire, son étonnant visiteur tira le tabouret de piano, s'installa et joua un morceau vif et joyeux.

— Qu'est-ce que vous faites ?

La mère de Charlie était apparue dans l'encadrement de la porte, livide.

— Bonjour ! Je m'appelle Fidelio Gong. Je viens enseigner la musique à Charlie.

— Pourquoi ? demanda Mme Bone.

— Parce qu'il a un don et, même s'il ne deviendra sans doute jamais musicien, il ne peut pas arriver à l'institut sans savoir aligner deux notes, non ?

102

Fidelio adressa à la mère de Charlie un sourire chaleureux.

– Vous avez raison, j'imagine, fit-elle dans un murmure. Mais personne n'avait touché à ce piano depuis… enfin, depuis une éternité.

Elle s'éclaircit la voix, qui était devenue rauque.

– Bien, je vous laisse, ajouta-t-elle avant de sortir en refermant la porte derrière elle.

Charlie n'était pas sûr d'apprécier que les gens soient au courant pour son don.

– Comment as-tu su que j'étais… enfin, tu vois… ?

– Tu es inscrit en section musique, alors que tu ne sais pas aligner deux notes… donc tu dois être un des leurs, conclut Fidelio. Car, nous autres, nous sommes tous surdoués !

Charlie était intrigué.

– Des gens comme moi, il y en a beaucoup ?

– Non, pas vraiment. Je ne les connais pas tous. Certains ont à la fois un vrai talent pour la musique ou un autre art, et un don extraordinaire. Au fait, c'est quoi, le tien ?

Charlie n'avait pas vraiment envie de parler des voix.

– Je te le dirai une autre fois.

Fidelio haussa les épaules.

– OK. Maintenant, au travail !

Ils commencèrent par le B.A.-BA. Et, après quelques couacs seulement, Charlie fut surpris d'arriver à plaquer des accords avec les deux mains tandis que Fidelio jouait la mélodie.

Au bout d'une heure, il savait faire des gammes dans différentes clés, et même des arpèges. Fidelio avait une façon très « vivante » d'enseigner. Il sautillait autour de Charlie et battait la mesure en tapant du pied, en martelant le piano ou en comptant à tue-tête. Il finit par sortir son violon pour l'accompagner et ils firent un magnifique duo.

– Bon, bon, bon, il faut que j'y aille ! annonça Fidelio en chantant

Il ponctua sa phrase d'un mouvement d'archet théâtral avant d'ajouter :

– Je reviens dimanche prochain.

Il tira une liasse de papiers de son étui.

– D'ici là, lis ça et apprends les notes, d'accord ?

– Ça marche !

Charlie avait encore la tête pleine de musique lorsqu'il le raccompagna à la porte.

Il commença à travailler sur les partitions l'après-midi même. Il s'aperçut vite qu'il aurait moins de mal à apprendre les notes en étant au piano. Mais à peine avait-il enfoncé deux touches que grand-mère Bone fit irruption en demandant pourquoi diable il faisait tant de vacarme.

– Il faut bien que j'apprenne à jouer si je suis inscrit en section musique, non ? répliqua-t-il.

Avec une moue méprisante, elle déposa un épais dossier sur la table.

– Quand tu auras fini, attelle-toi donc à ça.

– Qu'est-ce que c'est ?

Ce gros dossier noir ne lui disait rien qui vaille. Sur la couverture, on lisait en lettres dorées : « Institut Bloor ».

– Du travail. Tu dois répondre à toutes les questions. Je corrigerai tes réponses chaque soir. Si c'est faux, tu devras recommencer. Tu en as au moins pour la semaine.

– Mais c'est pas juste ! protesta Charlie. Ça va me prendre toutes les vacances !

– Au moins.

Grand-mère Bone sourit.

– Tu as un ordinateur, non ? Imagine toutes les recherches que tu peux faire en une semaine. Dans huit jours, tu seras devenu une véritable encyclopédie !

– Mais je n'ai pas envie, moi ! grommela Charlie.

– Si tu ne réponds pas à toutes ces questions, tu vas avoir de gros ennuis à Bloor, je peux te l'assurer. Tu ne voudrais pas démarrer du mauvais pied, tout de même.

Avec son petit sourire hautain aux lèvres, grand-mère Bone quitta la pièce.

Charlie n'en revenait pas. Quelle tuile ! Il ouvrit le dossier pour parcourir la liste des yeux. À première vue, il était incapable de répondre à une seule de ces questions... et il y en avait exactement cinq cent deux ! Il était sujet d'histoire antique, de personnes et de lieux dont il n'avait jamais entendu parler. Les pires concernaient les mathématiques et les sciences. Même avec un ordinateur, il en avait pour des siècles !

Poussant un gémissement, il abandonna ses partitions et monta le gros dossier au premier. Mais en passant devant la porte de son oncle, il eut une idée. Il frappa un petit coup hésitant.

– Quoi ? fit une voix peu aimable, mais maintenant familière.

– C'est moi, oncle Vassili. Désolé de te déranger, mais j'ai un gros problème et j'ai besoin de ton aide.

– Entre alors, soupira son oncle.

Charlie pénétra dans la pièce. Elle était – pour autant que ce soit possible – encore plus en désordre que la dernière fois. Vassili avait même des papiers accrochés aux manches de son pull.

– Qu'est-ce qui se passe ?

Charlie posa le dossier sur son bureau.

– Grand-mère Bone m'a demandé de répondre à toutes ces questions en une semaine. Il y en a plus de cinq cents !

Son oncle émit un petit sifflement.

– Une tâche difficile, en effet !

– Comment vais-je faire, oncle Vassili ?

– Tu vas avoir besoin de beaucoup de papier !

– S'il te plaît, je suis sérieux, fit Charlie, abattu.

– Si je comprends bien, tu me demandes de te donner un coup de main. Je ne peux pas laisser mon travail en plan aujourd'hui. Mais demain, je ferai mon possible pour t'aider. J'ai une culture générale immense. Je suis sûr que nous en viendrons à bout rapidement, assura-t-il en tapotant le dossier noir. Allez, maintenant emporte cette chose monstrueuse et laisse-moi tranquille.

– Merci, oncle Vassili. Merci mille fois !

Débordant de reconnaissance, Charlie fila mais, cette fois, avant de partir, il ne put s'empêcher de demander :

– En quoi consiste ton travail, exactement, oncle Vassili ?

– J'écris un livre, répondit-il sans lever les yeux. Je suis dessus depuis une éternité et j'y passerai probablement le restant de mes jours.

– De quoi ça parle ?

Oncle Vassili gribouillait furieusement dans son calepin.

– C'est un livre d'histoire, Charlie. L'histoire des Yeldim et de leur ancêtre, le Roi rouge.

Encore ce fameux Roi rouge !

– Qui était-ce ? demanda Charlie.

– Le Roi rouge ?

Vassili regarda son neveu sans vraiment le voir, perdu dans ses pensées.

– Un jour, je pourrai t'en dire plus. Pour l'instant, je ne peux affirmer qu'une chose : c'était un roi… et il a disparu.

– Oh.

Charlie décida que le moment était venu de disparaître lui aussi, tant que son oncle était encore de bonne humeur. Il referma tout doucement la porte derrière lui.

Vassili tint parole. Tous les jours, il rejoignit Charlie dans sa chambre pour l'aider à répondre à sa longue liste de questions. Il n'avait pas exagéré : il avait effectivement une culture générale considérable.

Charlie faisait cent questions par jour. Ainsi, lui avait conseillé son oncle, il aurait fini vendredi soir et pourrait profiter d'un week-end de repos avant d'entrer à Bloor.

Le soir, grand-mère Bone l'autorisait à se mettre au piano pour jouer ce que Fidelio lui avait donné à mémoriser. Un jour, pourtant, il oublia. Il avait tellement faim qu'il alla dans la cuisine se faire une tartine de pain beurré. Mais au bout de quelques bouchées, il s'écroula sur la table et s'endormit. Ce fut grand-mère Bone qui le réveilla en lui pinçant l'oreille.

— Et ta musique, Charlie ! aboya-t-elle. Tu n'as pas le droit de dîner avant d'avoir répété tes morceaux.

Il se traîna jusqu'au piano. Grizelda le couva d'un œil de vautour jusqu'à ce qu'il soit installé sur le tabouret. Il était tellement épuisé qu'il arrivait à peine à remuer les doigts. Il n'essaya même pas de jouer. À la place, il croisa ses bras sur sa poitrine en murmurant :

– Si mon père était encore là, il pourrait m'apprendre. J'imagine qu'il était la dernière personne dans cette maison à savoir jouer correctement.

Sa grand-mère allait s'éloigner, mais soudain, elle répondit :

– Ton père avait un piano à queue, au milieu d'un grand studio baigné de lumière. Il n'y avait qu'eux dans la pièce : ton père et son piano. Les baies vitrées donnaient sur le lac, mais il ne regardait jamais dehors. Il fixait ses partitions tandis que ses doigts couraient tout seuls sur les touches. C'était un véritable enchantement.

– Et que s'est-il passé ?

Il entendit presque un petit déclic se faire dans l'esprit de sa grand-mère, qui sortit brutalement de sa rêverie.

– Il a enfreint les règles, Charlie. Voilà ce qui s'est passé. Fais en sorte que cela ne t'arrive pas.

Et, sur ces mots, elle s'en fut, le laissant parfaitement éveillé. En une demi-heure, il réussit à mémoriser tant de notes qu'il pouvait désormais lire une partition assez simple et même la jouer.

Depuis que ses grand-tantes l'avaient piégé de sorte qu'il se trahisse, Charlie avait évité de jeter le moindre regard à un magazine ou à un journal. Il ne voulait pas entendre de voix. Il ne voulait pas surprendre les conversations des gens, connaître leurs secrets. Chaque fois que sa mère ouvrait un journal, il détournait la tête. Mais Rosie affirmait qu'il pouvait au moins se servir de son don pour s'amuser. Elle finit par le convaincre de regarder une photo de ses deux acteurs préférés : Gregory Morton et Lydia Smiley.

Le cliché avait été pris au bord d'une piscine et, au début, Charlie n'entendit que le clapotis de l'eau. Il allait abandonner, avec l'espoir fou qu'il avait perdu son don inopportun, quand une voix résonna :

« Il faut que tu maigrisses un peu, chérie. Tu es boudinée dans ton maillot de bain. »

Ce devait être le photographe car Gregory Morton poussa un juron :

« Laisse ma poule tranquille, espèce de ∗∗∗ ! Je les aime bien en chair, c'est... »

Encore plus grossière, Lydia Smiley répliqua :

« Ça suffit. J'en ai assez de supporter des ∗∗∗ pareils. Allez vous faire ∗∗∗ ! »

Charlie rapporta ce qu'il avait entendu à sa mère et à sa grand-mère. Elles rirent tellement que des larmes roulèrent sur leurs joues. Il ne voyait pas ce qu'il y avait de drôle, mais le rire de Rosie était contagieux si bien qu'il se mit à glousser lui aussi.

– Oh, Charlie, encore une, s'il te plaît, supplia-t-elle. Tiens, celle-ci.

Elle lui tendit le magazine en désignant une photo du Premier Ministre entouré de sa famille.

Il avait à peine eu le temps d'y jeter un coup d'œil que grand-mère Bone fit irruption dans la pièce.

Elle devina immédiatement ce qui se tramait et, fondant sur la table, elle leur arracha le magazine des mains.

— Comment avez-vous osé ? rugit-elle en foudroyant les deux femmes du regard. Ce garçon possède un don, martela-t-elle en tapant le crâne de Charlie avec le journal roulé, et vous l'encouragez à l'utiliser dans un but futile.

— Mais je voulais seulement…, commença-t-il.

— Je sais ce que tu étais en train de faire, répliqua-t-elle froidement. Dire des sottises pour rigoler bêtement, ce n'est certainement pas la bonne manière de faire usage de ton don. Tu ne le mérites pas, stupide gamin, mais, puisque tu l'as, il est désormais de ta responsabilité de l'améliorer. Respecter, développer, enrichir ton héritage. Ne le gâche pas pour des raisons frivoles et sans intérêt. Garde-le pour des occasions importantes.

Il allait rétorquer que le Premier Ministre était quelqu'un d'important, mais il se ravisa. Il ne lui restait plus que deux cents questions et il n'avait aucune envie de risquer son week-end de repos.

— Je ne vois pas pourquoi Charlie n'aurait pas le droit de s'amuser un peu, protesta Rosie. Je suis aussi sa grand-mère.

— Et c'est bien dommage, répliqua Grizelda. Charlie, remets-toi au travail.

Le garçon se traîna à l'étage, laissant ses deux grand-mères s'insulter.

Il allait s'asseoir à son bureau lorsqu'il aperçut Benjamin qui traversait la rue. Charlie ouvrit sa fenêtre pour lui faire signe.

— Qu'est-ce qui se passe ? cria son ami. Je ne t'ai pas vu depuis une éternité. Je n'arrête pas de sonner à ta porte, mais personne ne répond.

Charlie lui montra le gros dossier noir.

— Je dois répondre à cinq cents questions, expliqua-t-il. Il ne m'en reste plus que deux cents et, ce week-end, je pourrai me reposer. Comment va notre tu-sais-quoi ?

— C'est l'horreur, ça fait un bruit pas possible. L'une de tes sorcières de grand-tantes a sonné chez nous. Elle prétendait faire la quête pour une œuvre de charité, mais je l'ai reconnue. C'est le portrait craché de l'autre, en plus vieille.

— Tu ne l'as pas laissée entrer, au moins ?

— Non. Zaricot a poussé son grondement de la mort et l'a fait décamper.

— Bon vieux Zaricot. Il faut que je me remette au travail, Benji. (Il poussa un profond soupir.) On se voit vendredi quand j'aurai fini mes questions.

— OK.

Son ami lui adressa un petit signe pathétique de la main.

— Bizarres, ces vacances. Je n'ai vu personne. Je vais peut-être emmener Zaricot au cinéma, tiens.

— Ils repassent *Beethoven 2* en ce moment. Ça devrait lui plaire !

Après avoir refermé la fenêtre, il se pencha sur le gros dossier noir. Mais pas moyen de se concentrer. Il n'arrêtait pas de penser à la mallette argentée. Que contenait-elle ? Et pourquoi les Yeldim la convoitaient-elles tellement ?

Hypnotisé !

Le vendredi soir, grand-mère Bone corrigea les cent dernières réponses de Charlie. Les ayant soigneusement relues avec son oncle, il était sûr qu'elles étaient exactes. Mais l'expression sévère qu'arborait sa grand-mère en déchiffrant son écriture – peu soignée, il faut bien l'admettre – lui laissait craindre le pire.

Il faisait très chaud dans la chambre de Grizelda, d'autant plus qu'il se tenait près du radiateur, devant la petite table où elle était assise. Elle tendait ses jambes maigres vers la chaleur et il ne put s'empêcher de remarquer que deux de ses orteils osseux pointaient entre les mailles de ses chaussettes en grosse laine écossaise. Il en avait la nausée.

Enfin, elle marqua d'un petit signe nerveux la dernière ligne de la dernière page, indiquant que la réponse était juste. Puis elle releva la tête.

– Tu as une écriture déplorable.

– Mais tout est bon, n'est-ce pas ?

– Oui.

Elle renifla et se moucha.

– Tu as triché ?

– Triché ? répéta Charlie. N… non.

– Tu n'as pas l'air très sûr de toi, pourtant.

– Mais si, j'en suis sûr ! De toute façon, j'étais censé faire des recherches, non ? Dans des livres ou sur Internet ? C'est ce que j'ai fait.

– Tiens, voici dix questions supplémentaires.

Elle lui tendit une feuille de papier.

– Assieds-toi à ma table pour y répondre, comme ça, je pourrai te surveiller. Elles sont plus faciles, pas besoin de documentation.

– Mais ce n'est pas ce qui était prévu, gémit Charlie. Ce n'est pas juste !

– La vie est injuste, répliqua sa grand-mère.

Elle se laissa tomber sur son lit grinçant et se cala dans ses coussins.

– Allez, plus vite tu t'y mets, plus vite tu auras fini.

Charlie serra les dents. Il s'agissait d'exercices de maths. Avec un grognement étouffé, il commença. Il mit une éternité à résoudre les deux premiers problèmes, mais il venait juste de s'atteler au troisième quand il entendit ronfler dans son dos.

Grand-mère Bone s'était endormie et un grondement sonore montait de sa bouche béante. Charlie s'approcha de la porte sur la pointe des pieds, l'ouvrit sans bruit et se faufila dans le couloir. Elle émit un petit cliquetis lorsqu'il la referma, mais ne réveilla pas sa grand-mère.

Sans même prendre le temps d'enfiler un manteau, Charlie traversa la rue et fonça chez son ami Benjamin. En montant les marches du perron, il entendit Zaricot aboyer, puis trois cris perçants retentirent. Charlie appuya sur la sonnette.

Il sentit qu'on l'observait à travers le judas. La porte s'ouvrit.

À sa grande surprise, il se retrouva nez à nez, non pas avec Benjamin, mais avec M. Finistre.

– En chair et en os ! annonça-t-il avec un saut de cabri. Nous t'attendions. Allez, entre, entre.

En pénétrant à l'intérieur, Charlie entendit un autre aboiement furieux.

– Un peu de tenue, Haricot Vert, ordonna M. Finistre. Mes Flammes n'aiment pas les chiens mal élevés.

Et il s'éloigna à petits bonds dans le couloir jusqu'à la porte de la cave. Benjamin était en haut de l'escalier, tenant son chien par le collier. Zaricot se penchait au-dessus des marches branlantes. Ses aboiements avaient laissé place à un gémissement furieux.

Charlie comprit bientôt pourquoi. Au pied de l'escalier, les trois chats de M. Finistre entouraient la mallette. Avec un miaulement hargneux, Bélier sauta dessus. Lion, la queue battante, attaqua la serrure à coups de griffes tandis que Sagittaire s'en prenait aux attaches métalliques qui la maintenaient fermée.

M. Finistre les encouragea :

– Allez, mes belles Flammes ! Vous pouvez faire mieux que ça. Montrez-nous de quoi vous êtes capables.

Les chats levèrent la tête pour le regarder, les yeux brillant d'un éclat mystérieux, puis ils firent quelque chose de tout à fait extraordinaire. Ils se mirent à courir autour de la mallette. Truffe contre queue, ils formèrent un cercle qui se mit à briller, de plus en plus fort, jusqu'à étinceler d'une lueur aveuglante. Et plus les félins aux couleurs flamboyantes couraient, plus le cercle rougeoyait. Bientôt, on ne distingua plus de chats, mais un cercle de flammes qui crépitait autour de la mallette, léchant, chauffant, brûlant le métal. La fumée qui emplit la cave fit tousser Charlie et Benjamin. Zaricot s'écarta d'un bond en hurlant.

Tout ça pour rien. Car, lorsque le feu s'éteignit, que les chats redevinrent chats, la mallette demeurait obstinément fermée.

– Il va falloir que tu trouves la bonne clé, Charlie, conclut M. Finistre. Le professeur Tolly savait ce qu'il faisait lorsqu'il a scellé cette mallette. Peut-être souhaitait-il qu'elle reste fermée à tout jamais.

Les trois chats remontèrent l'escalier branlant avec agilité. Charlie sentit la chaleur qui émanait encore de leur poil lorsqu'ils lui frôlèrent les mollets.

– C'est très agréable le soir quand il fait froid, commenta M. Finistre. Un petit café, peut-être ?

Pendant qu'ils buvaient le café assez corsé de Benjamin, M. Finistre expliqua à Charlie que c'était lui qui avait déplacé la mallette dans la cave.

– Je suis passé pendant que Benjamin était chez toi. C'était son anniversaire, à ce que j'ai compris. Mais il ne restait pas beaucoup de gâteau, apparemment.

– Comment avez-vous fait pour entrer ? demanda Charlie, soupçonneux.

– La gentille maman de Benjamin m'a ouvert. Elle venait juste de rentrer. Vous savez, les Flammes et moi, nous avions repéré une dame. Une dame tout en noir avec des bottes rouges, qui faisait une collecte de vieux vêtements. Nous savions qu'elle allait bientôt arriver au numéro 12 pour demander des vieilles frusques. La maman de Benjamin aurait ouvert le placard sous l'escalier. Paf ! la dame aux bottes aurait aperçu la mallette, et la maman de Benjamin, sans se douter de rien, aurait dit : « Prenez-la. Ce ne sont que des vieux machins. » Et une fois que la dame aux bottes l'aurait eue entre les mains, ç'aurait été la fin, n'est-ce pas ? Mais à la place, c'est moi et mes chats que Mme Brown a fait entrer dans le placard pour y traquer les souris. Et pendant qu'elle me préparait un bon café, les Flammes m'ont suggéré de mettre la mallette à l'abri dans la cave, vous comprenez ?

– Comment un chat peut-il suggérer quoi que ce soit ? s'étonna Benjamin.

– Grâce à son regard, Benji, répondit M. Finistre, à son miaulement, à sa queue battante et à ses griffes habiles.

Il se leva, essuya ses petites mains poilues sur son manteau et reprit :

– Charlie, je te souhaite bonne chance. Ce n'est jamais facile de changer d'école et, pour ne rien arranger, Bloor est un bien étrange endroit. La tâche que tu as à accomplir est ardue et dangereuse, mais souviens-toi que tu as été choisi pour retrouver une vie volée. Quelle belle mission pour débuter une carrière !

Il lui tendit la main. On aurait presque dit une patte.

Charlie la serra.

Benjamin demanda alors :

– Choisi par qui ?

Avant que M. Finistre ne puisse répondre, Charlie renchérit :

– Est-ce que cela aurait par hasard un rapport avec un certain Roi rouge ?

– Tout à fait !

Sans ajouter un mot, il bondit jusqu'à la porte et fila dans la rue. Les deux garçons regardèrent sa petite silhouette agile disparaître au loin, suivie par la queue flamboyante de ses trois chats.

– On ne lui a pas demandé comment il était au courant pour la mallette, remarqua Benjamin.

– J'oublie chaque fois de lui demander des tas de

choses, soupira Charlie. Il est toujours tellement vif et pressé.

La mallette du professeur Tolly était en sécurité pour le moment, mais pour combien de temps ? Les Yeldim n'allaient sans doute pas tarder à retrouver sa trace. Il fallait lui trouver une nouvelle cachette, un endroit où personne ne penserait à la chercher.

Charlie eut une idée.

– Fidelio Gong ! s'exclama-t-il à voix haute.

– C'est quoi ça ?

– Mon professeur de musique, expliqua Charlie. Tu n'as qu'à venir à la maison dimanche, tu feras sa connaissance. Fidelio va nous aider. J'en suis sûr.

Benjamin n'avait pas l'air convaincu.

– Il faudrait d'abord qu'on trouve la clé.

Charlie était d'accord.

– On s'en occupe demain dès la première heure.

Grand-mère Bone était partie rendre visite à ses sœurs lorsque Charlie rentra chez lui. Elle ne revint que très tard dans la soirée, lui évitant tout échange désagréable à propos des problèmes de mathématiques qu'il n'avait pas terminés.

Le lendemain matin, Rosie était la seule debout lorsqu'il descendit à pas de loup dans la cuisine.

– File et amuse-toi bien, Charlie, dit-elle en glissant une banane dans sa poche. Profites-en autant que tu peux avant qu'il ne soit trop tard.

« S'amuser » n'était pas vraiment le bon mot pour décrire ce qu'il allait faire ce matin, c'était beaucoup plus sérieux que ça. Mais Charlie ne détrompa pas sa grand-mère.

Benjamin l'attendait devant le numéro 12. Il avait laissé Zaricot surveiller la mallette. Ses jappements suppliants résonnaient jusque dans la rue.

– On n'en a pas pour longtemps, hein ? demanda Benjamin qui se sentait affreusement coupable.

Charlie n'en était pas si sûr. C'était un matin d'hiver froid et gris. La grêle et la neige fondue leur fouettaient le visage, les forçant à marcher tête baissée pour éviter leurs gifles glacées.

Il n'y avait presque personne dehors et le quartier de la cathédrale était désert. Mais, alors qu'ils approchaient de la librairie, deux silhouettes surgirent du rideau de neige fondue : deux jeunes de seize ou dix-sept ans. Ils s'arrêtèrent en voyant Charlie et Benjamin et s'écartèrent légèrement de façon à occuper toute la largeur du trottoir. Charlie descendit sur la chaussée pour les éviter, mais l'un d'eux le héla :

– Charlie Bone ?

Il frissonna. Il avait déjà entendu cette voix. Levant les yeux, il reconnut le garçon qu'il avait vu en une du journal : Manfred Bloor.

– Où vas-tu comme ça, Charlie Bone ?

– Ça ne vous regarde pas, répliqua-t-il bravement.

– Ah bon ?

L'autre ricana.

– Si, ça me regarde, justement, affirma Manfred.

Mais je le sais déjà. Tu vas à la librairie Melrose demander à la propriétaire de te donner une clé, clé qui ouvre une certaine mallette qui ne t'appartient pas plus qu'à elle.

Charlie ne répondit rien. Il voulut l'esquiver pour descendre sur la chaussée, mais la main de Manfred se referma sur son bras. Son acolyte, un garçon roux à l'air sournois, se chargea d'immobiliser Benjamin.

— J'ai de mauvaises nouvelles pour toi, Charlie, annonça Manfred d'une voix glaciale. Tu ne vas pas aller à la librairie chercher cette fameuse clé, car personne ne doit ouvrir la mallette avant qu'elle ne soit en ma possession.

— Je ne vois pas de quoi vous parlez, répliqua-t-il en se contorsionnant pour essayer de lui échapper.

— On veut juste acheter un livre, renchérit Benjamin.

— Il n'y a pas de rayon jeunesse chez Melrose, se moqua le rouquin.

— Lâchez-moi ! cria Charlie. J'ai le droit d'aller où je veux. Vous ne pouvez pas m'en empêcher.

Tendant son bras libre, il tira sur l'oreille de son agresseur, mais Manfred lui saisit les deux mains et les broya, le forçant à s'agenouiller.

— Regarde-moi ! ordonna-t-il.

Contre son gré, Charlie leva la tête.

— Regarde-moi dans les yeux.

Les pupilles de Manfred luisaient comme deux charbons ardents, sombres et insondables. Charlie les fixa, avec une fascination mêlée de dégoût. Il se sentit aspiré, de plus en plus profond. Il coulait, il se noyait, il ne pouvait plus respirer. Le monde autour de lui disparaissait, il ne restait plus que les yeux de Manfred. Soudain, Charlie se retrouva propulsé dans un autre univers, à l'intérieur d'une voiture, pour être précis.

Elle traversait une forêt à vive allure et Charlie semblait être au volant. Les yeux noir charbon le suivaient et la voix sinistre répétait sans cesse :

– Regarde-moi !

Il y eut une violente secousse qui projeta Charlie hors du véhicule. Il atterrit au bord d'un précipice tandis que la voiture – une voiture bleue – dégringolait quelques centaines de mètres plus bas. Les cris aigus des oiseaux rompirent le silence de la forêt puis, dans le lointain, en contrebas, résonna l'écho de sa chute.

– Charlie ! Charlie !

Le garçon ouvrit les yeux. Il était assis par terre, adossé à un réverbère. Benjamin le dévisageait d'un air inquiet.

– Qu'est-ce qui t'est arrivé ? demanda-t-il, affolé.

– Je ne sais pas, avoua Charlie.

– On dirait que tu t'es endormi, lui expliqua son ami. J'ai dû te secouer pendant une heure !

– Mais pourquoi je me serais endormi ? demanda-t-il, un peu penaud.

– C'est arrivé quand tu as regardé ce gars dans les yeux. Je crois qu'il t'a hypnotisé.

– Qui ? Quand ?

Il ne se souvenait plus de rien.

– Et d'abord qu'est-ce qu'on fait ici ?

Benjamin se tordit les mains.

– Oh, Charlie ! Tu as tout oublié. On était partis voir Mlle Melrose pour lui demander une clé lorsque ces deux gars nous ont bloqué la route. L'un d'eux, celui qui avait une queue-de-cheval, t'a demandé de le regarder dans les yeux et là, tu es devenu tout bizarre et tu t'es endormi.

– Oh ! souffla Charlie.

La mémoire commençait à lui revenir. Il frissonna. Il faisait froid, certes, mais c'était le souvenir du regard pénétrant de Manfred qui lui donnait la chair de poule.

– On va quand même à la librairie ? demanda Benjamin.

Charlie se releva, chancelant.

– Je ne me sens pas très bien.

Jamais Benjamin ne l'avait entendu dire une chose pareille. Il était toujours en pleine forme, d'habitude. C'était très inquiétant.

Tandis que les deux amis rentraient chez eux, par les rues gelées, il se mit à marmonner quelque chose à propos d'une voiture bleue qui roulait dans la forêt et qui serait tombée dans un ravin. Soit il était somnambule, soit il avait complètement perdu la tête. Tout ce qu'il racontait n'avait aucun sens. Mais, soudain, il s'arrêta net et prit le bras de Benjamin en s'écriant :

– C'est ce qui est arrivé à mon père, Benji. Il est tombé dans un ravin.

– C'est vrai ? Je me suis toujours demandé. En fait, je me disais que ton père était peut-être tout simplement parti de la maison.

– Non, répondit Charlie d'un air grave. Il a été assassiné.

Benjamin ne savait pas quoi répondre à cela. La vie de son ami était devenue, non seulement plutôt compliquée, mais aussi dangereuse. Ils étaient maintenant devant le numéro 9. Le mieux, pensa-t-il, était de le laisser se reposer un peu. En plus, il entendait Zaricot aboyer. Il espérait qu'il ne hurlait pas comme ça depuis des heures.

– Bon, on en reparlera demain, dit-il. Je passerai pendant ton cours de musique.

– Mon cours de musique ? répéta Charlie, perplexe.

– Fidelio Gong, lui rappela-t-il gentiment.

– Mm.

Le visage livide de Charlie commençait à reprendre des couleurs.

– Ah oui. À demain, Benji.

Il se traîna jusque chez lui. À l'intérieur, tout était silencieux. Le bon petit plat mijoté par Rosie embaumait jusque dans l'entrée mais, au lieu de lui ouvrir l'appétit, l'odeur alléchante lui donna mal au cœur.

Il monta s'allonger sur son lit. Ce devait être ce qu'on ressentait après une opération chirurgicale : un peu déconnecté du monde réel.

126

Manfred Bloor l'avait reconnu. Mais comment ? Charlie se souvint du premier cliché, celui du professeur Tolly. Lorsqu'il l'avait regardé, qu'il avait entendu les voix, Bélier le chat l'avait aperçu. Une sorte de contact s'était fait entre eux, malgré les huit années qui s'étaient écoulées. Et si, lorsque Charlie avait découvert sa photo dans le journal, Manfred l'avait vu lui aussi ?

Charlie décida de faire une expérience. Il devait avoir quelque part une photo de Benjamin qui avait été prise le même jour que celle de Zaricot. Il fouilla dans un tiroir et en tira le portrait de son ami, les yeux écarquillés, surpris par le flash.

Il se concentra sur son visage. Pendant un instant, Benjamin se contenta de le regarder, puis soudain il protesta :

« Arrête, je n'aime pas qu'on me prenne en photo ! »

Dans le fond, un chien aboya, puis Charlie entendit sa propre voix :

« Allez, souris, Benji. Ouais, parfait ! »

C'était tout. Rien d'autre. Juste un chien qui haletait bruyamment, puis un long bâillement canin.

Pendant ce temps-là, au numéro 12, Benjamin venait d'ouvrir un pot de yaourt à la fraise. Il allait y plonger sa cuillère lorsque le visage de Charlie apparut au milieu des morceaux de fruit. Avec un haut-le-cœur, il le jeta à la poubelle.

– Il a tourné, dit-il à son chien. On va plutôt manger du fromage, hein ?

Zaricot, ravi de cette décision, battit joyeusement de la queue.

La mère de Charlie le réveilla pour le déjeuner, mais il se rendormit tout de suite après avoir mangé. Au dîner, Rosie lui demanda s'il était malade, parce qu'il était bizarre et qu'il n'avait pas touché à ses sardines.

– Non, je ne suis pas malade. Je crois que j'ai été hypnotisé.

Sa mère et sa grand-mère éclatèrent de rire.

– Grand-mère Bone est sur le sentier de la guerre, dit Rosie. Elle te cherchait à propos d'un certain questionnaire, mais elle a reçu un coup de fil et elle a filé chez les Yeldim.

Après le dîner, Charlie se rendormit. Il se réveilla sur le coup de minuit en entendant son oncle qui descendait à la cuisine.

Charlie le rejoignit sur la pointe des pieds. Il avait l'esprit plus clair et une faim de loup. Il trouva Vassili assis devant une assiette de poulet, crevettes et salade. Il y avait également une corbeille de pain et une bouteille de vin sur la table. Le grand verre de son oncle était à moitié plein.

Dans son chandelier en argent, posé au centre de la table, une seule bougie éclairait la pièce.

Oncle Vassili plissa les yeux et aperçut Charlie dans l'ombre, près de la porte.

– Entre, mon garçon. Tu aimes le poulet ?

– Si j'aime ça ?

Charlie s'installa face à lui.

– J'ai tellement faim que j'avalerais un bœuf !

Son oncle lui tendit une cuisse de poulet dans une assiette en demandant :

– Alors, tu as passé une bonne journée ?

– Affreuse.

Charlie lui raconta sa rencontre avec Manfred Bloor alors qu'il allait chercher la clé de la mallette chez Mlle Melrose.

Oncle Vassili laissa tomber sa fourchette.

– Tu veux dire que ces deux gars voulaient t'empêcher d'aller à la librairie ?

– Oui, exactement. Manfred a l'intention de prendre la clé chez Mlle Melrose avant moi, puis de venir chercher la mallette. Décidément, elle intéresse beaucoup de monde.

– Il va falloir protéger cette chère demoiselle, murmura Vassili. Dis-moi, Charlie, pourquoi tiens-tu absolument à garder cette mallette alors qu'elle t'attire tant d'ennuis ?

– Ce qui se trouve à l'intérieur a été troqué contre un bébé. Je veux l'échanger à nouveau pour que Mlle Melrose retrouve sa nièce. Ce n'est pas juste, c'est la seule famille qui lui reste et elle ne la connaît même pas !

– Je me demande pourquoi cette charmante personne n'a jamais songé à faire l'échange elle-même…

– Elle vient juste de recevoir les affaires de son beau-frère, expliqua Charlie. Lorsqu'elle a enfin eu la fameuse mallette entre les mains, elle avait abandonné les recherches depuis longtemps, après avoir été écartée, trompée, piégée…

– Tu m'as l'air très au courant, constata Vassili.

Il déposa son assiette vide dans l'évier.

– Charlie, tu ne seras pas là de la semaine, je vais donc me charger de rendre les clés à Mlle Melrose de ta part. Si elle trouve la bonne, je te la donnerai lorsque tu reviendras pour le week-end. Mais je pense que tu devrais me montrer la mallette. Je veux être là quand tu l'ouvriras. Par mesure de précaution.

– Comment ça ?

– Qui sait ce qu'elle contient ? Il vaut mieux qu'il y ait un adulte dans les parages, tu ne crois pas ?

– Si, j'imagine.

Charlie avait de nouveau l'estomac noué. Cette fois, c'était parce que son oncle venait de lui rappeler qu'il allait passer toute la semaine emprisonné à Bloor.

– Oncle Vassili, pourquoi suis-je obligé d'aller à Bloor ? Juste parce que j'ai un don ?

– Pour qu'ils puissent t'avoir à l'œil. Ils ne veulent pas que tu utilises ton pouvoir dans leur dos. Ils veulent tout contrôler.

– Je suppose que tu es allé à Bloor ?

– Évidemment.

– Et ça t'a plu ?

– Ce n'est pas exactement le mot que j'emploierais. Disons que j'ai survécu. J'ai fait profil bas et ils m'ont plus ou moins laissé tranquille.

Vassili soupira.

– Ça a toujours été mon problème. J'ai toujours fait profil bas alors que, parfois, j'aurais dû relever la tête. Enfin… Il n'est peut-être pas trop tard.

Ils entendirent des pas sur les marches du perron. La porte d'entrée s'ouvrit brusquement et la lumière s'alluma. Grizelda se tenait sur le seuil. Elle fusilla Charlie du regard.

– Qu'est-ce que c'est que ça ? Un festin nocturne ? Au lit, Charlie Bone ! Tu finiras ton questionnaire demain matin. Et tu as école lundi, je te rappelle. Tu ne tiendras jamais si tu ne dors pas !

– Bonne nuit, grand-mère ! Bonne nuit, oncle Vassili !

Charlie fila sans demander son reste. En montant l'escalier, il l'entendit crier après son frère :

– Qu'est-ce que tu complotes, Vassili ? Je ne peux pas te faire confiance ! Dans quel camp es-tu ? Réponds-moi !

Une entorse au règlement

Benjamin et Fidelio arrivèrent devant chez Charlie exactement en même temps. Benjamin devina au premier regard que ce garçon jovial était le professeur de musique de son ami. Tout d'abord, il avait un étui à violon dans une main et un porte-musique dans l'autre. Et puis, il avait un air… musical ! Ils se saluèrent et Fidelio appuya sur la sonnette.

Ce fut grand-mère Bone qui leur ouvrit.

— Va-t'en, Benjamin Brown. Charlie a cours de musique, tu vas le déranger.

— Mais non, pas du tout, affirma Fidelio. Nous avons besoin de lui pour jouer un trio.

Elle haussa un de ses épais sourcils gris.

— Un trio ? Et puis quoi encore ?

Benjamin tournait déjà les talons, mais Fidelio le retint.

– Sa présence est indispensable, madame Bone, insista-t-il. Le professeur Tempest, qui dirige la section musique, m'a demandé de travailler la musique d'ensemble pour que Charlie s'habitue à ce que nous faisons en classe.

– Grumpf! Vous êtes vraiment tous pareils. Tous les gamins mentent comme ils respirent!

Cependant, elle ne devait pas être sûre qu'il s'agissait d'un mensonge puisqu'elle laissa entrer Benjamin.

Les deux garçons trouvèrent Charlie en train de répéter ses gammes.

– Tu as énormément progressé, le félicita son professeur. Aujourd'hui, la leçon risque d'être bruyante, car nous allons jouer tous les trois ensemble.

Il ouvrit son porte-musique et en tira une flûte qu'il tendit à Benjamin.

– Mais je ne sais pas jouer…, protesta-t-il.

– Tu vas vite apprendre.

Effectivement, au bout d'à peine dix minutes, Benjamin jouait de la flûte. Les trois garçons faisaient un vacarme du tonnerre. Charlie s'attendait à ce que grand-mère Bone surgisse d'une minute à l'autre, mais elle ne se montra pas. C'était fantastique de pouvoir taper comme un fou et de chanter à tue-tête sous couvert d'apprendre la musique. Il attendit que Fidelio suggère de faire une pause pour aborder le délicat sujet de la mallette.

Lorsqu'il posa enfin son archet, Charlie s'empressa de dire :

– On a un problème, Fidelio. Et on se demandait si tu pourrais nous aider.

– Avec plaisir. De quoi s'agit-il ?

Charlie lui expliqua l'histoire en omettant ce qui concernait le bébé. Il ne le connaissait pas encore assez bien pour ça.

– Vous voulez donc que je cache cette mallette pour vous, conclut-il. Facile. Je la dissimulerai au milieu de tous nos étuis à instruments, à la maison.

– Le souci, c'est qu'on nous espionne, reprit Charlie. Mes grand-tantes savent que la mallette est chez Benjamin. Il faut donc qu'on trouve quelque chose d'assez grand pour la transporter.

– Je n'ai qu'à apporter l'étui à xylophone de mon père. Il est gigantesque. C'est drôle que tu aies l'impression d'être espionné. J'aurais juré avoir aperçu Zoran Pike en face de chez toi en arrivant. Il était déguisé, comme d'habitude. Il est en section théâtre, mais c'est un très mauvais acteur. Enfin bref, il portait un long manteau, un chapeau bizarre et une fausse moustache. Mais je le reconnaîtrais entre mille, car il a les yeux jaunes, des yeux de loup.

– Et les cheveux roux ? demanda Charlie. Le copain de Manfred avait les yeux jaunes.

– C'est lui ! Son esclave dévoué. Il ferait n'importe quoi pour lui. Jusqu'à vendre sa propre mère.

Charlie lui raconta que Manfred l'avait hypnotisé.

– J'ai entendu des rumeurs à son sujet, reprit Fidelio d'un air grave. Il paraît que, si on se le met à dos, on risque… de le regretter toute sa vie. Je te conseille de l'éviter au maximum.

La porte s'ouvrit, Grizelda passa la tête à l'intérieur.

– Je suppose que vous avez fini.

– Vous supposez bien, madame Bone, confirma Fidelio.

Il rassembla ses partitions et ses instruments de musique. Charlie et Benjamin le raccompagnèrent à la porte. En s'éloignant, il lança :

– À demain, Charlie. Et à très bientôt, Benjamin !

Charlie inspecta les environs avant de refermer la porte. Aucune trace de Zoran Pike ou d'un quelconque espion portant un long manteau et une fausse moustache. Il se tourna vers Benji en chuchotant :

– Au fait, tu m'as aperçu hier à l'heure du dîner ?

Son ami, on ne peut plus surpris, répondit :

– Oui, tu es apparu au fond de mon pot de yaourt. Ça m'a donné mal au cœur.

– Désolé, je faisais une petite expérience.

Benjamin se demandait quel genre d'expérience, mais il jugea finalement qu'il valait mieux ne pas savoir.

Grand-mère Bone l'autorisa à rester dîner, mais le renvoya chez lui de bonne heure pour que Charlie puisse préparer ses bagages.

– Tu n'as pas besoin d'emporter grand-chose, dit sa mère en pliant son pyjama neuf. Tu reviens vendredi.

Charlie aurait préféré un pyjama sans petits nounours mais, ne voulant pas paraître ingrat, il décida de se taire. Il prit une chemise propre, sa tenue de sport, des chaussettes et des sous-vêtements, ainsi que la cape bleue.

– Je crois que tu es censé la porter pour y aller, Charlie, intervint sa mère en dépliant la cape. J'ai brodé ton nom à l'intérieur. En vert, regarde. Désolée, c'était la seule couleur que j'avais.

Charlie rangea de nouveau la cape.

– Je la sortirai en arrivant.

Demain, pour son premier jour, sa mère le déposerait devant l'institut. Grand-mère Bone avait déjà rempli tous les papiers d'inscription. Et vendredi prochain, il rentrerait à la maison avec le car scolaire, en descendant à l'arrêt au bout de la rue.

– J'ai autre chose que tu aimerais sans doute emporter, ajouta sa mère d'un ton hésitant.

Elle quitta la pièce et revint un instant plus tard avec un objet enveloppé dans du papier de soie.

– Tu dois porter une cravate bleue, expliqua-t-elle. Grand-mère Bone t'en a fourni une, mais...

Elle écarta le papier et en tira une cravate bleu vif. Sur le devant, un petit Y doré avait été brodé au fil de soie.

– Elle était à ton père. Le Y est l'initiale de Yeldim. Ton père avait beau s'appeler Bone, il avait du sang Yeldim et, visiblement, cela compte beaucoup à Bloor. Les Yeldim sont apparentés aux Bloor, apparemment.

– Apparentés ? Tu veux dire qu'ils sont cousins ?

Charlie était surpris que sa mère ne lui ait jamais fait part d'une information aussi importante auparavant.

– Des cousins éloignés.

– Y aurait-il par hasard un Roi rouge dans l'histoire ?

– Ton père l'a mentionné en effet.

– Alors pourquoi grand-mère m'a-t-elle acheté une cravate sans initiale ?

– Peut-être faut-il que tu fasses tes preuves d'abord, Charlie. Peut-être craignent-ils que tu t'éloignes du droit chemin, comme Liam.

Elle glissa la cravate dans le sac de son fils.

– De toute façon, prends-la, on ne sait jamais.

Lorsqu'elle fut partie, Charlie ressortit la cravate pour l'examiner. Elle était taillée dans un tissu doux et brillant comme de la soie ou du satin. Il l'approcha de son visage pour la renifler. Elle dégageait le même parfum que sa mère autrefois, lorsqu'elle avait encore de beaux vêtements. Toutes ses plus jolies tenues étaient maintenant usées jusqu'à la corde et il fallait bien avouer qu'elle avait une allure un peu négligée, désormais.

Le lendemain matin, Rosie lui prépara un petit déjeuner gargantuesque, mais il réussit tout juste à grignoter un peu de bacon. Il avait l'estomac noué.

Dans la cuisine, tout le monde semblait nerveux. Même oncle Vassili était descendu.

– Je t'y conduirais bien en voiture, mon garçon, mais il n'y a pas de place pour se garer dans les environs. Et le personnel de l'institut surveille jalousement son parking.

Les autres se regardèrent, mal à l'aise, sachant pertinemment que, de toute façon, Vassili ne pouvait pas quitter la maison en plein jour. Grand-mère Bone intervint alors :

– On a commandé un taxi. Il vient d'arriver.

– Je ne veux pas y aller en taxi ! protesta Charlie. Je vais avoir l'air d'un fils à papa.

– Tu feras ce qu'on te dit, répliqua-t-elle. Va chercher tes affaires.

Avec un bisou trempé de larmes de Rosie, un signe de la main de Vassili et un sourire glacial de grand-mère Bone, Charlie et sa mère montèrent dans le taxi. Il les déposa à l'entrée de l'institut. Ils traversèrent une cour pavée où trônait une fontaine ornée de statues de cygnes. Devant eux se dressait un bâtiment gris et imposant, haut de cinq étages, où s'ouvraient d'étroites fenêtres sombres, réfléchissant la lumière.

L'entrée se faisait par une arche de pierre, encadrée de deux tours coiffées d'un toit pointu. Lorsqu'ils arrivèrent au pied du vaste perron, la mère de Charlie s'immobilisa soudain et leva la tête vers l'une des tours. Elle était livide et, un instant, Charlie crut qu'elle allait s'évanouir.

– Qu'est-ce qu'il y a, maman ?

– J'ai eu l'impression que quelqu'un m'observait, murmura-t-elle. Bon, il faut que j'y aille, Charlie.

Elle l'embrassa en vitesse et traversa la cour d'un pas pressé.

Trois cars déposaient les élèves devant l'institut. Bientôt, Charlie se retrouva au milieu d'une nuée d'enfants courant, sautant, criant, vêtus de leurs capes bleues, vertes ou violettes.

– Mets ta cape, Charlie ! Ou tu vas avoir des ennuis.

Fidelio émergea de la foule mouvante.

– Tu as bien une cape, non ? J'ai oublié de t'en parler.

– Oui, oui.

Charlie tira la cape de son sac et la noua autour de son cou.

– Bien, maintenant, suis-moi. Ne me lâche pas d'une semelle. Il y a toujours un peu de bousculade le lundi matin.

Charlie lui emboîta le pas. Passant sous l'arche de pierre, ils débouchèrent dans une nouvelle cour. Son regard s'arrêta sur l'un des hauts murs gris : une longue tache noire cernait une fenêtre.

– C'est là que Manfred a failli être brûlé vif, chuchota Fidelio.

– L'incendie ? fit Charlie.

Fidelio acquiesça en levant les yeux au ciel.

Ils étaient arrivés devant une immense porte dont les battants ornés de motifs en bronze étaient grands ouverts. En entrant, Charlie les admira, bouche bée.

Il se retrouva alors dans un hall immense où régnait le silence le plus total. Adieu rires et cris, on n'entendait plus que le bruit des pas sur les dalles.

L'œil rivé sur Fidelio, Charlie se fraya un chemin parmi le flot d'élèves qui se croisaient dans cette salle tout en longueur, disparaissant derrière ses nombreuses portes. Fidelio semblait se diriger vers celle qui était surmontée de deux trompettes croisées.

Ils étaient presque arrivés à destination lorsque quelqu'un poussa un cri aigu en agrippant la cape de Charlie. Il se retourna et découvrit une fille aux cheveux violets étendue sur les dalles. Elle avait une allure plus qu'étrange. En plus de sa chevelure et de sa cape violettes, elle avait un tatouage violet au milieu du front et portait des chaussures de la même teinte, avec de très hauts talons et le bout pointu. Son sac à dos s'était ouvert, éparpillant livres et stylos tout autour d'elle.

— Désolée, fit-elle en pouffant. Ces chaussures causeront ma perte… ou plutôt ma chute ! corrigea-t-elle en gloussant d'autant plus.

Charlie allait l'aider à se relever lorsqu'une voix ordonna :

— Laisse-la, Bone !

Zoran Pike, en violet lui aussi, toisait la fille d'un œil noir.

— Olivia Vertigo, tu connais le règlement ? Récite-le-nous.

En se remettant sur pied, la fille fredonna :

Dans le hall, pas de bruit
Silence de jour comme de nuit
Pas un mot, pas un cri,
On se tait, on obéit
Et bla bla bla bla bli…

Zoran Pike la prit par le bras.

— L'insolence ne me fait pas rire, aboya-t-il. Viens avec moi.

Et il l'entraîna à sa suite.

— Mes livres ! gémit-elle.

Charlie ramassa ses affaires tandis que Fidelio, posant un doigt sur ses lèvres, les rangeait dans le sac à dos violet. Dès qu'ils eurent franchi la porte aux trompettes, il annonça :

— C'est bon. On peut parler, maintenant.

Ils se trouvaient dans un spacieux vestiaire carrelé avec des casiers sur deux murs et des portemanteaux le long des deux autres. Il y avait une rangée de lavabos au centre de la pièce.

— Que va-t-il arriver à cette fille ? s'inquiéta Charlie.

— Elle va sûrement être collée, Manfred va lui faire la leçon et elle n'aura pas le droit de rentrer chez elle avant samedi. Elle n'est là que depuis la rentrée et elle a déjà eu deux retenues. Elle aurait sans doute été renvoyée si elle n'était pas aussi douée en théâtre. Un jour, je suis entré dans sa classe pour transmettre un message à un prof, elle était en train de jouer une scène toute seule, c'était incroyable.

Après lui avoir montré son casier, Fidelio conduisit Charlie dans une grande salle lambrissée de chêne. Un groupe de musiciens accordaient leurs instruments sur l'estrade.

— D'abord, on chante l'hymne de l'école, puis ce sera l'appel.

Charlie et Fidelio s'installèrent sur les bancs du premier rang. Petit à petit, la pièce se remplissait de garçons et de filles vêtus de capes bleues. Il devait y avoir une centaine d'enfants de onze à dix-huit ans. Charlie pensait être le plus jeune, jusqu'à ce qu'un tout petit garçon se glisse à côté de lui.

— Salut, fit-il. Je m'appelle Billy Corbec.

— Moi, c'est Charlie Bone.

Le gamin sourit. Il avait les cheveux presque blancs et les yeux d'une teinte étrange, rouge foncé.

— Je suis albinos, expliqua-t-il. Je ne vois pas très clair mais, par contre, j'entends parfaitement.

— Tu n'es pas un peu jeune pour être ici ? s'étonna Charlie.

— J'ai sept ans, mais je suis orphelin, c'est pour ça qu'ils m'ont pris. Et en plus, j'ai un don.

— Moi aussi, chuchota Charlie.

Billy le dévisagea, visiblement ravi.

— Tant mieux. Comme ça, on est trois.

Charlie n'eut pas le temps de lui demander qui

143

était le troisième musicien à posséder un don, car un homme de haute taille, aux cheveux blancs, était monté sur l'estrade.

– C'est le professeur Tempest, lui glissa Fidelio à l'oreille.

Il était entouré de cinq autres professeurs de musique : deux jeunes femmes, un vieux bonhomme à lunettes, un homme à l'air jovial et à la chevelure indisciplinée ainsi qu'un personnage qui retint toute l'attention de Charlie. Il n'avait jamais vu un visage aussi impassible. L'homme était immense, maigre, et ses cheveux bruns n'avaient visiblement pas vu de peigne depuis bien longtemps. Son expression resta imperturbable, même lorsque l'orchestre se mit à jouer et tous les élèves à chanter.

Après l'assemblée du matin, Fidelio conduisit Charlie à une porte qui s'ouvrait à côté de l'estrade. « M. Misair, instruments à vent », indiquait le panneau.

– On se voit à la récré, lui dit-il. J'ai cordes avec Mlle Chrystal.

– Qui étaient les autres professeurs, sur l'estrade ? demanda Charlie.

– Eh bien, il y avait ce bon vieux Misair dont tu vas bientôt faire la connaissance – sur ce coup-là, je ne t'envie pas –, et puis M. O'Connor qui enseigne la guitare et autres instruments du même genre. Les deux dames s'occupent des cordes frottées. Quant au professeur Tempest, lui, c'est les cuivres et la chorale.

– Et l'homme qui était dans le fond ? Le grand brun ?

– Oh, M. Pèlerin…

Fidelio fit la grimace.

– Il enseigne le piano, mais personne n'ose s'approcher de lui. Il est trop bizarre.

– Bizarre ?

– Il ne dit pas un mot. On ne sait jamais si on a bien joué ou pas. C'est mon père qui m'a appris le piano. Il est prof dans une école normale. Bon, il faut que j'y aille, je suis en retard.

Ainsi le père de Fidelio enseignait dans une école « normale », cela faisait donc de Bloor une école « spéciale » ? Très spéciale, même, à ce qu'il avait vu jusque-là ! Charlie regarda son nouvel ami filer vers une autre porte, puis entra affronter M. Misair et ses instruments à vent.

Ce dernier n'aimait pas les élèves qui possédaient un don, il le lui fit tout de suite comprendre. Il trouvait qu'ils lui faisaient perdre son temps. Ils avaient certes leurs talents particuliers mais qui étaient parfaitement inutiles, à son humble avis.

Après un cours pénible et peu motivant, il ordonna à Charlie de laisser sa cape au vestiaire pour aller courir dans le jardin.

– Et où est le jardin ?

Sa question lui semblait assez pertinente, mais M. Misair parut agacé.

– À votre avis ? répliqua-t-il.

Par chance, Charlie croisa Fidelio dans les vestiaires.

– Tout le monde doit aller courir après la première heure, lui expliqua-t-il. Suis-moi.

Le jardin n'avait pas grand-chose de commun avec l'image que Charlie se faisait de ce mot. Il n'avait pas de fin, pour autant qu'il puisse en juger et n'était délimité par aucune clôture ou barrière. Il s'agissait en réalité d'un grand champ, à l'arrière de l'institut, où les enfants couraient par deux, trois ou parfois seuls. Il était entouré par un bois épais et, au loin, entre les arbres, on apercevait un pan de mur de couleur ocre. Fidelio lui expliqua qu'il s'agissait de ce qu'ils appelaient les « ruines ».

– Il y a des siècles, c'était un immense château, dont il ne reste plus grand-chose. Le toit s'est effondré, mais il y a encore quelques couloirs tortueux, des statues étranges et des escaliers à demi écroulés. Les arbres ont poussé tout autour et même à l'intérieur, ça fait froid dans le dos.

– Tu y es déjà entré ? s'enquit Charlie en désignant du menton la muraille délabrée.

Fidelio eut un sourire amer.

– Tu plaisantes ! Tous les hivers, fin novembre, on doit jouer au jeu des ruines. C'est obligatoire, que tu le veuilles ou non. Il y a deux ans, une fille y est entrée et elle n'en est jamais ressortie.

Fidelio s'était mis à courir et Charlie, qui tentait de suivre son rythme, demanda :

— Ils ne l'ont pas retrouvée ?

— Jamais.

Fidelio baissa la voix.

— Paraît-il que c'était déjà arrivé. On retrouve juste leur cape mais pas de… de…

— De corps ? suggéra Charlie.

Son ami hocha la tête.

— Ils se sont volatilisés.

Charlie regarda les ruines en frissonnant.

Après un quart d'heure de course, un cor de chasse se fit entendre et les enfants s'empressèrent de rentrer.

— Tu as commencé par le cours le plus ennuyeux, mon pauvre, lui assura Fidelio. M. Misair est vraiment notre pire prof. Maintenant, on a anglais ensemble. Mais d'abord, on doit remettre nos capes. Nous ne sommes autorisés à les enlever que pour le sport.

Cependant, lorsque Charlie arriva dans le vestiaire, sa cape avait disparu. Celle qu'il trouva à la place était en haillons, toute déchirée dans le bas.

— Mets-la, lui conseilla Fidelio. C'est mieux que rien. Quelqu'un a dû prendre la tienne par erreur.

— Ce n'est pas la mienne, protesta-t-il. Elle doit bien appartenir à quelqu'un, je ne peux pas la lui prendre.

Son ami le supplia, paniqué :

— Allez, mets-la ou tu vas avoir des ennuis.

Mais Charlie refusa obstinément. Il n'avait aucune idée des ennuis auxquels Fidelio faisait référence. S'il avait su, il aurait sans doute suivi ses conseils.

Le professeur d'anglais, M. Carp, était un gros bon-homme rougeaud. En le voyant entrer sans sa cape, il fixa ses petits yeux sur lui. Où avait-il donc la tête ? Où était passé « l'accessoire essentiel » ?

– Si vous voulez parler de ma cape, monsieur, je ne la trouve plus, répondit Charlie en toute innocence.

M. Carp leva sa canne et frappa d'un coup sec sur son bureau.

– Dehors !

– Mais, monsieur, intervint Fidelio, ce n'est pas sa faute.

– Taisez-vous, Gong ! brailla-t-il.

Pour un homme de sa carrure, il avait une voix étonnamment aiguë.

Il pointa sa canne sur Charlie.

– Vous ! Sortez immédiatement !

Pour ne pas envenimer la situation, Charlie quitta la pièce au plus vite. Mais, une fois dehors, il ne savait pas où aller. Il resta donc adossé au mur à fixer les grandes portes qui menaient vers le monde extérieur, à l'autre bout du hall. Il faisait un froid glacial et l'idée de passer la nuit entre ces murs l'enthousias-mait de moins en moins.

Alors que le cours d'anglais touchait à sa fin et que Charlie espérait pouvoir chercher sa cape avec Fide-lio, une porte s'ouvrit un peu plus loin dans le hall. Zoran Pike fit son apparition.

Il vint à sa rencontre avec un sourire mauvais aux lèvres.

– Tiens, tiens, mais ne serait-ce pas Charlie Bone ? ricana-t-il. Je vois que tu as enfreint le règlement dès le premier jour.

– Comment ça ?

– T'ai-je donné la parole ?

Le sourire de Zoran s'évanouit.

– Où est passée ta cape, Bone ?

– Je n'en sais rien.

– Viens avec moi voir le responsable des élèves.

Il referma la main sur sa nuque et le força à avancer. Ils se dirigèrent vers une porte marquée « Préfets ».

Zoran l'ouvrit et poussa Charlie à l'intérieur.

Un petit groupe de garçons plus âgés étaient affalés dans des fauteuils et des canapés. Certains levèrent la tête pour jeter un coup d'œil à Charlie, avant de retourner à leur livre ou à leur conversation.

Au fond de la pièce, près d'une fenêtre, Manfred Bloor se tenait derrière un long bureau, drapé dans sa cape violette. Sur l'une des deux chaises installées face à lui, la fille aux cheveux violets balançait ses jambes dans le vide. Sur l'ordre de Zoran, Charlie s'assit sur la deuxième. Olivia lui sourit.

– Défaut du port de cape, annonça Zoran.

Charlie détourna les yeux sous le regard inquisiteur de Manfred. Il ne voulait pas risquer d'être à nouveau hypnotisé.

– Personne ne t'a donc communiqué le règlement, Charlie Bone ? demanda-t-il.

– Non, répondit-il en fixant un point au-dessus de sa tête.

– Habituellement, on l'envoie aux élèves avant leur arrivée. Tu ne l'as pas eu ?

– Non.

Charlie regardait par la fenêtre, derrière le bureau.

– Ma grand-mère l'a peut-être reçu, mais elle a oublié de me le donner.

Selon lui, il était même fort probable qu'elle ait délibérément omis de le lui fournir afin de lui attirer des ennuis.

Manfred ouvrit un classeur rouge et en sortit un document qu'il tendit à Charlie.

– Le règlement. Étudie-le attentivement et apprends-le par cœur, Bone.

Il se tourna alors vers Olivia.

– Quant à toi, Vertigo, tu sembles incapable de le retenir. Vous serez tous les deux retenus vendredi soir. Vos parents seront informés qu'ils peuvent venir vous chercher samedi.

Charlie bondit.

– Vous ne pouvez pas faire ça ! C'est ma première semaine. Maman va…

Manfred eut une moue méprisante.

– Maman ?

– Maman ? répéta Zoran. Personne ne dit « maman » ici !

– Non, il n'y a pas de bébés à Bloor ! cingla Manfred avec un ricanement sinistre.

La salle du Roi rouge

Olivia et Charlie furent raccompagnés jusqu'à la porte et jetés sans ménagement dehors.

– Et maintenant, qu'est-ce qu'on fait ? demanda Charlie, morose.

– Allons dans les vestiaires de la section théâtre, on pourra discuter, chuchota Olivia.

Il la suivit jusqu'à une porte encadrée par deux masques dorés, l'un souriant, l'autre triste.

Le vestiaire violet était beaucoup plus intéressant que le bleu car il regorgeait de costumes extrava-gants. Chapeaux à plumes, casques, hauts-de-forme, fleurs en plastique et masques étaient pendus aux portemanteaux, tandis que le sol disparaissait sous un océan de chaussures de toutes tailles et de toutes sortes.

Olivia jeta ses talons hauts dans un coin pour enfi-ler des ballerines toutes simples.

– Tu crois que ça fera l'affaire ? demanda-t-elle.

Charlie haussa les épaules.

– Ne fais pas cette tête. Ce n'est pas si grave. Je suis sans arrêt collée. J'en profite pour explorer l'institut. J'ai déjà découvert des choses très intéressantes.

– Et si je ne retrouve pas ma cape ? Je vais avoir des heures et des heures de retenue.

– Je crois savoir qui l'a prise, lui confia Olivia. Je suis entrée dans votre vestiaire pour récupérer mon sac à dos – je te remercie, au fait –, c'était la récréation et il n'y avait qu'un seul garçon avec une mine d'enterrement et les cheveux raplapla. Il a sursauté quand je suis entrée. Il avait l'air coupable d'un gars qui complote quelque chose et il tenait une cape bleue à la main.

– Tu sais son nom ?

– Gabriel Je-ne-sais-quoi. S'il a échangé vos deux capes, tu ferais mieux de porter la sienne en attendant de pouvoir le prouver.

– Merci, Olivia. J'y vais tout de suite !

Retrouvant un peu d'espoir, Charlie fila au vestiaire bleu.

– On se voit au dîner ! lança-t-elle tandis qu'il s'éloignait.

Lorsque Fidelio sortit du cours d'anglais, il trouva Charlie vêtu de la cape en haillons.

– Heureux de voir que tu es revenu à la raison, chuchota-t-il. Suis-moi, on va manger.

Charlie le suivit dans un dédale de longs couloirs,

essayant de retenir le chemin en se repérant aux tableaux qui ornaient les murs – car il lui semblait important de savoir où se restaurer. La plupart étaient des portraits représentant des hommes et des femmes à l'expression sévère. Ils retraçaient l'histoire de l'institut sur plusieurs siècles, leurs costumes témoignant de la période à laquelle ils avaient vécu. Charlie reconnut quelques noms : Corbec, Yeldim, Pike et Bloor. L'histoire n'avait jamais été son point fort, mais il était persuadé qu'on pouvait remonter ainsi jusqu'à l'époque où les hommes peignaient sur les parois des grottes.

Enfin, ils arrivèrent au réfectoire bleu, une grande pièce surchauffée qui sentait le chou bouilli. Pendant qu'ils faisaient la queue, Charlie raconta à son ami la visite d'Olivia dans leur vestiaire.

– Elle a surpris un garçon à l'air coupable qui tenait une cape à la main. Elle a dit qu'il s'appelait Gabriel Quelque-chose.

– Gabriel Lasoie, précisa Fidelio. Il joue du piano. Je crois qu'il a un don. En tout cas, il est bizarre.

– Bizarre ?

Fidelio fit un signe du menton.

– Regarde, il est au bout de la file.

Charlie vit un garçon immense, avec un long visage encadré de cheveux plats et ternes. Ses bras ballants et ses doigts osseux lui donnaient une allure dégingandée.

– Il a l'air plus joyeux que d'habitude, remarqua

Fidelio. Oups ! Non, finalement, je retire ce que j'ai dit.

Gabriel avait fait tomber la pile de livres coincée sous son bras et il avait toutes les peines du monde à tenir son assiette droite tout en les ramassant.

— Je me demande si c'est ma cape qu'il a sur le dos, fit Charlie. Ma mère a brodé mon nom à l'intérieur. En vert, en plus, parce qu'elle n'avait pas de fil d'une autre couleur.

— On essaiera de jeter un coup d'œil ce soir. Parce qu'à mon avis, il ne va pas l'enlever d'ici là.

Avec un tas marron et un tas vert dans son assiette, Charlie suivit son ami à une table libre. Il remarqua avec étonnement que Fidelio avait l'air d'apprécier le chou, mais qu'il laissait de côté la chose marron.

— Je suis végétarien, lui expliqua-t-il. Ils ne s'embêtent pas à nous faire des repas adaptés, tu penses bien. Tu veux ma viande hachée ?

— Ah, c'est ça, le truc marron ? D'accord. Tu peux prendre mon chou.

Au moment même où ils faisaient l'échange, Mlle Chrystal, le professeur de cordes, passa à côté de leur table.

— Vous savez que c'est interdit, leur rappela-t-elle en souriant.

Mais Charlie eut l'impression qu'elle n'accordait pas grande importance à ce genre de choses. L'odeur de chou bouilli fut un instant couverte par son délicat parfum fleuri.

– Désolé, mademoiselle Chrystal, répondit Fidelio avec un large sourire. Je vous présente Charlie Bone, il est arrivé aujourd'hui.

– Salut, Charlie, dit-elle. Si tu as besoin de moi, Fidelio sait où me trouver.

Elle rendit son sourire à Fidelio avant de s'éloigner. Il y avait au moins un professeur sympathique dans ce collège, c'était rassurant.

La journée s'écoula sans autre incident fâcheux. Charlie suivit Fidelio de classe en classe, puis à nouveau au réfectoire pour le goûter et enfin dans le jardin pour un dernier tour de course avant la tombée du jour. Mais, alors que les lumières s'allumaient une à une dans le grand bâtiment gris et que la nuit obscurcissait les fenêtres, il se surprit à penser à la maison. En traversant le hall pour aller dîner, il s'imagina la chaleureuse cuisine du numéro 9 et les délicieux spaghetti de Rosie. Il se tourna vers les imposantes portes en bois sombre qui donnaient sur le monde extérieur.

– Ça ne sert à rien, Charlie, chuchota Fidelio. Elles ne s'ouvriront pas avant vendredi. J'ai déjà essayé.

– Tu avais le mal du pays, au début ?

– Bien sûr, puis ça m'a passé. Le vendredi arrive vite, tu verras.

– Oui, mais je ne rentre pas chez moi vendredi. Je suis collé, marmonna Charlie, abattu. Manfred m'a puni.

Fidelio était outré.

– Je n'en reviens pas ! Dès ton premier jour ! Il a vraiment une dent contre toi.

Mais devant l'air désespéré de son ami, il ajouta vite :

– Tu vas avoir un sacré choc. Le soir, on dîne tous ensemble. Et la salle à manger, c'est quelque chose, crois-moi !

Fidelio avait raison. Ils prirent le chemin du réfectoire bleu, mais ne s'y arrêtèrent pas, s'enfonçant petit à petit dans les sous-sols du bâtiment. Charlie remarqua que des élèves en capes vertes ou violettes se joignaient à eux. Le flot d'enfants dévala un escalier, puis enfila un long, long couloir qui débouchait dans une salle immense.

– Nous sommes sous la ville, dans la plus ancienne partie du bâtiment. Là où les descendants du Roi rouge auraient enfermé leurs prisonniers, à ce qu'il paraît.

Encore le Roi rouge.

– Qui était ce fameux roi ? s'enquit Charlie.

Fidelio haussa les épaules.

– Il a fait bâtir le château qui est maintenant en ruine, c'est tout ce que je sais. Je crois que c'était un bon souverain, mais ses enfants ont une réputation terrible, de vrais sanguinaires. Presse-toi, on va être en retard.

Les élèves s'asseyaient sur des bancs le long de trois interminables tables. Les capes bleues à gauche, les violettes au centre et les vertes à droite. Au bout de chaque table, un préfet servait la soupe en trempant sa louche dans une énorme marmite en fonte et un autre distribuait des morceaux de pain.

Au fond de la salle, sur une estrade, le personnel était assis autour d'une quatrième table – la Haute Table, précisa Fidelio. Charlie aperçut enfin pour la première fois le professeur Bloor. Il portait une cape noire comme tous ceux qui enseignaient d'autres matières que les arts, mais il était aisément reconnaissable. Trônant à la Haute Table, il surveillait la foule bourdonnante des élèves. C'était un homme large d'épaules, aux cheveux gris acier et à la moustache droite et bien taillée.

Sous ses épais sourcils, ses petits yeux noirs scrutaient les trois tablées. Charlie, comme ensorcelé, tourna la tête et leurs regards se croisèrent.

Le professeur se leva, descendit de l'estrade et navigua entre les tables bleue et violette, sans le quitter un seul instant des yeux.

– Qu'est-ce qui se passe ? s'étonna Fidelio en lui donnant un coup de coude. Tu n'aimes pas la soupe ?

Mais il ne pouvait pas répondre. Le professeur Bloor était arrivé à son niveau.

– Charles Bone !

C'était la même voix glaçante qui s'était échappée du journal.

– Quel plaisir de vous accueillir !

Charlie murmura qu'il était ravi d'être à l'institut,

157

sans être réellement conscient de ce qu'il disait. Cherchant instinctivement des yeux le visage qui se dressait au-dessus de lui, il découvrit à sa grande surprise que son don ne se limitait pas aux photographies. La peur décuplait ses capacités : les visages lui parlaient tout autant que les clichés. Il sut sans l'ombre d'un doute qui détenait la fille du professeur Tolly.

Rosie répétait que les traits du visage en disent long sur la personne. Eh bien, celui-ci lui en disait plus que Charlie n'en demandait. Il tenta de se protéger en fermant son esprit.

– Ça va ? s'inquiéta Fidelio. On dirait que tu as vu un fantôme.

Charlie continua à fixer le large dos du professeur tandis qu'il s'éloignait. Il s'arrêta pour parler à une fille qui portait une cape verte. Elle avait de longs cheveux clairs et, lorsqu'elle leva la tête en fronçant les sourcils, Charlie remarqua que ses grands yeux bleu ciel étaient emplis d'effroi.

– Charlie !

Fidelio lui donna un nouveau coup de coude.

– Qu'est-ce qui se passe ?

– C'est qui, cette fille ? demanda-t-il. Celle qui parle avec le professeur Bloor.

– Émilia Moon. Elle est en arts plastiques. Plutôt douée, je crois. Les œufs au plat-frites arrivent, alors tu ferais bien de finir ta soupe, sinon tu n'en auras pas. C'est la règle.

Charlie engloutit son restant de soupe, pile au moment où l'on posait une assiette d'œufs-frites devant lui. Il fit passer son bol vide vers le bout de la table où Billy Corbec se chargeait de les empiler.

Émilia n'avait pas touché à sa soupe. Elle la fixait, l'air perplexe, sans comprendre comment elle était arrivée là. Charlie aurait voulu la prévenir pour les œufs-frites, mais elle était trop loin.

– Et il y a du dessert ? demanda-t-il à Fidelio, plein d'espoir.

– Tu parles ! Tout juste une pomme. Ou une poire, les jours de chance.

C'était un jour de chance. Une poire arriva devant Charlie peu après le plat principal.

Une fois le dîner terminé et les dernières assiettes débarrassées, le professeur Bloor s'avança sur le devant de l'estrade et tapa dans ses mains. Immédiatement, le silence se fit.

– J'ai une annonce à vous faire, déclara-t-il d'un ton solennel. Nous accueillons aujourd'hui un nouvel élève, parmi ceux qui ont un don. Charles Bone, lève-toi.

Les joues en feu, le garçon obéit. Trois cents paires d'yeux se tournèrent alors vers lui et ses genoux se mirent à jouer des castagnettes.

– Charlie ! (Le professeur Bloor prononçait son nom comme s'il s'agissait d'un gros mot.) Après le dîner, les élèves ont deux heures pour faire leurs devoirs. Ceux qui ont un don travaillent dans la salle du Roi rouge.

Il marqua quelques secondes de pause, balayant du regard la foule immobile et silencieuse des enfants. Et soudain, d'une voix tonitruante qui fit sursauter Charlie, il ordonna :

— Rompez !

— Où se trouve la salle du Roi rouge ? demanda ce dernier, paniqué, alors que Fidelio se levait d'un bond.

— Suis Gabriel, lui conseilla-t-il, ou Billy Corbec, tu le repéreras plus facilement. Il faut que j'y aille. On doit être en classe dans trois minutes. À tout à l'heure !

Fidelio fut emporté dans la marée de capes multicolores qui quittait la salle à manger. Charlie scruta les environs à la recherche de la chevelure blanche de Billy. Mais le petit garçon était perdu dans la foule mouvante des enfants. Quand il le repéra enfin, Billy se frayait un passage parmi les élèves, avec une grande habileté, et Charlie mit un moment à le rattraper.

— Salut ! fit-il en s'agrippant à un pan de sa cape. Je peux venir avec toi ? Je ne sais pas où se trouve la salle du Roi rouge.

— Beaucoup de gens l'ignorent, répondit Billy en souriant. Il va te falloir un certain temps pour mémoriser le chemin, mais je te guiderai aussi longtemps que tu le voudras.

Charlie eut à peine le temps de le remercier qu'il était déjà reparti. Il passa d'abord au vestiaire pour prendre livres et trousse dans son casier, puis il retraversa le hall, s'engouffra dans un couloir, tourna, retourna, grimpa un escalier. Ils arrivèrent finalement devant une grande porte peinte en noir. Billy poussa l'un des battants et ils pénétrèrent dans une étrange pièce circulaire. Dix enfants étaient assis autour d'une table ronde.

Il reconnut Manfred, Zoran Pike et Gabriel Lasoie – installé entre Émilia Moon et une fillette dodue à l'air si normal qu'on avait du mal à croire qu'elle possédait un don. Il y avait également une grande costaude assise à côté d'une toute petite maigrichonne, et une fille brune au long nez pointu qui toisait Charlie avec mépris. Sa gorge se serra. Tout ce petit monde ne semblait pas franchement accueillant. Combien de temps allait-il devoir passer ici ? Il regrettait vraiment que Fidelio et Olivia ne fassent pas partie de la bande.

Deux garçons étaient dos à la porte. L'un d'eux, d'origine africaine, se retourna lorsque Charlie entra. Il lui adressa un sourire chaleureux.

– Voici Charlie, annonça Billy Corbec.

– Salut, Charlie. Je m'appelle Lysandre, répondit le garçon noir.

Certaines filles se présentèrent : celle au visage rond et jovial s'appelait Dorcas, la très grande Betty, la toute petite Bindi. Quant à celle au nez pointu, c'était Zelda. Émilia Moon, elle, ne leva même pas la tête.

161

Charlie n'eut pas le loisir d'en apprendre davantage car Manfred se mit à aboyer :

– Assieds-toi, Bone. Et tais-toi.

Il indiqua du menton une chaise à côté d'Émilia Moon. Billy s'assit à côté de Lysandre.

Alors qu'il sortait ses affaires en se demandant par où commencer, Charlie sentait les yeux de braise de Manfred rivés sur lui. Il aurait voulu examiner un peu les lieux, mais il n'osait pas relever la tête. Lorsqu'il put enfin jeter un bref regard autour de lui, il s'aperçut que quelqu'un d'autre le fixait : la seule personne de la pièce dont il n'avait pas encore vu le visage.

C'était un garçon un peu plus âgé que lui, qui devait avoir douze ou treize ans. Il avait de grands yeux écarquillés et ses cheveux blonds se dressaient sur son crâne comme s'il avait reçu une décharge électrique. Charlie fronça les sourcils, espérant qu'il baisserait les yeux, mais il n'en fut rien. Son expression contrariée sembla l'intriguer encore davantage. Finalement, ce fut Charlie qui détourna la tête.

Mais au lieu de se mettre au travail, il laissa son regard errer sur le mur, derrière le garçon aux cheveux hérissés. C'est là qu'il découvrit le Roi rouge. Dans un grand cadre doré qui devait être extrêmement ancien. La peinture était craquelée et les couleurs si fanées qu'on distinguait à peine les traits du long visage solennel, mis à part ses yeux noirs et magnétiques. Il portait une cape d'un rouge profond, et la fine couronne posée sur ses cheveux bruns brillait d'un étrange éclat doré.

– Charlie Bone !

La voix de Manfred le fit sursauter.

– Pourquoi n'es-tu pas à tes devoirs ?

– Je regardais le Roi rouge, répondit-il en évitant de croiser son regard. C'est bien lui, n'est-ce pas ?

– Évidemment ! Remets-toi au travail !

Manfred ne le quitta pas des yeux tant qu'il n'eut pas ouvert son livre d'anglais.

Pendant deux heures, personne ne parla. Il y avait des soupirs et des grognements, des toussotements et des éternuements, mais personne ne prononça un mot. Dans un coin sombre, une pendule marquait tous les quarts d'heure. Les pages tournaient, les stylos crissaient, et Charlie menaçait de s'endormir.

Enfin, huit heures sonnèrent et Manfred se leva.

– Vous pouvez disposer ! tonna-t-il avant de sortir avec Zoran sur les talons.

Charlie rassembla ses affaires avant de rejoindre Billy Corbec.

– Qui est-ce, celui qui a les cheveux hérissés ?

Le garçon en question venait de quitter la pièce avec sa cape verte flottant derrière lui, portée par une mystérieuse brise.

– Oh, c'est Tancrède, répondit Billy. Il a un caractère… hum, un peu orageux, disons. Viens, je vais te montrer le dortoir.

163

Ils durent emprunter tant d'escaliers et de couloirs que Charlie n'était pas du tout sûr d'arriver à retrouver son chemin pour le petit déjeuner le lendemain matin. Enfin, ils débouchèrent dans une pièce lugubre, tout en longueur et basse de plafond, chichement éclairée par une ampoule nue.

De chaque côté du dortoir se dressaient six lits, presque collés les uns aux autres, séparés par un simple petit placard et avec une chaise au bout. Leurs matelas étroits étaient recouverts de plaids écossais. Charlie fut soulagé d'apercevoir Fidelio assis sur le sien, dans le fond de la pièce.

– Par ici, Charlie ! lança-t-il. Tu es à côté de moi.

Il lui montra son lit.

Le garçon s'approcha et laissa tomber son sac sur la chaise.

– Les capes pendues au portemanteau et le reste dans le placard.

Fidelio baissa la voix.

– Regarde qui est ton autre voisin. Tu vas pouvoir jeter un œil à sa cape.

Gabriel Lasoie était en train de ranger ses vêtements dans l'un des petits placards. Cependant, il n'ôta pas sa cape, même pour aller faire sa toilette.

– Bizarre, bizarre, commenta Fidelio. Tu as une lampe-torche ?

Malheureusement, Charlie n'avait pas pensé à en prendre une.

– C'est indispensable, lui dit son ami. Ça permet

164

de lire après l'extinction des feux et de trouver son chemin dans la nuit. Il fait tellement noir ici qu'on n'y voit rien du tout.

Il sortit une petite torche bleue de ses affaires et la tendit à Charlie.

— Ça te sera utile pour examiner la cape. Mets-la sous ton oreiller.

Alors que tous les autres étaient prêts à se coucher, Charlie était encore en train de défaire son sac. Il avait un peu honte de son pyjama mais, quand il vit qu'un de ses compagnons était affublé de petits écu-reuils, ses nounours ne lui semblèrent pas si mal, finalement.

Il venait de se mettre au lit lorsqu'une main se glissa dans l'entrebâillement de la porte pour éteindre la lumière.

— Silence ! gronda une voix de femme.

La main disparut, la porte se ferma et le dortoir fut plongé dans l'obscurité.

Charlie était perplexe. Cette voix lui disait quelque chose, mais quoi ?

— C'était qui ? chuchota-t-il.

— La surveillante, répondit Fidelio, une vraie dra-gonne !

Suivit un concert de grincements et de soupirs tandis que les garçons essayaient de trouver une position confortable sur leur matelas étroit et dur. Charlie attendit que le bruit cesse. Dans le lit voisin, Gabriel Lasoie respirait fort, visiblement endormi.

Charlie tira la torche de sous son oreiller et posa ses pieds par terre. Il vérifia qu'elle était bien orientée vers le mur avant de l'allumer. La cape bleue était juste devant lui. Il n'eut qu'à la soulever légèrement pour voir son nom brodé à l'intérieur.

– C'est la mienne, chuchota-t-il.

Fidelio était assis dans son lit.

– Reprends-la, alors. Vite.

Charlie s'empressa de faire l'échange. Il allait pendre la cape déchirée au portemanteau de son propriétaire quand un cri de panique retentit.

– Non ! hurla Gabriel en se levant d'un bond. Ne fais pas ça. Je t'en supplie. Reprends-la !

Il jeta la vieille cape sur le lit de Charlie.

Celui-ci posa la torche sur son oreiller, baignant son lit d'un halo de lumière.

– Mais c'est la tienne, je n'en veux pas, protesta-t-il.

– Tu ne comprends pas. Je ne peux pas la porter, c'est impossible. Elle est… gorgée d'horreur ! Cette peur, cet effroi, ça me mine.

Son voisin se laissa tomber sur son lit, la tête dans les mains.

– Qu'est-ce que tu racontes, Gabriel ? demanda Fidelio d'un ton sec. En quel honneur Charlie devrait-il te donner sa cape ?

– Parce que je ne peux pas porter celle-ci.

Gabriel désigna du menton le vêtement en haillons.

– Quelque chose d'affreux est arrivé à la personne qui la portait. Je le sens. C'est comme si je portais un cauchemar.

Charlie commençait à comprendre.

– C'est ton don, n'est-ce pas ? Tu sens les choses qui sont arrivées aux gens.

Le garçon hocha la tête.

– Oui, à travers les objets qui leur ont appartenu. C'est horrible. Je suis obligé de mettre des vêtements neufs, sinon je ressens les émotions de ceux qui les ont portés avant moi. Leurs soucis. Leurs bonheurs parfois, mais même ça, ce n'est pas agréable parce que ce n'est pas une vraie joie pour moi, et ça ne dure pas. Au début de l'année, j'avais une cape neuve, mais mes gerbilles l'ont grignotée.

Charlie ne put s'empêcher de demander :

– Tu en as combien ?

– Cinquante-trois, répondit Gabriel d'un ton misérable. Elles l'ont dévorée presque entièrement. Comme on n'a pas beaucoup d'argent, maman a demandé à l'institut s'ils pouvaient m'en fournir une d'occasion. Alors ils m'ont donné celle-là.

Maintenant, tout le dortoir était réveillé. L'un des garçons, au bout de la rangée de lits, chuchota :

– Je parie que c'était la cape de la fille qui s'est perdue dans les ruines. Elle devait être terrorisée.

– On ferait mieux de se taire, conseilla une autre voix, sinon la surveillante va rappliquer et on sera tous collés.

Charlie ne savait pas quoi faire. Il ne pouvait tout de même pas laisser Gabriel aux prises avec le cauchemar d'un autre…

– Je ferai ce que tu veux, tout ce que tu veux, promit-il. Mais, je t'en prie, ne m'oblige pas à porter cette cape.

Charlie décrocha sa cape neuve et la lui tendit.

Gabriel la serra contre son cœur.

– Merci ! Merci, Charlie.

– Je veux bien que tu fasses quelque chose pour moi, dit-il à voix basse.

Il ouvrit son placard et en sortit la cravate que sa mère lui avait donnée.

– Peux-tu me parler de la personne qui portait ça ? demanda-t-il.

Sans poser aucune question, Gabriel noua la cravate autour de son cou et ferma les yeux. Il caressa la soie bleue du bout des doigts et suivit le contour du petit Y brodé dans le bas. Une ombre passa sur son visage.

– C'est très étrange, murmura-t-il. Celui qui portait cette cravate a été heureux autrefois, mais maintenant il est perdu…

Il ôta la cravate pour l'examiner, perplexe.

– Je n'avais jamais ressenti ça… Comme si cette personne ne savait plus qui elle était.

Il la rendit à Charlie.

Au moins, son père avait été heureux. Charlie supposa que « perdu » voulait dire mort. Il rangea la cravate dans ses affaires sans avoir appris grand-chose de plus.

Il allait éteindre la torche lorsqu'une petite silhouette apparut au pied du lit de Gabriel, ses cheveux blancs faisant une tache pâle dans la nuit.

– Tu peux faire pareil avec celle-ci ? chuchota Billy.

Il posa une longue cravate bleue sur le plaid écossais.

Gabriel soupira mais n'osa pas refuser. Il passa la cravate autour de son cou et ferma une nouvelle fois les yeux.

– Eh bien, celui qui la portait était toujours pressé. Il était ici, là, partout à la fois. Il ne pouvait jamais s'arrêter, mais... j'ai bien peur qu'il soit mort.

Il enleva la cravate.

– C'est tout ? fit Billy, suppliant. Il n'a rien dit ?

– Désolé, ça ne fonctionne pas comme ça, s'excusa Gabriel. Je n'entends pas de voix. Et quand les personnes sont mortes, les émotions deviennent beaucoup plus faibles.

– D'accord. Merci.

La petite voix triste de Billy résonna dans le noir tandis qu'il s'éloignait.

Charlie éteignit la torche et se pencha pour la glisser sous l'oreiller de Fidelio. Son ami s'était endormi. Sa respiration calme lui donna envie de bâiller mais, soudain, il se redressa, parfaitement réveillé. Quelque chose le tracassait...

– Gabriel, chuchota-t-il, cette cravate était à mon père. Il est mort quand j'avais deux ans. Pourquoi as-tu dit qu'il était perdu ?

– Parce que c'est vrai, fit une voix ensommeillée.

– Ça veut dire qu'il est mort, non ?

– Non, qu'il est perdu. Il n'est pas mort, ça non.

Le regard fixé au plafond, Charlie écoutait le souffle régulier des autres s'élever autour de lui, sachant qu'il allait rester étendu des heures, l'oreille aux aguets et les yeux grands ouverts.

– Pas mort ? Gabriel, tu es sûr ?

– Sûr et certain, répondit-il en bâillant. Bonne nuit, Charlie !

Des squelettes
dans le placard

Charlie se réveilla avec la gorge sèche et les yeux rouges. Il n'avait dormi qu'une heure. Il dut se résigner à porter la cape mitée de Gabriel. Après tout, elle ne risquait pas de lui donner des cauchemars, à lui !

Gabriel et Fidelio l'attendirent pendant qu'il essayait de démêler sa touffe de cheveux mais, au bout de cinq minutes, ils convinrent tous que ça ne servait à rien.

— Si on ne se dépêche pas, il ne nous restera que du bacon calciné, les pressa Fidelio.

Charlie mourait de faim. Jetant son peigne, il fila avec les autres. Heureusement qu'ils étaient là car, sans eux, il n'aurait jamais retrouvé son chemin jusqu'au rez-de-chaussée.

Gabriel était tellement content de porter une cape neuve qu'il paraissait transformé. Il était tout sourires. Il marchait même d'un meilleur pas maintenant, libéré de son fardeau.

Pour le petit déjeuner, il y avait du porridge[1], du bacon carbonisé et une tasse de thé.

– On mange ça tous les jours ? demanda Charlie en essayant tant bien que mal de faire passer l'épaisse bouillie.

– Tous les jours ! confirma Fidelio.

Charlie chassa vite de son esprit les petits déjeuners gargantuesques de Rosie.

Son deuxième jour à l'institut ne fut pas aussi terrible que le premier. Avec l'aide de Fidelio et parfois de Gabriel, il parvint à trouver toutes les salles où il avait cours. Le troisième jour, il réussit même à sortir courir dans le jardin tout seul.

Puis vint le vendredi. Le jour qu'il redoutait tant. Après les cours, il s'assit sur son lit et regarda Fidelio faire son sac.

– Qu'est-ce qui se passe une fois que tout le monde est parti ?

– Tu seras plus ou moins livré à toi-même. Ne t'inquiète pas. Manfred sera dans les parages, bien sûr, mais tu ne seras pas seul. Olivia est collée aussi, rappelle-toi. Et Billy Corbec ne part jamais en weekend, vu qu'il n'a pas de famille. Je vais aller chez Benjamin prendre la mallette pour la cacher et... disons vers onze heures et demie demain matin, je

1. Bouillie de flocons d'avoine. (N. d. T.)

viendrai te faire signe. Je t'indiquerai si l'opération a réussi.

Charlie avait bien envie de lui confier l'histoire du bébé, mais ce n'était pas le bon moment.

– Et comment je pourrai te voir ? demanda-t-il d'un ton maussade.

– Monte dans la tour de musique, Olivia t'indiquera le chemin. Poste-toi à la fenêtre du deuxième étage, tu me verras. Et après, il ne te restera plus que quatre heures à attendre et tu pourras sortir !

Charlie soupira.

– Allez, courage !

Fidelio lui tapota l'épaule avant de prendre ses affaires.

Charlie le suivit au rez-de-chaussée et le regarda franchir les grandes portes en chêne, son sac sur l'épaule. Elles étaient enfin ouvertes et un flot d'enfants s'y engouffraient, pressés de retrouver leur liberté le temps d'un week-end.

Fidelio se retourna pour lui adresser un petit signe. Il était presque le dernier à partir. Charlie fut pris d'une envie désespérée de se ruer entre les portes avant qu'elles ne se referment. Il fit quelques pas, jeta un coup d'œil autour de lui, puis accéléra.

– Laisse tomber, Charlie Bone !

Il fit volte-face. Manfred Bloor surgit d'un recoin sombre du hall.

– Tu croyais que personne ne te surveillait, hein ?

– Je ne croyais rien du tout.

– Emporte tes devoirs dans la salle du Roi rouge et restes-y jusqu'à l'heure du dîner.

Sur ce, les deux portes massives se refermèrent et ses mots résonnèrent dans le hall désert.

– OK, murmura Charlie.

– Non, ce n'est pas OK. Dis : « Oui, Manfred » !

– Oui, Manfred.

Charlie trouva Olivia et Billy qui bavardaient autour de la table ronde.

– On n'est pas obligés de se taire quand Manfred n'est pas là, expliqua gaiement le petit garçon.

Charlie se demandait comment il survivait emprisonné dans l'institut sans jamais sortir, tout seul dans le dortoir sinistre alors que chacun était rentré chez soi.

– Tu sors d'ici, parfois ? lui demanda-t-il.

– J'ai une tante qui habite au bord de la mer, j'y vais pour les vacances. Mais je ne me sens pas si seul que ça, parce qu'il y a…

Il hésita avant d'ajouter dans un souffle :

– … il y a toujours les animaux.

– Quels animaux ? demanda Olivia. Je ne vois pas d'animaux.

– Nana, la cuisinière, a un chien. Il est vieux, mais très gentil. Et puis il y a les souris, et tout ça.

– Difficile de discuter avec une souris, commenta Charlie.

Billy ne dit rien. Il baissa les yeux vers son livre et

se mit à lire. À travers les verres ronds de ses lunettes, ses yeux ressemblaient à deux grosses lampes rouges. Tout à coup, il murmura :

— Eh bien, justement, moi, je peux.

— Tu peux quoi ? s'étonna Olivia.

Billy s'éclaircit la voix.

— Discuter avec les souris.

— C'est vrai ?

Olivia referma son livre.

— C'est fantastique ! C'est ça, ton truc ? Je veux dire ton don ?

Le petit garçon hocha la tête.

— Et tu les comprends aussi ? voulut savoir Charlie.

Lentement et solennellement, Billy acquiesça de nouveau.

Charlie poussa un sifflement admiratif. Benjamin regrettait souvent de ne pas savoir ce que disait Zaricot.

— Tu pourrais venir bavarder avec le chien de mon copain ?

Billy ne répondit pas, fixant Charlie d'un air effaré.

— Mm… ce serait une utilisation frivole. Désolé, je n'aurais pas dû te poser la question.

— Je vous en prie, ne le dites à personne. Je ne peux pas commencer à parler au chien d'un tel ou au chat de tel autre. Les animaux ont tous leur langage. C'est épuisant de les écouter.

Charlie et Olivia jurèrent de garder le secret. Ils retournèrent à leur lecture mais, au bout d'un moment, Charlie s'aperçut que Billy n'était pas en train de lire ni de travailler, il fixait le vide devant lui.

— Je peux vous confier quelque chose ?

— Vas-y, répondirent ses amis en chœur.

— C'est arrivé la semaine dernière. Je suis passé devant la salle des préfets en allant dans le jardin, après le goûter. Manfred était en train de parler à quelqu'un. Je ne sais pas qui c'était, mais j'ai entendu une fille pleurer derrière la porte.

— Ce n'était pas moi, précisa Olivia.

— Non, convint Billy. Mais c'était une fille et elle pleurait, j'en ai déduit qu'elle avait des ennuis. J'ai dû ralentir un peu en tendant l'oreille parce que, soudain, Manfred a jailli comme un diable et m'a fait tomber. Il m'a dit que j'étais aveugle et stupide et un tas d'autres horreurs. Puis il m'a ordonné de filer dans le jardin.

— C'est ce que tu as fait ? demanda Olivia, intriguée.

— J'avais mal à la jambe, alors je n'avançais pas très vite. Je boitillais dans un couloir quand j'ai entendu les chats. Ils étaient trois. « Fais-nous entrer ! miaulaient-ils. Vite, Billy ! Viens nous ouvrir la porte de la tour. »

— Quelle tour ? voulut savoir Charlie. Il y en a deux.

— J'ai compris que c'était la tour de musique. Il n'y a pas de porte à l'autre. J'avais peur que Manfred me voie, mais les chats continuaient à me supplier. J'ai couru tant bien que mal jusqu'à la tour. J'ai traversé la pièce du bas, qui est vide et, lorsque je suis arrivé à la porte, j'ai ouvert le verrou et je les ai fait entrer.

Charlie se doutait de ce qui allait venir, mais il ne dit rien.

– C'était vraiment de drôles de chats !

Les gros yeux rouges de Billy devinrent encore plus ronds.

– On aurait dit des flammes, rouge, orange et jaune. Ils m'ont remercié, très poliment, puis ils m'ont dit qu'ils venaient de la part du Roi rouge.

– Mais il est mort depuis des siècles ! intervint Olivia.

– Justement, quand je leur ai fait remarquer, ils m'ont regardé d'un drôle d'air en répondant : « Évidemment ! » et ils ont filé dans les escaliers. Avant de disparaître, le rouge a ajouté : « Laisse la porte ouverte, Billy ! » Alors j'ai obéi et je suis vite sorti dans le jardin. J'étais dehors depuis à peine cinq minutes lorsque l'alarme à incendie a retenti. La chambre de Manfred était en feu, et il se trouvait à l'intérieur.

– Alors c'était bien les chats, souffla Charlie.

– Ils ont dû renverser un chandelier, suggéra Olivia. Manfred allume toujours des bougies dans sa chambre. On les voit de l'extérieur.

– Ils ont su qui avait fait entrer les chats ? s'inquiéta Charlie.

— Ils ont pensé que c'était M. Pèlerin, parce qu'il est toujours dans la tour de musique.

— Donc c'est lui qui a tout pris ! s'exclama Olivia.

— On ne punit jamais les professeurs, murmura Billy, hein ?

Avant qu'ils puissent lui répondre, une voix résonna dans le couloir :

— Silence, dans la salle du Roi !

Olivia tira la langue à la porte et Charlie dut se retenir de rire. Fronçant les sourcils d'un air anxieux, Billy se replongea dans ses devoirs.

Lorsque le gong retentit enfin pour annoncer le dîner, Charlie avait l'estomac qui gargouillait. Il était affamé en permanence, ces derniers temps.

Ils se rendirent à la salle à manger mais, juste avant d'entrer, Olivia l'avertit qu'ils dînaient à la table de Manfred. Cette nouvelle l'accabla. Comment était-il censé profiter de ce repas tant attendu s'il devait sans cesse éviter le regard de Manfred ?

— Est-ce qu'il t'a déjà… hypnotisée ? lui demanda-t-il.

— Pas encore. Je ne l'intéresse pas. Tu sais, je n'ai pas de don, il ne me considère pas comme une menace. Juste comme une plaie !

— Moi, il ne peut pas m'hypnotiser, leur révéla Billy d'un ton solennel. À cause de mes yeux. Ça le bloque.

L'immense salle à manger était déserte. Leurs pas résonnaient dans le silence angoissant qui y régnait.

Ils longèrent les bancs vides pour aller s'asseoir à une table où Manfred regardait droit devant lui, fixant la flamme d'une bougie. Il y avait deux assiettes à sa droite et une à sa gauche. Charlie fit en sorte de s'installer à droite, le plus loin possible de lui.

Certains enseignants étaient rentrés chez eux, mais le professeur Bloor était présent, ainsi que le professeur Tempest. M. Pèlerin se tenait un peu à l'écart des autres. Il se rembrunit légèrement lorsque les enfants approchèrent, pourtant il semblait à peine les voir.

Pauvre Charlie ! Ce fut le pire repas de sa vie. C'était déjà assez pénible d'éviter de croiser le regard de Manfred, mais en plus le jeune homme leur interdisait de parler.

– Votre retenue n'est pas censée être une partie de plaisir, fit-il d'un ton aigre.

On n'entendait donc rien d'autre que les bruits de broyage, de mastication et de déglutition.

À la fin du repas, après avoir vidé et débarrassé les assiettes, ils s'éclipsèrent avec autant de discrétion que possible. Mais, dès que les portes se furent refermées derrière eux, Olivia s'exclama :

– On a deux heures devant nous pour explorer l'institut avant d'aller au lit. Par où on commence ?

Comme Charlie et Billy n'avaient aucune idée, Olivia proposa la tour de Vinci. Charlie aurait voulu savoir d'où elle tenait ce nom, mais son amie se contenta de hausser les épaules.

– On l'a toujours appelée comme ça. Je crois que la section arts plastiques utilisait la salle du haut, mais maintenant elle est vide. Trop dangereux, paraît-il. La tour est tellement vieille que l'intérieur s'écroule.

Charlie ne voyait pas bien l'intérêt d'explorer un bâtiment dangereux et en ruine, mais il ne voulait pas paraître peureux. De toute façon, Olivia avait pris sa décision. Elle leur montra une lampe-torche qu'elle avait cachée dans la poche intérieure de sa cape en leur expliquant qu'il n'y avait sans doute pas de lumière dans la tour.

Il leur fallut une demi-heure pour trouver comment accéder à la tour de Vinci. Il y avait une minuscule porte tout au fond d'un couloir, au troisième étage.

– Au même étage que mon dortoir, remarqua Olivia, comme ça, si on se fait prendre, on aura une excuse.

La porte était fermée, mais bizarrement pas cadenassée. La jeune fille tira sur le loquet grippé et rouillé par le temps.

– Personne n'est passé par là depuis des années, constata Charlie.

– Oui, c'est encore plus excitant, non ? répliqua Olivia, les yeux brillants. Allons-y !

La porte céda avec un grincement. Un étroit couloir s'ouvrait devant eux, débouchant sur un recoin sombre et tendu de toiles d'araignée. Pas d'interrupteur, de lampe ou d'ampoule en vue.

Ils franchirent le seuil et posèrent les pieds sur un plancher poussiéreux. Une odeur d'humidité et de moisi flottait dans la pénombre.

— On ferait mieux de refermer la porte, conseilla Charlie, à contrecœur, il faut bien l'avouer.

— Tu es sûr ? fit Billy.

Olivia alluma sa torche. Le puissant faisceau de lumière éclaira le couloir.

— Ne t'en fais pas, Billy. Tout va bien.

Charlie voulut fermer la porte, mais quelque chose coinçait. Baissant les yeux pour voir ce que c'était, il remarqua les chaussures d'Olivia. Elle portait des escarpins vernis noirs à talons aiguilles. Restait à espérer qu'ils n'auraient pas trop d'escaliers branlants à monter ou à descendre !

Mais évidemment, au bout de quelques mètres, le couloir donnait sur un vieil escalier. Il n'y avait pas d'autre issue. Ils avaient le choix entre monter d'étroites marches en colimaçon ou descendre l'escalier à pic.

— On monte ? supplia Billy. Ça a l'air sinistre, en bas.

— Mais intéressant, murmura Olivia.

Elle dirigea sa torche vers le bas : l'escalier se déroulait sans fin.

— Allez, on monte ! décida Charlie en voyant l'air paniqué du petit garçon.

Il se souvint qu'il n'avait pas de très bons yeux.

— Je passe devant. Billy, tu me suis, et Olivia ferme la marche. Ce sera plus sûr.

Billy parut soulagé et Olivia acquiesça avec enthousiasme.

— Tu vas avoir besoin de la lampe, Charlie, fit-elle en la lui tendant.

L'escalier en colimaçon était extrêmement étroit et les marches irrégulières. Charlie était presque obligé de monter à quatre pattes. Il entendait Billy haleter nerveusement derrière lui et, de temps à autre, Olivia trébucher contre la pierre.

Puis il y eut un fracas soudain, suivi de quelques coups sourds, un gémissement lointain… et enfin un silence pesant. Pas besoin d'être un génie pour deviner ce qui venait de se passer.

— Tu crois qu'elle est morte ? chuchota Billy.

Un nouveau gémissement retentit, répondant à la question. Mais dans quel état était-elle, ça…

— Il va falloir qu'on descende, annonça Charlie. Tu t'en sens capable ?

— Oui, oui, affirma le petit d'un ton mal assuré.

Lentement, avec précaution, ils retournèrent sur leurs pas. Comme les gémissements faiblissaient, Charlie cria :

— Tiens bon, Olivia. On arrive !

Ils atteignirent un palier. Ensuite, l'escalier s'enfonçait à pic dans l'obscurité.

— Je passe devant, proposa Charlie. Tu veux m'attendre ici, Billy ?

— Non, pas tout seul.

Le petit garçon s'empressa de le suivre.

L'escalier décrivit une dernière courbe et, à la lueur de la torche, Charlie découvrit Olivia au pied des marches, recroquevillée contre une porte qui paraissait très ancienne.

– Ça va ? lui demanda-t-il tout de suite.

– Bien sûr que non ! Je me suis écorché les deux genoux et cogné la tête. Je ne voyais pas où j'allais, forcément.

Charlie jugea préférable de ne pas mentionner les talons aiguilles.

– On va t'aider à te relever. Tu crois que tu peux te mettre debout ?

– Je vais essayer.

Olivia s'agrippa à la poignée de la porte au-dessus d'elle et se hissa à la verticale. Elle devait peser de tout son poids sur la porte car, tout à coup, il y eut un craquement et le panneau de bois vermoulu s'abattit comme un domino, avec Olivia dessus.

– Aaaaaaaaaaaah ! hurla-t-elle.

Inutile de lui dire de se taire. Charlie se précipita à son secours. Mais alors qu'il franchissait le seuil, la torche éclaira la pièce devant lui, révélant quelque chose de si extraordinaire qu'il en oublia un instant Olivia et promena le faisceau lumineux autour de lui.

– Waouh ! souffla-t-il. C'est dingue !

– Quoi ?

Olivia roula sur le côté et se releva. Elle vit alors de quoi il retournait.

La pièce était remplie d'armures, ou plutôt de

pièces d'armure, et également de mannequins métalliques en morceaux. Il y en avait partout : sur les tables, les chaises, le sol, et même accrochés aux murs. Des crânes étincelants aux orbites creuses avec un inquiétant sourire métallique, des doigts d'acier agrippés à des boîtes, des pieds en ferraille qui sortaient des placards, et un méli-mélo de bras, jambes, côtes, coudes entassés par terre. Mais le pire, c'était tous ces squelettes qui pendaient du plafond.

— Brrr ! fit Olivia. On se croirait dans le laboratoire de Frankenstein.

Billy, qui s'était faufilé entre eux deux, demanda :

— C'est qui, Frankenstein ?

— Un médecin qui a fabriqué un monstre à partir d'un cadavre, expliqua Olivia.

— De différents morceaux de cadavres, corrigea Charlie.

Olivia lui agrippa le bras.

— Tu as entendu ?

Il allait répliquer « quoi ? », lorsqu'il distingua le rythme régulier de pas qui approchaient. Ils ne venaient pas des escaliers par lesquels ils étaient arrivés, mais du fond de la pièce.

— Vite !

Olivia poussa les deux garçons dans un placard dont la porte était légèrement entrouverte.

Dès qu'ils furent tous à l'intérieur, elle la referma, mais ils avaient juste eu le temps d'apercevoir ce qui se trouvait autour d'eux.

D'un même geste, Olivia et Charlie bâillonnèrent le petit Billy en lui plaquant la main sur la bouche. Il était tout de même beaucoup plus jeune qu'eux. Et le placard était plein de squelettes.

Entendant l'inconnu arriver, Charlie éteignit la torche. La lumière s'alluma dans la pièce et filtra par les fentes entre les planches de la porte. Les enfants se retrouvèrent zébrés de rais de lumière et d'ombre. Olivia dut se mordre la lèvre pour ne pas rire. Collant son œil à l'un des interstices, Charlie vit le professeur Bloor s'avancer entre les rangées d'armures et les mannequins en métal.

Grâce à l'éclairage, il les distinguait mieux maintenant. Il y avait des sortes de robots humains mais aussi des animaux : des chiens, des chats et même un lapin. Sans doute l'œuvre du professeur Tolly, se dit-il. Mais comment avaient-ils atterri ici, dans ce laboratoire secret de l'institut ? Avaient-ils été achetés, donnés… ou volés ?

Le grand homme fit volte-face et se dirigea vers le placard. Il saisit au passage un chien de métal et lui arracha la queue. Puis il le cogna contre une table. Il se brisa, libérant un flot de rouages, d'engrenages, de ressorts et de boulons. Le professeur Bloor examina les entrailles du robot, poussa un grognement et les balaya d'un geste agacé. Visiblement, il était à la recherche de quelque chose et il était furieux de ne pas le trouver. Il releva la tête et se dirigea d'un pas décidé vers le placard.

Les enfants osaient à peine respirer. Ils se prirent la main. Les longs ongles d'Olivia s'enfoncèrent dans la paume de Charlie. Il allait se mettre à hurler, lorsque la porte de la pièce s'ouvrit avec un grincement sinistre. Une voix retentit :

– J'étais sûr que tu serais là.

Des réponses, enfin !

– L'autre porte s'est décrochée de ses gonds, remarqua le professeur Bloor.

– Ah ? Tu crois que quelqu'un est venu fouiner ? fit une voix familière.

– Ça m'étonnerait. Ce doit être l'humidité, et le temps !

– Mm… C'est tout de même bizarre.

– Tout ce bazar que Tolly nous a envoyé…

Le professeur donna un coup de pied dans un bras métallique qui roula sur le sol.

– Ce ne sont que des vieilleries inutiles ! Où se trouve ce qui nous intéresse ?

– Je te l'ai dit, papa. Mlle Melrose l'a confiée à Charlie Bone.

– Tu en es sûr ?

Olivia se détendit un peu. Charlie secoua sa main endolorie par les ongles pointus de son amie. Oubliant un instant les squelettes qui pendaient derrière lui, Billy colla son œil à l'une des fentes de la porte.

187

– C'est Manfred, murmura-t-il.

En effet, Charlie avait reconnu sa voix.

– Chut ! souffla-t-il. Écoute.

– Évidemment ! répliqua Manfred. Zoran le surveillait. Il a vu Charlie sortir de la librairie avec un grand sac noir. À qui d'autre aurait-elle pu la donner ?

Le professeur Bloor poussa un grognement et s'assit dans un vieux fauteuil. Un nuage de poussière s'éleva alors qu'il se laissait tomber sur les coussins de cuir craquelé.

– Qu'est-ce qu'il est allé fabriquer là-bas, hein ? Comment a-t-il pu savoir qu'elle se trouvait chez Melrose ?

– Les chats, bien sûr ! répondit Manfred. Tu sais comment ils procèdent : ils font tomber des objets, ils renversent des choses pour distraire des gens. En tout cas, le gamin s'est retrouvé en possession de la photo et il a dû la rapporter à Julia Melrose. Je te parie que l'une de ces bestioles s'est faufilée au labo photo pendant qu'ils mettaient les clichés sous pli. Il a suffi d'une seconde d'inattention et pouf ! ils se sont trompés d'enveloppe.

– Si jamais je mets la main sur ces satanés félins, je les écorche vifs !

Le professeur Bloor tapa du poing sur l'accoudoir de son fauteuil, soulevant un nouveau nuage de poussière.

– L'odeur qu'ils laissent derrière eux me donne la nausée.

– C'est à cause du soufre.

– Et parce qu'ils n'ont plus d'âge ! compléta son père. Neuf cents ans à fouiner partout, à se mêler des affaires des gens !

– À voler et à mettre le feu partout où ils passent, ajouta Manfred.

Dans la pénombre zébrée du placard, les trois enfants se regardèrent, les yeux ronds.

– Neuf cents ans ! souffla Olivia.

Billy secoua la tête, incrédule.

Charlie, lui, haussa les épaules. Pourquoi pas ? se disait-il. Il se passait chaque jour des choses bien plus étranges encore entre ces murs.

– En parlant d'incendie, murmura le professeur, est-on sûr qu'il s'agissait des chats ?

– Je te l'ai déjà dit ! Je les ai vus sous ma fenêtre alors que j'essayais d'éteindre les flammes.

– Et tu crois que ça a un rapport avec cette fille ?

– C'est évident. Je venais justement de lui flanquer une bonne correction.

– Tu n'aurais pas dû faire ça, Manfred, lui reprocha son père d'un ton sévère. Ça n'arrange rien.

– J'ai perdu mon sang-froid. Je ne supporte pas de voir qu'elle résiste à mon pouvoir. Elle est en train de revenir à elle, tu sais. Je ne vais plus la garder dans cet état très longtemps.

Manfred poussa un soupir agacé.

– Comme si je n'avais pas déjà assez à faire avec Pèlerin.

189

– Au fait, quelles nouvelles sur ce front-là ?

– Je ne sais pas. Je me fais peut-être des idées, mais j'ai l'impression qu'il a changé depuis l'arrivée du garçon. On n'aurait peut-être pas dû le faire venir ici.

– Nous n'avions pas le choix, Manfred. On ne pouvait pas le laisser en liberté alors qu'il a un don.

– Je sais, je sais.

À l'intérieur du placard, Olivia haussa les sourcils et pointa son index sur Charlie en articulant sans bruit :

– Ils parlent de toi.

Il haussa à nouveau les épaules. Il ne comprenait rien à ce que racontaient le professeur Bloor et son monstre de fils. Qui était cette fille « en train de revenir à elle » ? Pourquoi Manfred surveillait-il M. Pèlerin ? Il tendit l'oreille avidement, espérant obtenir des indices.

Hélas, le professeur se releva et ils commencèrent à s'éloigner. Visiblement, ce n'était pas aujourd'hui que Charlie en apprendrait davantage à propos de lui-même ou de cette fameuse fille. Mais, juste au moment où Manfred allait quitter la pièce, il ajouta :

– Il n'y en a plus pour longtemps. Zoran a fait du bon travail. Il est pratiquement certain que la chose en question est cachée chez le gamin au chien. Il suffit qu'on se débarrasse des parents et elle sera à nous.

– Manfred…

Malgré la distance, Charlie distinguait clairement la voix du professeur Bloor :

– … il faut la détruire avant qu'elle ne la réveille.

La lumière s'éteignit et ils entendirent la porte se refermer.

Pendant quelques secondes, les trois enfants gardèrent le silence. Puis, lorsqu'ils furent sûrs d'être seuls, Olivia commenta :

– Eh bien, voilà qui était fort intéressant, n'est-ce pas ?

– Sortons vite d'ici, répondit Charlie. J'ai plein de choses à vous raconter.

Billy ne se fit pas prier : il se rua hors du placard, passa en courant sur le battant de porte écroulé et grimpa l'escalier en colimaçon avant même que les autres aient eu le temps de s'épousseter.

De toute façon, ça ne servait à rien car, lorsqu'ils ressortirent de la tour de Vinci, ils étaient de nouveau couverts de toiles d'araignée. Olivia avait la cheville enflée, des bleus partout et les genoux en sang, mais elle s'en moquait.

Charlie, impressionné, lui conseilla :

– Tu devrais aller voir la surveillante. Il y avait peut-être des saletés là-dedans, un microbe médiéval ou je ne sais quoi.

– La surveillante, ce vieux dragon ? s'exclama Olivia. Elle va me demander comment j'ai fait mon compte et je n'ai aucune envie de lui expliquer. Je vais mettre un collant pour cacher mes genoux et ma mère me soignera demain.

Billy rappela à Charlie qu'il avait des choses à leur dire.

– Et pas qu'un peu ! Tout ce que Manfred et son père ont raconté m'a aidé à comprendre ce qui m'était arrivé.

Olivia leur proposa d'aller discuter dans son dortoir, qui était plus près que celui des garçons.

– C'est un peu plus loin dans ce couloir. Comme ça, on pourra se nettoyer avant que Mlle Dragon ne fasse sa ronde.

Mais elle avait parlé trop vite. En arrivant au dortoir, ils tombèrent nez à nez avec le dragon en personne. Charlie découvrit alors pourquoi sa voix lui avait semblé si familière. La surveillante n'était autre que Lucrecia Yeldim !

Il en avait le souffle coupé, comme s'il avait reçu un coup de poing dans l'estomac. Tentant de reprendre sa respiration, il bégaya :

– T... T... Tante L... L... Lucrecia !

– Madame la surveillante, je te prie !

– Je ne... ne savais pas que tu travaillais ici, bafouilla Charlie, toujours sous le choc.

– Il faut bien gagner sa vie de nos jours, répliquat-elle.

Perplexes, Olivia et Billy se tournaient de l'un à l'autre, sans comprendre.

– Vous êtes dans un état ! poursuivit la surveillante. Où avez-vous été traîner ?

Olivia avait prévu la question. Sans une seconde d'hésitation, elle s'empressa de répondre :

– Nous étions dans le jardin, mais quand on a voulu

rentrer, la porte était fermée, alors on a dû faire le tour du bâtiment pour trouver une fenêtre ouverte et puis on s'est fait la courte échelle, mais de l'autre côté on est tombés dans une pièce très très sale. Et quand je dis tombés, c'est vrai, parce que la fenêtre était très haute.

La surveillante fronça les sourcils. Difficile de dire si l'histoire d'Olivia l'avait convaincue. Il était possible que quelqu'un ait fermé la porte du jardin, cependant.

— Je vous collerais bien un jour de retenue supplémentaire, mais il se trouve que, moi aussi, j'ai envie de partir en week-end. Alors, pour cette fois, vous vous en tirez avec un simple avertissement.

— Merci, madame la surveillante ! s'exclama Olivia.

Cependant Lucrecia Yeldim ne s'en laissait pas conter.

— N'en faites pas trop ! Allez, au lit !

— Mais on a encore une heure normalement, osa Billy.

— Ce ne sera pas de trop pour vous nettoyer, aboya-t-elle. Ouste, filez !

Elle se tourna vers Olivia pour ajouter :

— Toi, on va s'occuper de tes genoux !

Laissant Olivia aux bons soins de la surveillante, les deux garçons regagnèrent leur dortoir.

Finalement, se retrouver dans une école déserte présentait certains avantages. Il y avait de l'eau chaude. Jusque-là, Charlie n'avait pu prendre qu'un bain froid. Non qu'il en soit particulièrement friand mais, pour une fois, il apprécia de tremper un bon moment dans l'eau brûlante.

Les garçons étaient couchés depuis à peine cinq minutes lorsqu'ils entendirent frapper à la porte. Olivia entra d'un pas sautillant. Elle portait une robe de chambre en velours blanc parsemée de grosses fleurs mauves et ses cheveux violets avaient repris une teinte châtain des plus banales.

– La surveillante m'a forcée à les laver, leur expliqua-t-elle. C'était juste de la teinture en bombe.

Elle se laissa tomber sur le lit de Charlie.

– Alors, qu'est-ce que tu voulais nous dire ?

– Eh bien, il se trouve que…

Et il leur raconta tout ce qui lui était arrivé depuis l'échange des photos jusqu'à son entrée à Bloor avant de soupirer :

– J'ai toujours été persuadé que ce qui se trouvait dans la mallette était extrêmement précieux et pourrait être échangé contre la nièce de Mlle Melrose. Mais, à ce que j'ai compris, le professeur Bloor veut la détruire.

– Avant qu'elle ne réveille cette fameuse fille, murmura Olivia. J'en conclus qu'elle n'est autre que le bébé disparu.

– Ça signifie donc que la mallette est tout de même précieuse, grâce au pouvoir qu'elle possède. Elle est magique.

– Mm…

194

Olivia balançait ses jambes dans le vide.

— Vous savez ce que je pense ?

Elle n'attendit pas leur réponse.

— Je pense que Manfred l'a hypnotisée. Elle est peut-être même hypnotisée depuis le début, depuis qu'elle a été enlevée, enfin échangée, ou je ne sais quoi. Mais le sort commence à s'affaiblir, et Manfred doit le réactiver sans cesse pour être sûr qu'elle ne revienne pas à elle, sinon elle risque de s'enfuir ou de se rappeler qui elle est vraiment.

— Olivia, tu es géniale ! s'écria Charlie. Pour tout t'avouer, un moment, j'ai cru que c'était toi.

— Moi ? Impossible. Si j'étais hypnotisée, je le saurais !

Elle sourit.

— Mais à mon avis, on peut facilement deviner de qui il s'agit.

— Comment ? s'étonna Charlie.

— En conjuguant esprit de déduction et sens de l'observation. Je suis très perspicace, tu vas voir. Si la petite a été échangée il y a huit ans alors qu'elle en avait presque deux, elle doit avoir à peu près le même âge que nous. Et elle doit posséder un don, c'est pour cela que le professeur Bloor tient tant à elle. Alors qui correspond à ce signalement ? Vous n'êtes pas nombreux, n'est-ce pas ?

— Douze, répondit Billy, dont cinq filles. Zelda est trop vieille, elle a treize ans. Pareil pour Betty. Il reste donc Dorcas, Émilia et Bindi.

– Ça ne peut pas être Dorcas, décréta Olivia. Elle est toujours gaie comme un pinson. Moins hypnotisée qu'elle, il n'y a pas !

– C'est Émilia ! s'exclama Charlie. Bon sang, bien sûr ! Elle a toujours l'air dans la lune et elle craint terriblement le professeur Bloor.

– Comme nous tous, répliqua Olivia. Mais je crois que tu as raison. Elle est dans mon dortoir, alors je vais ouvrir l'œil. Je ferais mieux d'y aller, maintenant. Bonne nuit, les gars ! À demain matin !

Hop ! Olivia sauta du lit et s'en fut.

Elle venait tout juste de partir lorsque la voix de Lucrecia Yeldim retentit :

– Extinction des feux !

Une main blanche se glissa dans l'entrebâillement de la porte et appuya sur l'interrupteur.

Les deux garçons gardèrent quelque temps le silence. Quatre lits les séparaient. Et de l'autre côté du dortoir, ils étaient tous vides. Charlie en avait la chair de poule. Comment faisait son ami pour rester tous les week-ends seul dans cet immense dortoir sinistre ?

– Billy, chuchota-t-il, tu voudrais venir chez moi la semaine prochaine ? Tu as le droit ?

– Oh, oui ! répondit-il avec enthousiasme. Je suis déjà allé chez Fidelio. Je suis sûr qu'ils me laisseront aller chez toi.

– Parfait.

Il y eut un craquement, des petits pas, et le faisceau d'une lampe de poche s'approcha de son lit. Il distinguait juste la silhouette menue de Billy dans son pyjama bleu pâle.

– Charlie, tu entends ce que disent les gens sur les photographies, c'est ça ?

– Oui, répondit-il, hésitant. Parfois…

Un cliché froissé atterrit sur son oreiller.

– Peux-tu me dire ce que racontent ces personnes ? demanda Billy. Ce sont mes parents.

Charlie regarda : il découvrit un jeune couple posant sous un arbre. La femme portait une robe si pâle qu'on aurait dit un fantôme. Elle avait les cheveux d'un blond presque blanc. Ils souriaient tous les deux, mais ce n'était qu'un sourire de façade. Dans le regard de la femme, on lisait la peur et dans celui de l'homme la colère.

La voix qui retentit soudain aux oreilles de Charlie le fit sursauter avec une telle violence qu'il manqua tomber de son lit.

« Allez, un sourire pour votre petit garçon, madame Corbec ! C'est si difficile que ça ? »

Cette voix profonde, glaciale, il l'aurait reconnue entre mille.

Le jeune homme répondit :

« Vous n'allez pas vous en sortir comme ça ! »

« Regardez mon fils, monsieur Corbec. Il est beau, n'est-ce pas, mon petit Manfred ? Oui, regardez-le dans les yeux. Ils brillent comme la braise, hein ? »

– Tu n'entends rien ? s'inquiéta Billy.

197

Charlie ne savait pas quoi répondre. Il ne pouvait pas lui rapporter toutes ces horreurs, quand même ! Il décida de mentir mais, avant qu'il ait eu le temps d'ouvrir la bouche, il se produisit quelque chose d'extraordinaire. Quelque chose qui ne lui était jamais arrivé auparavant. Il entendit les pensées du jeune homme : « Nous allons nous enfuir. Nous allons partir le plus loin possible avec notre petit Billy et ils ne nous retrouveront jamais. J'aimerais que ce gamin arrête de me fixer comme ça. Ses yeux sont d'un noir d'encre. »

— Alors ? insista Billy, tout anxieux.

— La femme…

Charlie se creusait les méninges pour trouver quelque chose de plausible.

— La femme dit : « Vite, il faut que je retourne m'occuper de Billy ! » Et l'homme : « Oui, notre bébé chéri ! Un jour, il sera célèbre ! »

Même dans la pénombre, Charlie aperçut le sourire radieux de son ami.

— Rien d'autre ?

— Non, désolé.

— Et la personne qui prend la photo ne dit rien ? Je n'ai jamais réussi à savoir qui c'était.

— Non, pas un mot, mentit Charlie en lui rendant le cliché.

— Un jour, des gens vont venir m'adopter. J'aurai de nouveaux parents, et je pourrai rentrer à la maison le week-end, comme tout le monde.

198

Il retourna se mettre au lit et, quelques minutes plus tard, il dormait à poings fermés, sa photo froissée sous son oreiller.

Charlie resta longtemps éveillé, à se demander ce qui se tramait à Bloor. Des bébés arrachés à leur famille, des enfants enlevés tandis que leurs parents disparaissaient soudainement... Son père, qu'il croyait mort, était toujours en vie, mais où ?

– Oncle Vassili pourra me renseigner, murmura Charlie. Je parie qu'il en sait plus qu'il ne veut bien l'avouer.

Encore une journée, et il serait chez lui. En préparant les questions qu'il allait poser à son oncle, il finit par sombrer dans le sommeil.

Jeux de l'esprit

Le lendemain matin, Charlie fut soulagé de constater que Manfred ne prenait pas le petit déjeuner avec eux.

– Il fait la grasse matinée, le week-end, lui expliqua Billy. Il reste éveillé la moitié de la nuit, on voit briller des bougies par la fenêtre de sa chambre.

– Qu'est-ce qu'il fabrique ? demanda Charlie.

– De la magie noire, répondit Olivia en haussant les sourcils de manière comique.

Le problème, c'est qu'elle avait sans doute raison, se dit Charlie.

– Il ne va pas nous surveiller ce matin, alors ?

– Non, non. Bien sûr, il faut quand même qu'on aille travailler dans la salle du Roi rouge. Une liste de questions nous attend, mais on peut bavarder, dessiner, faire ce qu'on veut, du moment qu'on y reste jusqu'à midi et qu'on répond à toutes les questions.

Ils se rendirent donc à l'étude où Charlie trouva une feuille pleine de problèmes épineux. Il en avait à peine résolu la moitié lorsqu'il se souvint de Fidelio.

– Je lui ai promis de me trouver à la fenêtre de la tour de musique à onze heures et demie, expliqua-t-il aux autres. Il doit me faire signe que la mallette est en lieu sûr.

– On te couvrira, affirma Olivia. Et si tu n'as pas fini ton travail, tu pourras copier sur moi en revenant.

– Merci, fit-il, reconnaissant.

Puis il se rappela qu'il ne savait pas aller à la tour. Il risquait de mettre une éternité à trouver son chemin.

– Fidelio m'avait dit que tu m'accompagnerais, mais si vous me couvrez…

– Je vais te faire un plan, décréta Olivia.

Tandis que Charlie peinait sur ses devoirs, en regardant la pendule toutes les cinq minutes, Olivia dessina avec précision les couloirs qui menaient à la tour de musique.

– Tu comprends ? lui demanda-t-elle.

Il se pencha sur la carte.

– Oui… Il faut que je prenne la dernière porte au fond du hall.

– Exactement.

– Il est presque la demie, les avertit Billy.

D'un bond, Charlie fut debout.

– Si quelqu'un arrive, on dira que tu es aux toilettes, lui assura Olivia.

Il ouvrit la porte, passa la tête dans le couloir… Personne en vue. Adressant un petit signe à ses amis, il quitta la pièce.

En suivant le plan d'Olivia, il arriva dans le hall et se dirigea d'un pas décidé vers une petite porte voûtée proche de l'entrée principale. Oh non, elle avait l'air fermée ! Le cœur battant, il tourna le gros anneau de métal qui servait de poignée, tourna et retourna… Au troisième essai, la porte céda. Charlie pénétra dans un couloir sombre, poussant soigneusement le loquet derrière lui.

Conscient que cette partie du bâtiment se trouvait en dessous de la chambre de Manfred, il se mit à avancer sur la pointe des pieds.

Le long couloir dallé de pierre conduisait à une pièce vide, au pied de la tour. Il passa devant la porte que Billy avait sans doute ouverte pour laisser entrer les chats. En face, des marches menaient à l'étage supérieur.

Il s'engagea dans un escalier affreusement raide qui montait en colimaçon, sans même une rampe ou une corde à laquelle se tenir. Enfin, il déboucha dans une autre pièce vide dont les deux fenêtres donnaient sur la cour d'entrée de l'institut. Il jeta un coup d'œil à l'extérieur. Pas de Fidelio en vue. Peut-être n'était-il pas monté assez haut pour bien voir. Il gravit une seconde volée de marches puis, sans même s'arrêter au deuxième, dans son élan, il poursuivit son ascension jusqu'au troisième étage. De là-haut, il dominait la ville entière. En cette matinée lumineuse et froide, l'immense cathédrale se dressait au-dessus des toits comme un monstre magnifique, sa flèche dorée scintillant au soleil.

Soudain, deux silhouettes surgirent dans la cour, contournèrent la fontaine et s'arrêtèrent au pied de la tour. Fidelio était venu avec Benjamin ! Ils lui firent signe.

Charlie leur rendit leur salut. Son ami avait-il réussi à cacher la mallette ? Devant la fenêtre, il leva le pouce droit en haussant les épaules d'un air interrogateur, puis il écarta les mains. Avaient-ils saisi ce qu'il tentait de dire ?

Apparemment, non. Fidelio et Benjamin mimaient une scène étrange. Benji tirait sur une corde imaginaire tandis que Fidelio agitait sa main dans son dos comme une queue.

Charlie secoua la tête, perplexe. Qu'est-ce qu'ils fabriquaient ? Il n'y comprenait rien.

Les deux garçons étaient visiblement surexcités par quelque chose, mais ce qu'il voulait savoir, c'était si la mallette était en lieu sûr. Il essaya de faire des gestes, d'articuler exagérément la question : « Et la mallette ? Où est-elle ? À l'abri ? »

En vain. Ses deux amis avaient autre chose en tête. Et il devrait attendre le soir pour savoir de quoi il s'agissait. Il leur fit au revoir de la main et allait dévaler les escaliers lorsqu'il entendit des pas à l'étage d'en dessous. S'il descendait maintenant, il risquait de se retrouver nez à nez avec Manfred ! Il n'avait qu'une solution : monter !

Tandis que Charlie grimpait les marches sur la pointe des pieds, des notes de musique résonnèrent au loin dans l'étroit escalier. Quelqu'un jouait du piano. Très bien, qui plus est. Un merveilleux morceau tout en nuances et en finesse. Comme si le pianiste se servait de toutes les notes du clavier, de la plus grave à la plus aiguë. Charlie se sentit irrésistiblement attiré, ensorcelé par la musique. Il ne s'arrêta pas au quatrième étage, mais continua son ascension, lentement cette fois, redoutant ce qu'il allait trouver en haut de la tour, mais incapable de s'arrêter.

La pièce dans laquelle il finit par déboucher n'était pas vide comme les autres. Elle était pleine de livres de musique. Des montagnes de partitions s'entassaient sur le sol et des liasses reliées de cuir s'empilaient sur les étagères : Mozart, Chopin, Beethoven, Bach, Liszt. Charlie connaissait certains noms de compositeur, mais il y en avait d'autres dont il n'avait jamais entendu parler.

Le son du piano s'élevait de derrière une petite porte en chêne. Il posa la main sur la poignée. La tourna. Elle s'ouvrit.

Debout sur le seuil, il embrassa la pièce du regard. Elle ne contenait qu'une seule chose : un immense piano noir et un pianiste sur son tabouret. M. Pèlerin !

Le regard de l'étrange professeur resta fixé droit devant lui. Il ne semblait pas conscient de la présence de Charlie. Il n'avait même pas remarqué que la porte s'était ouverte, et pourtant le courant d'air avait fait tomber quelques partitions de l'appui de fenêtre.

Charlie ne savait pas quoi faire. Il demeura un instant sur le seuil, hypnotisé, puis entra finalement dans la pièce et referma la porte derrière lui. M. Pèlerin continua à jouer, l'air absent, regardant tour à tour ses mains sur le clavier et le ciel par la fenêtre de ses yeux noirs, insondables.

Au loin, les cloches de la cathédrale se mirent à sonner. Un, deux, trois coups… Il était midi, réalisa soudain Charlie. Il était en retard. Les autres devaient se demander où il était passé. Manfred risquait de le chercher. Il tourna les talons, prêt à partir, quand brusquement M. Pèlerin arrêta de jouer. Il semblait écouter le carillon. Au douzième coup, il se leva. Voyant Charlie debout devant la porte, il fronça les sourcils.

– Dé… désolé, monsieur, je me suis perdu. Et c'était tellement… tellement beau, monsieur, que j'ai eu envie de rester pour écouter.

– Quoi ? fit le professeur.

– J'avais envie de vous écouter jouer, monsieur.

– Ah.

– Je m'excuse de vous avoir dérangé, murmura Charlie. Bon, je ferais mieux d'y aller.

– Attends.

L'étrange professeur contourna le piano pour s'approcher de lui.

– Comment t'appelles-tu ?

– Charlie Bone, monsieur.

– Charlie ?

– Oui.

Il crut voir une étincelle briller dans les yeux noirs de M. Pèlerin, mais elle s'éteignit aussitôt.

– Très bien, marmonna-t-il. File, maintenant.

– Oui, monsieur.

Le garçon s'éclipsa immédiatement et dévala l'escalier en colimaçon en deux fois moins de temps qu'il n'en avait mis pour le monter. Il réussit à retourner à l'étude sans croiser personne, à part un homme d'entretien qui lui adressa un clin d'œil alors qu'il traversait le hall en courant.

– Qu'est-ce que tu fabriquais ? le questionna Olivia quand il fit irruption dans la salle du Roi rouge. Manfred est passé deux fois et a demandé où tu étais.

– Qu'est-ce que vous lui avez dit ?

– Ce qu'on avait prévu. Que tu étais aux toilettes.

– Deux fois de suite ? s'inquiéta Charlie.

– La deuxième fois, j'ai dit que tu avais mal au ventre, mais je ne sais pas s'il m'a cru, précisa Billy d'un ton anxieux.

Juste à ce moment, M. Misair entra dans la pièce, ramassa les livres et dit aux enfants de descendre manger.

Pour le déjeuner, ils avaient un sandwich au fromage et une pomme chacun. Les membres du personnel qui étaient de service s'installèrent à la Haute Table, mais ni Manfred ni le professeur Bloor n'étaient présents.

— Ils mangent dans l'aile ouest le week-end, expliqua Billy, avec le reste de la famille.

— Ah bon ? s'étonna Charlie. Ils sont combien ?

— Il y a Mme Bloor et un très très vieil homme. Je ne l'ai jamais vu, mais le chien de Nana m'en a parlé.

— Dis donc, il t'en raconte des choses, ce chien, remarqua Olivia.

— Mm, pas mal, confirma Billy.

Après le repas, ils eurent le droit de sortir dans le jardin. Olivia tenta de convaincre ses amis d'aller examiner les ruines de plus près. Billy n'était pas franchement enthousiaste, mais Charlie était poussé par la curiosité.

— Allez, viens, Billy, insista Olivia. On jette juste un coup d'œil, on n'y entre pas. Je n'ai encore jamais participé au jeu des ruines.

— Moi non plus, renchérit Charlie.

— Ni moi, marmonna Billy, et il les suivit à contre-cœur jusqu'à la muraille ocre.

Elle était haute de plus de quatre mètres et extrêmement épaisse. Des pans de mur dépassaient des arbres, témoins d'une ancienne cité perdue. L'entrée se faisait sous une large arche de pierre par laquelle ils distinguèrent une cour aux pavés moussus d'où partaient cinq couloirs sombres.

Repensant à la fille qui avait disparu entre ces murs, Charlie frissonna.

– Je me demande ce qu'il y a là-dedans, murmura-t-il.

Olivia devina ce qui le préoccupait.

– Moi, pendant le jeu, je ferai en sorte de ne pas rester une seconde toute seule ! Ça me donne la chair de poule… Vous imaginez, on ne sait même pas ce qu'est devenue cette pauvre fille ! Il paraît que sa cape était en lambeaux.

– C'était un loup, déclara Billy.

Olivia et Charlie se retournèrent vers lui.

– Un loup ?

– C'est le chien de Nana qui me l'a dit. Il dit toujours la vérité. Les chiens ne savent pas mentir. Pour être précis, il m'a raconté que c'était une sorte de loup. Il vit à l'institut, mais il vient errer dans les ruines la nuit.

D'un même mouvement, ils levèrent la tête vers le ciel qui commençait déjà à s'obscurcir. Olivia recula d'un pas et se mit à courir en poussant des hurlements mélodramatiques :

– Noooooooon ! Noooooooon ! Noooooooon !

Les autres se lancèrent à sa poursuite en riant. C'était comique de la voir gambader ainsi avec ses jambes blanches et ses cris haut perchés, mais Charlie sentait bien que, tout au fond, l'angoisse pointait sous l'hilarité.

En rentrant du jardin, ils tombèrent nez à nez avec Manfred.

– Olivia Vertigo, va faire ton sac, dit-il sèchement. Bone, suis-moi.

– Pourquoi ? demanda Charlie en regardant ses pieds.

– Parce que je te le demande.

Charlie avait bien envie de filer dans son dortoir comme Olivia. Sa mère n'allait pas tarder à arriver. Manfred ne pouvait quand même pas lui interdire de rentrer chez lui ? Peut-être que si, après tout…

Manfred tourna les talons en claquant des doigts. Charlie adressa un sourire à ses amis avant de le suivre.

– Bonne chance ! lui glissa Olivia.

Ils se rendirent à la salle des préfets. Comme elle était déserte, Manfred autorisa Charlie à s'asseoir dans l'un des fauteuils tandis qu'il s'installait à sa place habituelle, derrière son grand bureau.

– Tu as l'air pétrifié de peur, Bone !

Il essaya de sourire, mais le résultat n'était pas franchement convaincant.

– Je ne vais pas te manger.

Charlie, qui n'en était pas si sûr, gardait soigneusement les yeux baissés.

– Je voulais juste savoir où tu avais mis la mallette que Mlle Melrose t'a donnée. Car elle nous appartient, figure-toi.

Il s'exprimait d'une voix douce et persuasive, qui ne trompait cependant pas Charlie.

– Je ne vois pas de quoi vous voulez parler, affirma-t-il.

– Bien sûr que si ! Elle ne te sert à rien. Au contraire, elle ne t'apportera que des ennuis. Allez, dis-moi où elle est !

Voyant qu'il ne répondait pas, Manfred commença à s'impatienter.

– Regarde-moi ! aboya-t-il.

Mais le garçon restait les yeux rivés au sol.

– Combien de temps crois-tu pouvoir tenir à ce petit jeu ? Allez, regarde-moi. Juste un petit coup d'œil rapide. Je ne te veux pas de mal, plaida le préfet.

Le regard de Charlie était irrésistiblement attiré par son visage livide. Il ne pouvait rien y faire. Si Manfred parvenait à l'hypnotiser, c'était fini : il lui dirait tout. Puis soudain, il eut une autre idée : et s'il tentait de résister ? S'il essayait de le dévisager pour lire dans ses pensées, peut-être parviendrait-il à échapper à son contrôle ?

Charlie fixa donc ses traits pâles et ses yeux noir charbon, tentant de pénétrer dans son esprit pour écouter ses pensées. Mais il n'entendit rien. Ce fut une image qui s'imposa à lui. Celle d'un homme qui jouait du piano.

– Arrête ! ordonna Manfred. Arrête ça tout de suite, Bone !

Mais il s'attarda sur cette image et commença à entendre de la musique, un morceau rythmé, complexe et très beau.

211

– Arrête !

Un verre d'eau siffla aux oreilles de Charlie avant de s'écraser contre le mur. Il bondit de son fauteuil juste à temps pour éviter un gros livre. Le projectile suivant était un presse-papier en verre, mais la porte s'ouvrit avant que Manfred n'ait pu le lancer.

Le professeur Bloor fit irruption en demandant :

– Que se passe-t-il ?

– Il ne répond pas à mon pouvoir, siffla Manfred. Il me bloque. Il sait aussi manipuler les pensées.

– Intéressant, commenta son père. Très intéressant. Tu ne devrais pas te mettre dans cet état, Manfred. Je te l'ai déjà dit. Tu dois apprendre à te contrôler.

Charlie jeta un coup d'œil derrière lui. Le sol était jonché d'éclats de verre et une grosse tache plus foncée maculait le papier peint rose.

– Charlie, ta mère t'attend, annonça le professeur Bloor. Va faire ton sac tout de suite.

– Oui, monsieur, s'empressa-t-il de répondre.

Et il quitta la pièce sans demander son reste.

Billy l'attendait dans le dortoir. Il n'était pas seul. Au pied de son lit était couché le plus vieux chien qu'il eût jamais vu. Il était énorme, avec un museau si plissé qu'on avait du mal à deviner où se trouvaient ses yeux et sa gueule. Il haletait péniblement. Ce n'était pas étonnant, vu le nombre d'escaliers qu'il avait dû monter pour venir de la cuisine. Il avait la même odeur que les cagettes de légumes abîmés qu'Amy Bone rapportait de son travail.

– Il a le droit de venir ici ? s'étonna Charlie.

– Personne n'est au courant. Je suis livré à moi-même tout le week-end, même la surveillante rentre chez elle le samedi.

– J'aimerais que tu puisses venir chez moi. Ce doit être affreux de passer la nuit tout seul ici, dit-il en jetant ses affaires dans son sac.

– J'ai l'habitude. Et puis Beau est là. On a plein de choses à se raconter aujourd'hui.

– Beau ?

Charlie considéra la créature dodue et fripée étendue à ses pieds.

– C'est un joli nom, n'est-ce pas ? fit Billy.

Il ne protesta pas. Il aurait aimé voir comment son ami s'y prenait pour communiquer avec un chien, mais il avait trop hâte de rentrer chez lui. Il lui dit au revoir et fila dans le dédale de couloirs et d'escaliers qui menaient au hall d'entrée.

Les secrets
du professeur Tolly

La mère de Charlie était assise dans l'une des hautes chaises sculptées alignées près de la grande porte. Son fils ne l'aperçut pas tout de suite car elle était cachée par les larges épaules du professeur Bloor. Il lui parlait très sérieusement et Amy avait l'air d'une écolière prise en faute. En voyant arriver Charlie, elle lui adressa un petit signe de la main et un sourire nerveux.

Le professeur se retourna.

– Ah, le voilà ! fit-il avec un enthousiasme forcé. Je disais justement à ta mère que ta première semaine parmi nous s'était passée à merveille, à part le petit... incident de la cape.

– Oui, monsieur.

Charlie se demandait comment il allait expliquer à sa mère que sa belle cape neuve ait été remplacée par un chiffon en lambeaux. Mieux valait le lui cacher, décida-t-il.

Mme Bone se leva, déposa un rapide baiser sur la joue de son fils et le poussa dehors avant qu'il puisse ajouter quoi que ce soit.

– Bon week-end ! lança le professeur Bloor, bien qu'il soit déjà largement entamé.

– Oui, monsieur, répondit Charlie, sans même se retourner.

Sa mère ne lui reprocha pas son impolitesse.

– J'espère que ça ne te dérange pas de marcher. Il est encore trop tôt pour que Vassili puisse sortir et je n'avais pas assez d'argent pour un taxi. Et comme tu as manqué le car…

– Désolé, maman.

– Ce n'est pas juste de t'avoir collé dès ta première semaine, souligna-t-elle avec véhémence. Mais oublions tout ça, d'accord ? Rosie t'a préparé ton menu préféré.

Charlie en avait déjà l'eau à la bouche.

Ils traversèrent la cour où se dressait la fontaine aux cygnes et descendirent l'allée qui menait à la route. Ils étaient déjà en pleine ville lorsque Charlie remarqua un vieil homme qui marchait au même rythme qu'eux sur le trottoir d'en face.

Il sut immédiatement de qui il s'agissait tant son déguisement était pitoyable. Les vêtements du vieillard n'étaient pas à sa taille et il portait une fausse barbe, dont la couleur blanche n'allait absolument pas avec les cheveux d'un roux éclatant qui dépassaient de la casquette élimée.

– Tu peux presser un peu le pas, maman ? lui demanda Charlie. Nous sommes suivis.

– Suivis ?

Mme Bone s'arrêta pour jeter un coup d'œil pardessus son épaule.

– Qui donc pourrait nous suivre ?

– Un garçon de l'école, lui expliqua son fils. Il est sur le trottoir d'en face. C'est idiot parce qu'il sait très bien où j'habite. J'ai l'impression qu'il ne peut pas s'empêcher d'espionner les gens.

– Viens, Charlie !

Sa mère lui prit le bras pour l'entraîner dans une petite rue perpendiculaire.

– On mettra un peu plus de temps par là, mais je ne supporte pas d'être suivie.

Charlie comprit alors que cela lui rappelait de mauvais souvenirs. Sa mère lui avait raconté que, peu après leur mariage, son père avait commencé à regarder sans arrêt derrière lui. Mais qui pouvait bien les suivre à l'époque ?

Mme Bone prit un chemin que Charlie ne connaissait absolument pas, empruntant un dédale de ruelles étroites.

– Je ne suis pas passée par là depuis longtemps, mais ça n'a pas beaucoup changé. Ah, on y est !

Ils émergèrent alors sur une petite place, devant la cathédrale.

– Oh ! s'exclama-t-elle en portant la main à son cœur comme si la vue de l'immense monument lui coupait le souffle. Ton père jouait de l'orgue ici, autrefois, murmura-t-elle. Mais je n'y étais pas revenue depuis… depuis qu'il a arrêté.

Elle accéléra le pas, pressée de s'éloigner le plus vite possible de cet endroit et, bien évidemment, ils passèrent devant la librairie Melrose.

– Je connais la dame qui tient cette boutique, annonça Charlie en ralentissant pour regarder à travers la vitrine. On peut entrer ?

– C'est fermé, répliqua sa mère, regarde la pancarte.

Tandis qu'ils poursuivaient leur route au pas de course, elle ajouta :

– Vassili a dû passer ici hier soir. Il est revenu avec un sac plein de livres. Je ne sais pas ce qu'il a, en ce moment, il n'est plus lui-même !

Son oncle s'était-il enfin décidé à relever la tête ?

Rosie les avait vus arriver bien avant qu'ils ne montent les marches du numéro 9. Lorsque Charlie entra dans la cuisine, la bouilloire était sur le feu et un festin était dressé sur la table.

– Ils n'avaient pas le droit de te garder un jour de plus ! s'écria-t-elle en le serrant dans ses bras à l'étouffer.

Une voix s'éleva du rocking-chair, près du poêle :

– Il a enfreint les règles. Que ça lui serve de leçon !

Grand-mère Bone toisa son petit-fils, sourcils froncés.

218

– Regarde comment tu es coiffé ! Tu n'as pas emporté de peigne là-bas ?

– Si, répliqua Charlie, mais la surveillante n'est pas trop à cheval sur ce genre de détails. Tu vois de qui je veux parler, n'est-ce pas ?

– Tante Lucrecia, bien entendu, cingla grand-mère Bone.

Rosie et Amy étaient tellement surprises qu'elles en restèrent bouche bée.

– Mais… vous ne nous en avez jamais parlé ! s'étonna la mère de Charlie.

– Et en quel honneur aurais-je dû vous en parler ? répliqua la vieille femme.

Puis elle se replongea dans sa lecture comme si de rien n'était.

– Eh bien, commenta Rosie, y en a une qui est soupe au lait, dans le coin.

Grand-mère Bone l'ignora, tout comme elle ignora le copieux repas que les autres membres de la famille partagèrent – tous sauf Vassili, évidemment.

Charlie avait envie de demander où était son oncle, mais grand-mère Bone paraissait de si méchante humeur qu'il préféra s'abstenir. Il ne tenait pas à provoquer une nouvelle dispute. Tout ce qu'il voulait, c'était se remplir la panse et aller retrouver Benjamin.

– On peut savoir où tu vas ? lui demanda-t-elle alors qu'il s'apprêtait à sortir, après le dîner.

– Il va voir son copain, tiens, répondit Rosie.

219

– Et pourquoi donc ? Il est censé passer le week-end en famille.

– Ne soyez pas ridicule, Grizelda. Allez, vas-y, Charlie.

Il s'empressa de filer avant que grand-mère Bone ait pu répliquer quoi que ce soit. Il courut jusqu'au numéro 12 et y trouva non seulement Benjamin, mais aussi Fidelio. Surexcités, ils entraînèrent leur ami dans la cuisine, où des restes de pizza, frites, bananes et biscuits jonchaient la table. Zaricot était en train de se régaler avec les morceaux tombés par terre mais, en voyant arriver Charlie, il se précipita pour lui faire la fête à grands coups de langue poisseux.

Le garçon réussit à lui échapper tandis que Benjamin se lançait dans le récit de leurs aventures. Apparemment, ils avaient fait une découverte capitale.

– Tu sais, dans le chien-robot que tu m'as offert, il y avait une cassette. Eh bien, Fidelio a proposé qu'on fasse « avance rapide » pour tenter d'en apprendre davantage. Et on n'a pas été déçus.

– C'est ça que vous essayiez de me dire ce matin ! s'exclama Charlie.

Les étranges mimiques de ses deux amis prenaient enfin sens.

– Vous faisiez semblant de tirer la queue d'un chien !

– Tu n'avais pas compris ? s'étonna Fidelio. Assieds-toi, mon vieux. Tu vas entendre une histoire incroyable.

220

Charlie remarqua que ses amis avaient sorti la mallette du professeur Tolly de la cave. Il tira une chaise et s'assit à la table, où le chien métallique se dressait au milieu des cartons de pizza et des miettes.

– Écoute.

Fidelio tira la queue du chien et, dès que la voix familière du professeur Tolly se mit à donner le mode d'emploi de l'appareil, il appuya sur l'oreille gauche pour faire « avance rapide ».

– Voilà, c'est là.

Lorsque le professeur reprit la parole, ce fut d'une voix différente, plus pressée et mélancolique. Charlie approcha sa chaise.

Ma chère Julia, si tu écoutes ce message, c'est que tu as découvert le secret de mon enfant bien-aimée. Cette enfant qui autrefois s'appelait Emma Tolly, mais qui porte aujourd'hui un autre nom. J'espère que tu as trouvé une cachette sûre pour la mallette. Je ne t'ai pas envoyé la clé ni expliqué comment l'ouvrir, car je ne peux faire confiance à personne. Ils écoutent à ma porte, ils dérobent mon courrier et, quand tu entendras ce message, ils m'auront sûrement ôté la vie. Je le sais. Je me sens si faible. Je ne peux plus me lever. Mes ennemis m'ont empoisonné, Julia, et c'est une juste punition pour ce que j'ai fait à mon enfant.

Je vais maintenant te raconter comment tout cela est arrivé, comment je me suis retrouvé dans cette situation impossible. Comme tu le sais, j'ai décidé de leur confier

221

notre petite Emma. J'étais poussé par la convoitise. Ce qu'ils m'offraient en échange de ma fille représentait le défi le plus passionnant de ma carrière. Ils m'ont fourni une figurine du chevalier de Tolède, mon ancêtre, connu pour être la plus fine lame du monde. Je devais le ramener à la vie. Quelle arrogance de croire que j'en étais capable. Mais cinq années de dur labeur ne m'ont mené à rien. Rien du tout. Je ne suis qu'un savant, pas un magicien. Lorsque Emma a eu sept ans, je leur ai demandé de me la rendre. Ils ont refusé. Selon eux, j'avais failli à ma tâche.

Benjamin éternua, brisant le charme que la voix ensorcelante du professeur avait jeté sur eux.

– Très intéressant, commenta Charlie, mais ça ne nous aide pas beaucoup.

– Cette histoire d'empoisonnement, ça m'intrigue, déclara Benjamin.

– Écoute, insista Fidelio en appuyant sur « pause ». On arrive au meilleur passage. Tu vas comprendre.

Benjamin et Charlie se turent docilement tandis que leur ami remettait l'appareil en marche. Une fois encore, la voix chaude du professeur Tolly monta du chien métallique :

Julia, ils m'avaient promis que je pourrais lui rendre visite. Je pensais que ce serait mieux pour notre petite Emma de vivre dans une famille aimante, avec un père, une mère et un frère, plutôt que de rester avec moi, un bonhomme grincheux et distrait. Mais ils étaient censés lui dire qui elle était vraiment pour qu'un jour elle puisse, si elle le souhaitait, nous retrouver, moi, ou toi, chère Julia. Je l'espérais de tout mon cœur. Mais c'était avant que je sache ce dont Manfred était capable.

Charlie se tourna vers Fidelio, qui leva les yeux au ciel. Benjamin chuchota :

– Il parle de…

– Chut ! le coupa Fidelio.

Tu te souviens de ce jour, poursuivait le professeur Tolly, *où je suis venu à la librairie et où tu as vêtu la petite Emma d'une belle robe blanche neuve, avec un ruban dans les cheveux. Mais tu as refusé de nous accompagner sur la place de la cathédrale. Si seulement tu étais venue avec nous…*

Ils étaient quatre : Bloor, sa femme, son fils et le vieillard. Le gamin devait avoir huit ans à l'époque. Ils ont déposé une mallette à mes pieds – effectivement, il y avait une figurine à l'intérieur. Puis j'ai soulevé ma petite fille du sol et le vieillard a ouvert les bras.

C'est à ce moment-là que c'est arrivé, Julia. Que tout a mal tourné. Alors que, au-dessus de nos têtes, les cloches se mettaient à carillonner, un homme est sorti de la cathédrale. Je l'ai immédiatement reconnu. C'était le jeune organiste. Le chœur chantait encore lorsqu'il s'est approché de nous. Il a levé la main en protestant : « Arrêtez ! Vous ne pouvez pas faire ça ! »

Tandis qu'il tentait de s'interposer entre nous, le vieillard l'a frappé au visage. L'organiste a riposté, lui faisant perdre l'équilibre. Le vieux s'est cogné le crâne sur les pavés, en poussant un cri de douleur. J'ai alors remarqué que Manfred fixait le jeune homme de ses yeux de charbon ardent. L'organiste a enfoui son visage dans ses mains avant de tomber à genoux.

Emma hurlait de peur, mais Manfred a tourné son redoutable regard vers moi et je lui ai tendu mon enfant en larmes. Alors que le douzième coup retentissait, il a posé les yeux sur elle et elle s'est arrêtée de pleurer, pétrifiée.

J'ai été lâche, Julia. J'ai fait quelque chose de terrible. Je me suis enfui. J'ai pris la mallette et je me suis engouffré dans une des étroites ruelles débouchant sur la place, comme si j'avais tous les démons de l'enfer à mes trousses.

Plus tard, j'ai découvert qu'ils avaient confié Emma à d'autres gens. Ils ont refusé de me dire à qui. Le vieillard est resté handicapé à vie par sa chute. Quant au jeune organiste, je ne l'ai plus jamais revu. J'ai compris que ma petite Emma et lui avaient été hypnotisés, et même pire. Ils étaient ensorcelés à jamais, à moins que je ne trouve un moyen de les ramener à eux. C'est donc ce que j'ai fait, Julia. Enfin, du moins, je crois. La mallette que j'ai baptisée « Les douze coups de Tolly » peut produire un bruit qui réveillera la petite Emma. Mais les Bloor ont découvert mes activités et, évidemment, ils veulent détruire mon invention. Si tu appuies sur les lettres gra-

vées, une par une, fermement et avec précaution, la mallette s'ouvrira.

– C'est donc ça ! s'exclama Charlie.

– Attends ! intervint Fidelio en levant la main. Écoute la suite !

J'allais presque oublier, ajouta la voix du professeur Tolly. Pourquoi voulaient-ils absolument mon enfant ? Nous avons fait nos études ensemble, le professeur Bloor et moi. Il était tout naturel que je me confie à mon vieil ami. Car je ne pouvais en parler à personne d'autre. Emma peut voler. Ce n'est arrivé qu'une fois, lorsqu'elle avait quelques mois. Mais qui sait…

Prends soin de toi, Julia. Cet enregistrement touche à sa fin. Le coursier est à la porte. Adieu.

– Qu'est-ce que tu en dis ? demanda Fidelio. Quelle histoire, hein ? Tu imagines ? Cette fille, qui qu'elle soit, elle vole !

– Nous pensons qu'il s'agit d'Émilia Moon, murmura Charlie. Quant à l'organiste…

– Quoi ? insista Fidelio.

– Non, rien.

Le jeune organiste aurait fort bien pu être son père, mais comment le retrouver maintenant ? Il pouvait être n'importe où. La priorité était de réveiller Emma Tolly puis, un jour peut-être, son père.

Benjamin paraissait un peu abasourdi par toutes

ces nouvelles, mais Fidelio avait hâte de passer à l'action.

– Il faut qu'on sorte cette mallette d'ici dès ce soir, décréta-t-il. Maintenant, on sait à quoi elle sert.

– Zoran ne me lâche pas d'une semelle, les informa Charlie. Il surveille le moindre de mes mouvements.

– Pas de problème, affirma Fidelio en lui montrant l'énorme étui à xylophone qu'il avait apporté. Mon père va venir me chercher en voiture dans dix minutes. Si Benjamin et toi, vous partez à pied, Zoran va sans doute vous suivre. Avec un peu de chance, il ne me verra pas charger l'étui à xylophone dans la voiture. Sinon, de toute façon, il pensera que c'est un instrument de musique.

C'était un excellent plan. Après avoir caché la mallette du professeur Tolly dans le gigantesque étui, Benjamin et Charlie s'en furent au parc. La nuit était tombée mais, avec Zaricot à leurs côtés, ils étaient rassurés. Ils repérèrent bientôt Zoran dans son déguisement outrancier qui se faufilait d'arbre en arbre, sur le trottoir d'en face, mais ils s'efforcèrent de faire comme s'ils ne l'avaient pas vu.

Après une promenade d'une vingtaine de minutes dans le quartier, Charlie et Benjamin revinrent au numéro 12, Filbert Street. Fidelio et son énorme étui à xylophone avaient disparu.

– On a réussi ! se réjouit Benjamin.

– Sacré Fidelio ! commenta Charlie. Bon, je ferais mieux de rentrer. À demain, Benji.

– Il faut qu'on porte la cassette à Mlle Melrose, non ?

– Tout à fait !

Charlie traversa la rue en courant, pressé de raconter à son oncle les derniers événements. Heureux hasard, Vassili était tout seul dans l'entrée, mais il n'était pas d'humeur aux confidences. Il était sur le point de sortir, vêtu d'un costume noir très chic égayé, contre toute attente, d'un nœud papillon violet. Il s'était fait couper les cheveux et était rasé de près. Il dégageait un parfum épicé qui changeait agréablement de son odeur habituelle d'encre et de vieux papier.

– Waouh ! s'exclama Charlie. Où vas-tu comme ça, oncle Vassili ?

Tout gêné, ce dernier balbutia :

– Tu m'as demandé d'aller chercher une clé chez Mlle Melrose, non ?

– Mais on n'en a plus besoin, finalement, chuchota Charlie.

Son oncle l'ignora.

– Je... hum...

Il s'éclaircit la voix.

– J'emmène Mlle Melrose au restaurant.

– C'est vrai ?

Quel scoop ! Aussi loin que Charlie s'en souvienne, Vassili n'avait jamais eu de rendez-vous galant !

Son oncle baissa la voix et, se penchant à son oreille, ajouta :

– Et ça ne plaît pas tellement à Grizelda.

Il sourit.

– Je m'en doute.

Avec un clin d'œil complice, oncle Vassili lui donna une tape sur l'épaule et s'en fut. C'était une nuit noire et sans lune.

Charlie était ravi pour son oncle. Il lui souhaita bonne chance en pensée, espérant que la soirée s'écoulerait sans incident.

Grand-mère Bone s'étant enfermée dans sa chambre, une atmosphère chaleureuse et tranquille régnait dans la cuisine. Rosie et sa fille étaient en train de lire. En voyant arriver Charlie, elles levèrent les yeux de leurs magazines, impatientes de savoir comment s'était passée sa première semaine à Bloor. Il leur raconta les anecdotes les plus amusantes. Il laissa de côté la révélation de Gabriel Lasoie comme quoi son père ne serait pas mort. Ainsi que l'histoire de la cape. Il se débrouillerait pour inventer une excuse…

Il eut le droit de se coucher beaucoup plus tard que d'habitude. Comme grand-mère Bone n'était pas là, il n'y avait personne pour l'envoyer au lit. En plus, c'était samedi soir, et sa mère lui promit qu'il pourrait faire la grasse matinée le lendemain matin. Mais, petit à petit, il sentit ses paupières devenir lourdes, bâilla à plusieurs reprises et dut avouer qu'il était en train de s'endormir. Il embrassa sa mère et sa grand-mère avant de monter se coucher.

Charlie n'aurait su dire depuis combien de temps il dormait lorsqu'il entendit un étrange remue-ménage dans l'escalier. Quelqu'un montait. Redescendait. Remontait. Redescendait. Puis le parquet grinça au rez-de-chaussée. Luttant contre le sommeil, Charlie se glissa hors de son lit et descendit sur la pointe des pieds.

Son oncle était assis dans la cuisine, à la lueur vacillante d'une bougie. Il avait jeté manteau et nœud papillon par terre, et enfoui sa tête dans ses bras.

— Oncle Vassili, qu'est-ce qui ne va pas ? Que s'est-il passé ?

Il ne répondit pas, se contentant de grogner. Charlie prit alors une chaise et s'assit en face de lui, attendant qu'il se remette de ce qui l'avait plongé dans un si profond désespoir.

Au bout d'un moment, il releva enfin la tête pour dire :

— Tout est fini, Charlie.

— Quoi ? Comment ça ?

— Je n'ai pas pu m'en empêcher, expliqua-t-il d'une voix pensive. Ça devait arriver, de toute façon… Notre amie, Mlle Melrose, était superbe dans sa robe noire, avec son chignon qui dégageait sa nuque blanche comme un cou de cygne… Bref, j'étais époustouflé.

— Normal, commenta Charlie.

— Je me suis contenu jusqu'au dessert.

— Oh, c'est déjà bien.

– Non, ce n'est pas bien, gémit Vassili, enfin, au moins, elle a pu profiter de son repas.

– Qu'est-ce que vous avez mangé ?

– Des huîtres, une salade César, du canard rôti et une pavlova[1] nappée de crème chantilly.

– Miam ! s'exclama Charlie qui, à part le canard, ne voyait pas très bien de quoi il s'agissait.

– Mais le vin m'est monté à la tête. J'étais grisé, heureux...

Vassili poussa un profond soupir.

– Nous dînions aux chandelles, donc pas de problème. Mais il y avait une applique au mur, derrière Julia, et soudain *pouf !* l'ampoule a explosé. Des éclats de verre partout. Dans ses cheveux et sur sa belle robe noire. Je me suis levé d'un bond, et *paf !* une autre lampe. Tu imagines ?

– Mais personne ne pouvait savoir que c'était ta faute, fit remarquer Charlie.

– Sauf que je me suis ridiculisé. Je hurlais « Désolé, désolé ! » tandis que les lampes explosaient une à une. Je me suis rué dehors en balbutiant des excuses. J'avais tellement honte, je ne pouvais pas rester à l'intérieur, sinon toutes les ampoules du restaurant auraient grillé.

– Ce n'est pas grave, le rassura son neveu. Je suis sûr que tu vas trouver comment expliquer ça à Mlle Melrose.

1. Dessert meringué aux fruits, créé en l'honneur de la ballerine russe Anna Pavlova. (N. d. T.)

– Mais, Charlie, je suis parti sans payer l'addition !
Tu imagines ! Elle doit penser que je suis un lâche,
effrayé par quelques ampoules grillées, et radin qui
plus est !

– Il va falloir que tu lui dises la vérité.

Vassili poussa un hurlement de désespoir.

– Noooon ! Nous sommes maudits, Charlie. Toi et
moi. Maudits à cause de nos différences. À cause de
cette terrible tare familiale.

– Mais non, répliqua-t-il avec véhémence.
Reprends-toi, je t'en prie, oncle Vassili. J'ai quelque
chose de très important à te dire et je voudrais que
tu m'écoutes attentivement.

Son oncle posa de nouveau la tête dans ses bras,
refusant obstinément de bouger. Charlie lui rapporta
alors ce que le professeur Tolly révélait sur sa cassette. Enfin, Vassili se redressa et accorda toute son
attention à son neveu.

– Bon sang ! s'exclama-t-il lorsque ce dernier
mentionna le jeune organiste. Liam !

– Il s'agissait de mon père, n'est-ce pas ?

– Oui, je crois bien. Continue, Charlie.

Lorsqu'il eut fini de lui raconter l'étrange histoire
du professeur Tolly, son oncle avait retrouvé toute sa
vivacité.

– Mon garçon, tout cela est tellement extraordinaire que les mots me manquent. Quelle histoire tra-
gique. Cette pauvre enfant. Et ton père… Comme je
regrette de ne pas avoir pu empêcher cela. Il n'y a

231

aucun doute, selon moi, en essayant de sauver cette petite fille, il a scellé son destin.

— Mais, oncle Vassili, intervint Charlie, mon père est toujours vivant.

— Quoi ? Non, je suis désolé, mon garçon, tu dois te tromper.

Charlie lui raconta alors l'épisode de Gabriel Lasoie avec la cape bleue et la cravate de son père.

— Je ne vois pas pourquoi il me mentirait. Il faudrait que tu le voies faire, oncle Vassili. Il sent les choses grâce aux objets. Tout comme j'entends des voix, Manfred hypnotise les gens… et tu fais exploser les ampoules électriques.

— Je te crois, Charlie. Mais j'ai vu l'endroit où la voiture est tombée. Ton père n'a pas pu s'en sortir. Et même si c'était le cas, où serait-il maintenant ?

Charlie haussa les épaules, maussade. Il n'avait pas de réponse à cela, mais il trouva intéressant d'apprendre que le corps de son père n'avait pas été retrouvé.

— J'imagine que grand-mère Bone les a retenus d'achever papa parce que c'était son fils. Mais elle les a laissés mettre en scène l'accident et tout ça, parce qu'il ne lui obéissait pas. Ils étaient tous dans le coup, les Yeldim et les Bloor, tous sauf toi, oncle Vassili. Si quelqu'un se dresse en travers de leur chemin ou fait quoi que ce soit qui leur déplaît, ils n'hésitent pas à l'éliminer, à le faire disparaître ou à lui faire oublier son identité.

Vassili tapa soudain du poing sur la table.

– Oh, Charlie ! Je m'en veux tellement ! Faire profil bas, ce n'est pas suffisant. Je savais que quelque chose se tramait, je ne peux pas le nier. Mes satanées sœurs n'arrêtaient pas de conspirer, de chuchoter, de se retrouver en secret pour recevoir le professeur Bloor et son abominable grand-père Ezekiel, et moi, je me voilais la face.

– Son grand-père ? répéta Charlie, un peu surpris.

– Oui, son grand-père, un vieillard machiavélique s'il en est. Il doit avoir dépassé les cent ans, maintenant. Un soir, ton père m'a appelé. Il avait sans doute découvert le complot et il voulait me demander conseil. À l'époque, il habitait à l'autre bout de la ville, avec ta mère et toi. Je lui ai donné rendez-vous devant la cathédrale.

Une fois de plus, Vassili enfouit son visage dans ses mains.

– Je n'y suis pas allé, Charlie, gémit-il. J'ai oublié. J'étais plongé dans mon travail. Mais qu'est-ce qu'un livre comparé à une vie ? Je n'ai jamais revu ton père.

En dépit des circonstances obscures et mystérieuses qui entouraient sa disparition, Charlie se sentait plutôt fier. Son père avait essayé de déjouer une machination diabolique.

– Demain, je vais apporter la cassette du professeur Tolly à Mlle Melrose. Pendant que j'y serai, je vais en profiter pour essayer d'arranger les choses entre elle et toi.

– C'est très gentil de ta part, murmura tristement son oncle, mais je crois que c'est peine perdue.

– Bien sûr que non ! protesta Charlie.

Il réalisa alors qu'ils faisaient beaucoup de bruit depuis tout à l'heure. Comment se faisait-il que grand-mère Bone n'ait pas encore tapé au plafond pour les faire taire ou dévalé l'escalier pour voir ce qu'ils fabriquaient ?

– Grand-mère Bone est malade ? demanda-t-il.

Vassili sourit pour la première fois depuis des heures.

– J'ai versé un somnifère dans son lait. Elle ne se réveillera pas avant un bon moment. On est tranquilles jusqu'à demain soir.

Charlie se mit à pouffer. C'était plus fort que lui. Riant de bon cœur, son oncle et lui remontèrent l'escalier, laissant derrière eux tous leurs soucis. Pour le moment.

Le pacte noir de Billy

Quand Billy Corbec avait dit que ça ne le dérangeait pas de dormir dans le dortoir désert, ce n'était pas tout à fait exact. En réalité, il détestait les samedis soir. Il avait du mal à trouver le sommeil, sachant qu'il allait encore devoir passer une journée et une nuit tout seul.

Il est vrai que Beau lui tenait compagnie, mais le vieux chien ne connaissait pas grand-chose aux humains. Sa conversation était surtout axée sur les centres d'intérêt des animaux. Et plus il prenait de l'âge, plus il passait de temps à se plaindre de ses douleurs. Billy compatissait, mais il aurait préféré pouvoir discuter avec un autre garçon. Ou même une fille.

L'institut accueillait d'autres orphelins, Billy le savait, mais ils avaient été adoptés par de gentilles familles d'accueil. Il se demandait souvent pourquoi personne n'avait jamais voulu de lui. Sans doute à cause de son étrange apparence : les gens devaient avoir peur de ses cheveux blancs et de ses yeux rouges.

Par la fenêtre, il voyait la chambre de Manfred, de l'autre côté de la cour, où les bougies étincelaient comme autant de petites étoiles. Billy les regarda un moment puis, laissant les rideaux ouverts, il enjamba Beau et se glissa dans son lit. Sa tête avait à peine touché l'oreiller que l'animal se redressa en poussant un grognement.

— Billy est demandé, annonça-t-il.

— Qui me demande ? s'inquiéta le jeune garçon.

— Le vieil homme. Tout de suite. Je te montre.

— Tout de suite ? Mais il fait nuit et… et pourquoi veut-il me voir ?

— Beau ne sait pas. Viens.

Billy mit ses chaussons, prit sa torche dans son tiroir et, emmitouflé dans sa robe de chambre, il suivit le chien hors du dortoir.

Sa lampe de poche n'éclairait pas grand-chose car les piles étaient en bout de course. Il voyait à peine le petit bout de queue de Beau qui remuait juste devant lui. Billy voulait demander à l'un des garçons de lui rapporter des piles, mais il ne savait pas trop à qui s'adresser. Si le week-end prochain il allait chez Charlie, il lui en passerait, c'était sûr.

Beau avançait plus vite que d'habitude et Billy devait trottiner derrière lui pour garder le rythme. En arrivant au pied d'un escalier, le chien fut cependant obligé de ralentir. Il se hissa péniblement de marche en marche, langue pendante. Sur le palier, la température monta d'un cran. Ils pénétraient dans les appartements de la famille Bloor. Billy frissonna en pensant à ce qui se produirait si Manfred le surprenait devant sa porte.

– Tu es sûr que tu ne te trompes pas ? demanda-t-il au chien. Tu as peut-être mal compris…

– Beau se trompe jamais, répliqua le chien. Suis Beau.

Ils empruntèrent une enfilade de couloirs qui sentaient la cire de bougie, puis grimpèrent un autre escalier qui donnait dans un recoin tout juste éclairé par la flamme vacillante des lampes à gaz accrochées aux murs, laissant deviner d'innombrables toiles d'araignée qui pendaient du plafond écaillé.

– Bonne odeur, commenta Beau.

– Tu trouves ? s'étonna Billy. Ça empeste l'œuf pourri… et le rat crevé.

– Bonne odeur, répéta-t-il.

Il était arrivé devant une porte noire ornée d'une énorme poignée en cuivre. La peinture était sillonnée de marques qui s'enfonçaient dans le bois. Lorsque Beau leva une patte pour gratter à la porte, Billy comprit d'où elles provenaient. Visiblement, le vieux chien venait souvent ici.

Trois coups de patte… et une voix rauque, hautaine répondit :

– Entrez !

Billy tourna la poignée et poussa la porte. Il se retrouva dans une pièce extraordinaire, uniquement éclairée par le feu qui brûlait dans une massive cheminée de pierre, au fond de la pièce. Devant l'âtre, un vieillard était assis dans un fauteuil roulant. Quelques mèches de cheveux blanc filasse s'échappaient de sa casquette en lainage rouge et, sous le couvre-chef, son visage osseux avait déjà l'apparence d'un crâne de squelette. Ses yeux étaient si profondément enfoncés et si noirs, ses joues si creuses et ses lèvres si fines qu'on les voyait à peine. Pourtant, sa bouche esquissa un sourire lorsque Billy entra.

– Approche, Billy Corbec, murmura le vieil homme en agitant un long doigt noueux.

Le petit garçon avala sa salive et obéit. Il faisait une chaleur étouffante dans la pièce. Comment le vieillard pouvait-il supporter un plaid écossais sur ses épaules ? Billy fit quelques pas et s'immobilisa. Beau le dépassa en se dandinant, puis se laissa tomber devant la cheminée, à bout de souffle.

– Il fait vraiment très chaud, remarqua Billy qui commençait à suffoquer.

– Tu vas t'y habituer. Mon toutou aime réchauffer ses vieux os au coin du feu. Pas vrai, Percy ?

Le vieillard le couva d'un regard affectueux. Quoique… c'était difficile à dire. Il aurait tout aussi bien pu faire la grimace.

– Je pensais que c'était le chien de Nana, remarqua Billy.

– Il s'imagine que la cuisinière est sa maîtresse parce que je ne peux plus le sortir pour faire de grandes balades. Pas vrai, Percy ?

– Il m'a dit qu'il s'appelait Beau, ajouta Billy en s'aventurant un peu plus loin dans la pièce.

– Son nom complet est Perceval Pettigrew Pennington Pitt. Mais il croit qu'il s'appelle Beau !

Le vieillard ricana.

– Tu veux du cacao, Billy ?

N'en ayant jamais bu de sa vie, le petit garçon ne savait que répondre.

– C'est chaud, sucré et ça fait faire de très beaux rêves.

Le vieil homme l'encouragea de nouveau à s'approcher de son index noueux.

– Il y a une casserole de lait au chaud près de l'âtre. Et sur ma petite table, là-bas, tu trouveras deux tasses bleues toutes prêtes, avec du cacao et du sucre. Tu n'as plus qu'à verser le lait dedans puis à mélanger, et on pourra discuter tranquillement. D'accord, Billy ?

– Oui, acquiesça le garçon.

Il suivit ses instructions et, bientôt, il se retrouva assis dans un fauteuil bien confortable, en train de savourer sa première tasse de cacao.

Le vieillard en but bruyamment quelques gorgées, puis il reprit :

– Bon, Billy, j'imagine que tu te demandes qui je suis. Je suis l'arrière-grand-père Bloor. Ha ! ha ! ha !

Un autre ricanement sinistre résonna dans la pièce.

— Mais tu peux m'appeler M. Ezekiel.

— Merci, répondit-il.

— Bien, bien. Écoute, Billy, quelque chose me chagrine. Personne n'a voulu t'adopter, n'est-ce pas ? Non. C'est vraiment dommage, hein ? Tu aimerais bien être adopté, Billy ? Avoir de gentils parents sympathiques et chaleureux, pas vrai ?

Le petit se redressa dans son fauteuil.

— Oh oui !

Il crut apercevoir une étincelle qui brillait dans les yeux insondables du vieil homme.

— Eh bien, c'est possible. J'ai justement le papa et la maman qu'il te faut. Des gens adorables qui ont hâte de te rencontrer.

Billy avait du mal à y croire.

— C'est vrai ? Mais comment ont-ils entendu parler de moi ?

— Je leur ai tout raconté. Ils savent que tu es très intelligent, très sage, et ils ont vu ta photo de classe.

— Alors ils sont au courant pour…

Il toucha sa chevelure blanche.

Avec son sourire grimaçant, M. Ezekiel répondit :

— Oui, ils savent que tu es albinos et ça ne les dérange absolument pas.

— Oh !

Billy en avait la tête qui tournait, tant il était ému. Il prit une longue gorgée de cacao épais et bien sucré pour se remettre.

M. Ezekiel le dévisageait attentivement.

– Si nous nous arrangeons pour que tu sois adopté, Billy, nous te demanderons de faire quelque chose pour nous en échange.

– Je vois, répondit-il d'un ton hésitant.

– Tu as un nouvel ami, n'est-ce pas ? Un garçon de ton dortoir qui s'appelle Charlie Bone ?

La voix douce et caressante du vieil homme mit Billy en confiance.

– Oui, confirma-t-il.

– Je veux que tu me rapportes ses moindres faits et gestes. Où il va, à qui il parle et, le plus important, ce qu'il dit. Tu crois que tu pourrais faire ça ?

M. Ezekiel se pencha pour fixer Billy de son regard noir et pénétrant.

– Oui, murmura-t-il. Je dois aller chez lui le week-end prochain, si j'ai le droit, bien sûr.

– Tu auras le droit, Billy. Ce sera parfait. Bon, tu vas commencer par me raconter tout ce que tu as appris sur lui jusqu'à maintenant.

Encouragé par la perspective de passer le restant de ses jours avec des parents aimants et attentionnés, Billy lui confia volontiers tout ce qu'il voulait savoir. Sans imaginer qu'il risquait de causer du tort à Charlie, il avoua même avoir espionné le professeur Bloor dans la tour de Vinci.

En entendant cela, le vieil homme fronça les sourcils et jura dans sa barbe, mais il reprit vite une expression bienveillante pour que Billy continue à lui raconter tout ce dont il se souvenait. Il omit cependant un détail important. Il ne pouvait pas lui dire que Charlie savait son père vivant, car il dormait déjà lorsque Gabriel Lasoie l'avait expliqué à son ami.

– Merci, Billy, fit M. Ezekiel lorsqu'il eut fini. Tu peux disposer, maintenant. Le chien va te raccompagner à ton dortoir. Percy, debout !

Beau cligna des yeux et se mit tant bien que mal sur ses pattes.

Le petit garçon se leva de son confortable fauteuil et posa sa tasse sur la table.

– Quand pourrai-je rencontrer mes nouveaux parents, monsieur ? demanda-t-il.

– En temps voulu, répondit laconiquement le vieil homme d'une voix qui avait perdu toute chaleur. Il faut d'abord que tu remplisses ta part du marché.

– Oui, monsieur.

Avec Beau haletant à ses côtés, Billy regagna la porte. Puis il se retourna et dit :

– Bonne nuit, monsieur. Quand dois-je… ?

– Le chien viendra te chercher, le coupa M. Ezekiel en le congédiant d'un geste impatient.

Une fois seul, il pointa son index déformé sur la casserole de lait chaud. Elle s'éleva lentement dans les airs et, suivant les mouvements du vieillard, flotta jusqu'à sa tasse vide.

– Verse ! ordonna-t-il.

La casserole s'inclina, laissant couler quelques

242

gouttes de lait dans la tasse, tandis que le reste dégoulinait sur le plaid écossais.

— Imbécile ! gronda-t-il. Quelle maladresse !

La chaleur de la pièce semblait avoir épuisé Beau. Il mit une éternité à revenir au dortoir. La torche de Billy s'était éteinte depuis longtemps et il dut avancer à tâtons, la main posée sur la tête du chien. L'animal retrouva son chemin sans problème dans l'obscurité. Il ne s'arrêta qu'une fois pour dire :

— Mal oreilles. Pas touche.

— Pardon, s'excusa Billy.

— Besoin gouttes, murmura le chien. Billy acheter ?

Le garçon ne voyait pas comment faire pour s'en procurer.

— Je vais essayer, répondit-il.

En arrivant au dortoir, ils trouvèrent Nana qui faisait les cent pas devant la porte, inquiète. C'était une petite bonne femme replète avec des cheveux bruns grisonnants et les joues bien rouges. Tout à fait l'idée qu'on se faisait d'une cuisinière.

— Je t'ai cherché partout. Il faut que tu prennes tes médicaments, mon beau.

— Il dit qu'il a besoin de gouttes pour les oreilles, l'informa Billy.

— C'est vrai ?

Elle était au courant de la relation privilégiée que le petit garçon entretenait avec l'animal.

– Il a besoin de gouttes pour à peu près tout, hein ?
Où étais-tu passé, jeune Billy ?

– Chez le vieil homme.

La cuisinière poussa un soupir compatissant.

– Pauvre chou. Je filerais vite me mettre au lit si
j'étais toi.

Billy lui souhaita une bonne nuit ainsi qu'à son
chien, puis alla se coucher. Il resta éveillé longtemps,
à imaginer ses nouveaux parents.

Les douze coups
de Tolly

C'était un vrai bonheur de se lever le dimanche matin, sachant que grand-mère Bone dormait toujours. Charlie sauta du lit et descendit engloutir un petit déjeuner gargantuesque en compagnie de sa mère et de Rosie.

– J'imagine que tu n'as pas pris un vrai petit déjeuner depuis un bout de temps, mon chéri, remarqua sa grand-mère.

– Cinq jours exactement, répliqua Charlie.

Il leur annonça qu'il allait passer la matinée avec Benjamin et, pour se faire pardonner, entreprit de laver son bol et son assiette.

Mais sa mère ne voulut rien entendre.

– File t'amuser tant que tu peux ! lui ordonnat-elle en le chassant gentiment de la cuisine.

Lorsqu'il vint lui ouvrir, Benjamin avait l'air préoccupé.

– J'ai reçu une lettre de mes parents.

– Hum, ils n'habitent pas ici, dis-moi ? s'étonna Charlie.

– Si, mais ils ont dû partir tôt ce matin. Je me rappelle plus ou moins que ma mère est venue m'embrasser alors qu'il faisait encore nuit. Et quand je me suis réveillé, j'ai trouvé une lettre sur mon oreiller.

Benjamin conduisit son ami dans la cuisine où Zaricot était en train de finir son bol de corn flakes.

– Je peux la lire ?

Benjamin la lui tendit. Elle avait dû être rédigée à la hâte car elle était écrite en grosses lettres tout de travers :

Benjamin chéri,

Comme tu le sais, nous sommes détectives privés. En ce moment, nous travaillons tous les deux sur le même dossier : la disparition du laveur de carreaux. Cette affaire nous absorbe complètement et nous épuise. Nous sommes vraiment désolés, Benjamin chéri, de t'avoir laissé tout seul si souvent ces derniers temps. Nous nous rattraperons quand nous rentrerons à la maison.

Ce qui nous amène à l'objet de cette lettre. L'étrange affaire du laveur de carreaux disparu vient de prendre une tournure tout à fait étonnante. On nous a informés qu'il pourrait être retenu prisonnier dans une grotte

quelque part en Écosse, nous nous y rendons donc sur-
le-champ, avant qu'il ne s'évapore à nouveau.

Prends bien soin de toi, Benjamin chéri.

Bisous,

Papa et maman

PS : une gentille dame des services sociaux va venir
s'occuper de toi jusqu'à notre retour.

— Cette histoire de gentille dame ne me dit rien qui
vaille, remarqua Charlie en arrivant au bout de la
lettre. Tout dépend de ce qu'on entend par « gentille ».

— Du moment qu'elle est gentille avec Zaricot, ça
m'est égal, affirma Benjamin.

Les deux garçons décidèrent de se rendre immédiatement à la librairie Melrose. Benjamin avait pris la
précaution de faire deux copies de la cassette, au cas
où Manfred surgirait sur le chemin pour les fouiller ou
une autre mésaventure du même genre. Il avait aussi
traîné une valise jusque dans la cave et jeté une couverture dessus, afin de tromper les curieux à la
recherche de la mallette du professeur Tolly.

— Tu n'as pas chômé, dis donc ! le félicita Charlie.

Zaricot en tête, ils se mirent en route. La librairie
était bien entendu fermée le dimanche, mais ils frap-
pèrent à la porte en criant jusqu'à ce que Mlle Melrose vienne leur ouvrir. Emmitouflée dans sa longue
robe de chambre verte, elle avait visiblement le moral
au plus bas.

247

– Qu'est-ce que vous voulez ? demanda-t-elle. On est dimanche, bon sang !

– Désolé, mademoiselle Melrose.

Charlie lui parla de la cassette qu'ils avaient trouvée dans le chien-robot.

– Elle vous était destinée, alors nous vous l'avons apportée. Vous saurez tout sur votre nièce. Elle est à l'institut Bloor et nous pensons savoir comment la réveiller.

– La réveiller ? Qu'est-ce que vous racontez ? Vous feriez mieux d'entrer, tous les deux.

Elle jeta un regard inquiet à Zaricot.

– Ce chien n'est pas amateur de livres, dites-moi ?

– Non, il ne grignote jamais entre les repas, affirma Benjamin.

Ils suivirent la libraire derrière le rideau dans son douillet petit salon capitonné de livres et Zaricot prit bien garde à ne pas renverser les piles d'ouvrages qui se dressaient un peu partout.

Mlle Melrose glissa la cassette dans un appareil un peu poussiéreux tout en faisant signe aux garçons de s'asseoir. Ils se serrèrent dans le seul fauteuil libre, les autres disparaissant sous les livres et la paperasse, tandis que la jeune femme se perchait sur un coin de son bureau. Elle appuya sur le bouton « lecture » et la voix du professeur Tolly résonna dans la pièce.

Les garçons virent l'expression de Julia Melrose changer au fil de l'enregistrement. À plusieurs reprises elle hocha la tête et s'essuya les yeux. De temps à autre, elle s'exclamait «Oh non !» et, à la fin de la cassette, elle murmura :

– Je m'en souviens comme si c'était hier. Un incident très étrange s'était produit ce jour-là… J'aurais dû me douter de quelque chose.

– Quel genre d'incident ? voulut savoir Charlie.

– Les chats, répondit Mlle Melrose.

Charlie se leva d'un bond.

– Des chats ?

– J'ignore d'où ils sortaient mais, le jour où Emma devait partir, ils ont fait irruption dans la cuisine. Ils ont mis le feu en faisant tomber un torchon sur la gazinière. On a eu un mal fou à l'éteindre. Ils avaient le poil flamboyant – orange, jaune, rouge – et ils tournaient autour de la petite comme s'ils essayaient de la protéger. Ils ont méchamment griffé le professeur Tolly au visage lorsqu'il l'a prise dans ses bras.

– On en voit un sur la photo, remarqua Charlie.

– Ça ne m'étonne pas, répliqua Mlle Melrose. Ils étaient partout à la fois. Mais, une fois Emma partie, ils ont disparu.

Elle se massa les tempes.

– Alors notre pauvre petite Emma est hypnotisée. Tout ça est complètement fou !

– Manfred l'a hypnotisée, expliqua Charlie. Il me l'a fait aussi sauf que, chez elle, c'est beaucoup plus profond. Mais c'est en train de s'estomper, mademoiselle. Je les ai entendus parler de votre nièce. Manfred a du mal à la garder sous hypnose. Ce ne sera pas très difficile de la tirer de cet état, surtout que je pense que nous avons ce qu'il faut.

— Mais, Charlie, tu sais qui est ma nièce ?

— Oui, d'après nous, c'est une certaine Émilia Moon. Elle a les cheveux blonds, les yeux très bleus et un peu rêveurs. Elle ne parle pas beaucoup, mais elle est très douée en dessin.

— Comme Nancy..., murmura la libraire. C'est tout le portrait de ma sœur, Nancy. Oh, j'aimerais tant la voir !

— Laissez-nous faire, mademoiselle Melrose. Une fois que nous l'aurons délivrée de ce sort, elle pourra venir habiter avec vous, décréta Charlie.

La jeune femme en resta bouche bée.

— Tu crois que ce serait possible ? Peut-être qu'elle est heureuse où elle est, avec sa famille d'accueil.

— Elle n'a pas l'air très heureuse, répliqua-t-il. Elle ne sait sans doute même pas qu'elle peut voler !

— C'est dingue, ça alors ! s'exclama Benjamin. J'adorerais voler, moi !

— Je doute fort qu'Emma en soit capable, mon beau-frère ne m'en a jamais parlé.

Mlle Melrose se leva de son bureau.

— Je ne sais pas comment te remercier, Charlie. Et toi aussi, Benjamin. Vous m'avez redonné espoir. N'hésitez pas si vous avez besoin de moi.

— OK ! répondit Charlie.

Il venait de repérer un minuscule éclat de verre dans ses cheveux et cherchait comment aborder le délicat sujet de l'incident de la veille. Il le fallait, pour son oncle. Mais Zaricot n'arrêtait pas d'aboyer et ils se dirigeaient déjà vers la porte.

Charlie s'arrêta brusquement, s'éclaircit la voix et dit :

— Au fait, à propos de mon oncle...

Elle devint écarlate.

— Je préférerais ne pas en parler.

— C'était un accident.

— Un accident ? C'était affreusement gênant, oui.

— Je voulais dire, pour les ampoules, mademoiselle. Mon oncle n'a pas pu se retenir.

— Quelles ampoules ?

Elle ne semblait pas comprendre.

— Ton oncle m'a laissée plantée là. Il s'est carrément enfui. À croire que je suis une ogresse !

— Pas du tout. Bien au contraire. C'est parce que vous êtes très belle que tout cela est arrivé.

Devant son air interloqué, Charlie décida d'aller droit au but et de lui révéler le secret de son oncle.

Elle le dévisagea, d'abord avec incrédulité, puis avec horreur. Finalement, son visage prit une expression anxieuse.

— Je vois, murmura-t-elle. Ce n'est pas commun.

— Il aimerait vraiment vous revoir, poursuivit-il, plein d'espoir.

— Mm... Bon, je suis fatiguée, les garçons.

Elle leur ouvrit la porte, les invitant à sortir, et la referma soigneusement derrière eux.

251

– J'ignorais que ton oncle possédait ce pouvoir ! s'exclama Benjamin.

– N'en parle à personne, lui recommanda Charlie. Je n'aurais peut-être pas dû le dire à Mlle Melrose, mais oncle Vassili meurt d'envie de la revoir, alors j'ai pensé qu'il valait mieux qu'elle sache la vérité.

– À mon avis, tu as surtout réussi à lui faire peur ! remarqua joyeusement son copain. Allez, on file chez Fidelio. Viens, il m'a fait un plan.

Tandis que Benjamin et Zaricot partaient devant, Charlie trottinait sur leurs talons, ruminant cette histoire à propos de son oncle. Apparemment, son intervention n'avait fait qu'empirer les choses.

Ils repérèrent l'endroit où habitait Fidelio… à l'oreille ! C'était une grande bâtisse isolée (heureusement pour les voisins) qui se dressait au milieu d'une cour pavée. Le jardin se réduisait à une maigre bande de pelouse entourant la demeure, derrière un muret de brique. Un tel vacarme montait de la maison qu'ils virent les poutres en chêne du porche trembler. Deux tuiles tombèrent même du toit pour venir s'écraser dans l'allée.

C'était un véritable concert d'instruments divers et variés : violons, violoncelles, flûte, harpe et piano. Sur la porte, une plaque en cuivre leur apprit qu'ils étaient effectivement chez la famille Gong. Un nom bien trouvé, pensèrent-ils tandis qu'un roulement de tambour s'échappait d'une des fenêtres du rez-de-chaussée.

Charlie se demandait comment ils allaient pouvoir entendre la sonnette. Il eut bientôt la réponse car, lorsqu'il appuya sur le bouton, une voix enregistrée retentit à plein volume : « PORTE ! PORTE ! PORTE ! »

Les deux garçons sursautèrent et Zaricot poussa un jappement apeuré. Quelques secondes plus tard, Fidelio leur ouvrit et ils pénétrèrent dans une véritable ruche musicale. Des enfants allaient, venaient, couraient en tous sens, un instrument dans une main et une partition dans l'autre.

– C'est… ce sont tes frères et sœurs ? balbutia Charlie, abasourdi.

– Pour la plupart. Nous sommes dix en comptant mon père et ma mère. Mais on a aussi des amis qui viennent répéter chez nous. Félix, l'aîné de la famille, vient de monter un groupe de rock.

Un homme grand et barbu traversa le palier du premier étage.

– Je te présente Benjamin et Charlie, papa !

M. Gong leur sourit en déclamant :

– Bienvenue, Benjamin et Charliiiie, ne soyez pas impoliiiis, entrez dans notre jungle en foliiiie !

Il éclata d'un rire tonitruant avant de s'engouffrer dans une pièce d'où s'échappait la douce plainte d'un violon.

– Désolé, s'excusa Fidelio, mon père ne peut pas s'empêcher de parler en chanson. J'ai déposé l'étui au dernier étage. Venez !

Les trois amis, suivis d'un Zaricot tremblant, montèrent l'escalier et passèrent devant différentes portes vibrantes de musique. Le pauvre chien couinait tellement que Benjamin dut lui plaquer les mains sur les oreilles.

Chaque fois qu'ils croisaient un enfant avec la même chevelure cuivrée et les mêmes taches de rousseur que Fidelio, celui-ci répétait : « Je te présente Benjamin et Charlie. » Les deux garçons étaient accueillis par un sourire chaleureux et un joyeux « bonjour ! », « salut ! » ou même un : « Ça va, les gars ? »

Enfin, ils atteignirent le dernier étage et Fidelio les fit entrer dans une pièce pleine à craquer d'étuis de toutes tailles.

– Voici notre clinique des instruments de musique, expliqua-t-il. C'est là qu'atterrissent tous ceux qui sont cassés, dans l'attente d'être un jour réparés.

Il tira le long étui à xylophone au milieu de la pièce et en sortit la mallette métallique du professeur Tolly.

– On l'ouvre, alors ? demanda-t-il en la posant par terre.

Tout à coup, Charlie n'était plus aussi sûr de lui. Même s'il avait hâte de découvrir ce qui se trouvait à l'intérieur, il ne pouvait s'empêcher d'éprouver une certaine appréhension. Oncle Vassili avait proposé d'être là au moment crucial, au cas où... Mais que pouvait-il leur arriver dans une maison aussi chaleureuse et joyeuse ? Nul ne risquait d'entendre les sons que la mallette émettrait et, même dans le cas contraire, cela ne surprendrait personne dans un cadre aussi bruyant !

– Allons-y ! décida-t-il finalement.

– À toi de jouer, Charlie, l'encouragea Benjamin.

Il s'avança et s'agenouilla près de la mallette. Il voyait très distinctement les lettres maintenant : « Les douze coups de Tolly ». Il enfonça la première, avec douceur et fermeté. Puis la seconde, et ainsi de suite. Ce n'était pas si dur que ça, tout compte fait. Lorsqu'il arriva à la dernière, un petit coup sourd retentit à l'intérieur.

Il se releva vite et fit quelques pas en arrière.

Avec un grincement sonore, le couvercle se souleva et une silhouette commença à se déplier.

Charlie ne s'attendait pas du tout à cela ! Il s'était figuré que l'ancêtre du professeur Tolly ne pouvait être qu'un vieil homme vêtu de velours. Mais le personnage qui sortit de la mallette était un chevalier. Il portait une cotte de mailles brillante, couvrant ses bras, ses jambes et même sa tête, cachée sous une sorte de capuchon muni d'une petite ouverture ne laissant apparaître que ses yeux et son nez. Quelle vision étrange que cette haute silhouette étincelante qui se dressait comme une fleur poussant en accéléré ! Mais le plus impressionnant, c'était l'épée miroitante qu'il tenait dans sa main droite.

Lorsque la créature fut dressée de toute sa taille,

elle leva brusquement son arme, faisant reculer garçons et chien dans un concert de cris et d'aboiements furieux. Mais ils se turent aussitôt car, quelque part à l'intérieur du chevalier, une cloche se mit à tinter. Un coup, puis deux, puis trois… tandis que la cloche sonnait, un chœur de voix graves et masculines entonna une hymne ancienne.

– C'est du latin, chuchota Fidelio. Je les ai entendus répéter à la cathédrale.

Soudain, Charlie comprit le plan du professeur Tolly. Il avait reproduit les bruits qui résonnaient autour de la petite Emma au moment où elle avait été hypnotisée – ou ensorcelée. Il pensait sans doute que ces bruits pourraient réveiller sa fille et, même si elle n'avait aucun souvenir de sa véritable identité, ils lui rappelleraient au moins que quelque chose d'étrange lui était arrivé.

Au douzième coup de cloche, le chevalier baissa son épée et entreprit de rentrer dans la mallette. C'était drôle de le voir se replier, se ratatiner, baisser la tête et s'aplatir pour reposer sur son lit de satin, pas plus grand maintenant que la lame de son épée.

– Waouh ! souffla Benjamin.

– Incroyable ! commenta Fidelio.

– Je me demande si ça va suffire à réveiller Emma, murmura Charlie.

Fidelio secoua la tête, épaté.

– Je me demande comment il a procédé… C'est fait en quoi, ce truc ?

– Il a l'air presque vivant, remarqua Benjamin, avec ses yeux si brillants.

– Ils sont en verre, affirma Charlie. Et le reste dans un alliage de poly-je-ne-sais-quoi.

Il pensait aux innombrables personnages en métal qui encombraient l'atelier du professeur Bloor.

– À mon avis, Tolly a berné les Bloor pendant des années en leur envoyant ses automates, ses robots et ses squelettes habillés, comme s'ils détenaient le secret pour réveiller Emma. Tout ça pour détourner leur attention. Mais ils ont fini par l'avoir.

– Lui peut-être, mais pas son chevalier.

Charlie referma la mallette.

– Tu penses qu'elle sera en sécurité ici jusqu'à la semaine prochaine ? demanda-t-il à Fidelio.

– Bien sûr que oui. Mais il va nous falloir l'aide d'une fille pour amener Emma ici.

– Pas de problème. C'est une mission rêvée pour Olivia Vertigo.

Les trois garçons retraversèrent la maison de la musique. Cette fois, ils croisèrent Mme Gong, qui arborait la même chevelure flamboyante et les mêmes taches de rousseur que les autres membres de la famille. Elle passait dans le hall d'entrée avec une contrebasse dans les bras, mais prit le temps d'ébouriffer gentiment les cheveux des garçons.

En quittant Fidelio, Charlie et Benjamin retournèrent au numéro 9, car Rosie leur avait promis qu'un festin les y attendait.

Bientôt, ils se retrouvèrent attablés devant une montagne de poulet rôti, pommes de terre, navets et d'autres légumes moins communs que Mme Bone avait récupérés à son travail. Il y avait trois desserts au choix et les garçons prirent un peu de chaque : glace, *trifle*[1] et crumble à la mangue.

Oncle Vassili avait prévenu qu'il n'avait pas faim. Zaricot mangea donc sa part. Rosie hésitait à mettre une assiette de côté pour Grizelda. Ce n'était pas dans ses habitudes de rester au lit aussi tard, remarqua-t-elle. Charlie se retint de sourire.

– Tu n'as qu'à donner ce qui reste à Zaricot. Je suis sûr que ça lui fera plus plaisir qu'à grand-mère Bone.

– Bonne idée ! s'écria Rosie.

Le chien engloutit donc son second repas à grands coups de langue.

Benjamin resta aussi pour le goûter. C'est alors que grand-mère Bone se réveilla. Elle descendit au rez-de-chaussée en titubant dans sa robe de chambre grise.

– Qu'est-ce qui se passe ? aboya-t-elle. Il est quatre heures de l'après-midi ! Pourquoi ne m'avez-vous pas réveillée ?

– Vous étiez fatiguée, Grizelda, prétexta Rosie. Nous n'avons pas voulu vous déranger.

1. Dessert typiquement britannique composé d'une couche de compote de fruits, d'une couche de biscuit ou de *jelly*, et d'une couche de crème ! (N. d. T.)

– Fatiguée ? Moi, fatiguée ? s'indigna-t-elle. Je ne suis jamais fatiguée.

Benjamin et Charlie s'éclipsèrent dans le jardin où ils jouèrent à tous les jeux préférés de Zaricot. L'espace d'un instant, ils eurent l'impression que c'était un dimanche ordinaire, comme si rien n'avait changé depuis leur première rencontre, lorsqu'ils avaient cinq ans. À l'époque, Zaricot leur paraissait d'ailleurs bien plus grand que maintenant.

Mais, évidemment, beaucoup de choses avaient changé. Demain, Charlie devait retourner à Bloor et, ce soir, une parfaite étrangère venait garder Benjamin.

– Tu veux que je vienne avec toi ? proposa Charlie lorsque son ami décida qu'il était temps de rentrer.

Benjamin secoua la tête.

– Ça va aller. Zaricot est là.

– Écoute, s'il arrive quoi que ce soit pendant que je ne suis pas là… Enfin, je veux dire, si tu as besoin d'aide, va voir mon oncle Vassili. Il n'est pas comme les autres Yeldim. Il est de mon côté.

– OK, acquiesça-t-il.

En regardant Benjamin et Zaricot traverser la rue, Charlie eut un drôle de pressentiment. Quelque chose clochait, mais il ignorait quoi.

Benjamin monta les marches du perron, glissa sa clé dans la serrure et entra au numéro 12. La porte se referma et Charlie regretta de ne pas avoir raccompagné son ami. Mais ensuite, les problèmes de Benjamin lui sortirent de la tête car il fallait qu'il ait une petite conversation avec sa mère.

Il la trouva dans sa minuscule chambre, à l'arrière de la maison. Elle s'était visiblement réfugiée là pour ne plus entendre râler grand-mère Bone. Elle tapota son lit du plat de la main. Charlie s'y hissa d'un bond et s'assit au milieu du tas de vêtements qu'elle était en train de repriser.

Il attendit qu'elle soit confortablement installée dans son fauteuil préféré – l'un des rares meubles de leur ancienne maison qu'elle avait réussi à conserver – pour lui parler de l'étrange message du professeur Tolly.

L'expression de Mme Bone passa de la surprise à la tristesse tandis que son fils lui racontait l'histoire de la petite Emma. Il aurait aimé pouvoir lui rendre le sourire en lui disant que son père était vivant mais, pour l'instant, il n'en avait aucune preuve. Parfois, il avait l'impression que le sort dont Liam était victime avait également touché sa mère. Elle était tellement renfermée, presque distante.

Un jour, il retrouverait son père et il le sauverait. Mais, d'abord, il devait s'occuper d'Emma Tolly. Il savait qu'il en était capable. La semaine prochaine, il se débrouillerait pour que Manfred n'ait aucune raison de le garder en retenue. Il ferait profil bas, comme son oncle Vassili et, samedi, ils s'arrange-raient pour amener Émilia Moon chez les Gong.

Alors qu'il sortait de sa chambre, sa mère releva la tête.

– Sois prudent, Charlie. Ne fais rien qui puisse être… dangereux.

Charlie secoua la tête en souriant. Mais il ne pouvait rien promettre.

La guerre est déclarée

Si Charlie avait raccompagné Benjamin au
numéro 12, il aurait peut-être pu empêcher ce qui
se produisit cette nuit-là. Mais comment en être
sûr ? Après tout, les Yeldim étaient extrêmement
puissants.

En gravissant les marches du perron, Zaricot
poussa un gémissement anxieux. Benjamin commençait à avoir de sérieux doutes sur la « gentille dame »
que ses parents avaient chargée de veiller sur lui.

Ils pénétrèrent ensemble dans l'entrée. Il y avait
bien un sac noir au pied de l'escalier, mais personne
pour les accueillir.

– Bonsoir ? lança timidement Benjamin.

Quelqu'un sortit de la cuisine. Une femme, grande,
toute de noir vêtue, avec un chignon gris et de
grosses perles aux oreilles. Elle n'avait pas de bottes
rouges, mais Benjamin devina tout de suite de qui il

s'agissait. Ou plutôt, il devina tout de suite qu'il s'agissait de la sœur de la dame aux bottes rouges.

– Vous êtes… ?

Il ne savait pas comment terminer sa phrase.

– Je suis chargée de m'occuper de toi.

– Mais vous êtes bien… ?

– Oui, je suis l'une des grand-tantes de Charlie. Tu vois, on est presque de la même famille ! Tu peux m'appeler tante Eustachia.

– Mm, fit Benjamin, mal à l'aise. Mes parents vous ont vraiment demandé de venir ?

– Évidemment, répliqua-t-elle avec une certaine impatience. Sinon peux-tu m'expliquer ce que je ferais là ?

– C'est… c'est un peu bizarre, quand même, remarqua Benjamin.

Tante Eustachia l'ignora.

– Allez, viens dîner. Je t'ai préparé un bon bouillon bien chaud.

Benjamin la suivit dans la cuisine et s'assit à table. Avec un petit grognement, Zaricot s'installa à côté de lui.

– Un chien n'a rien à faire dans une cuisine, décréta tante Eustachia.

Elle versa un liquide marronnasse fumant dans un bol qu'elle poussa sous le nez du garçon.

– Pschh ! fit-elle en direction du chien. Ouste !

Zaricot gronda en montrant les dents.

Elle recula d'un pas.

– Quelle horrible bête ! Benjamin, fais-le sortir de la cuisine immédiatement

– Impossible, il aime manger en même temps que moi.

– On va voir ça !

Eustachia fit claquer les portes des placards et, ayant déniché une boîte de pâtée, elle en remplit une écuelle marquée « CHIEN » et la posa dehors, dans le couloir. Elle regarda Zaricot.

– Maintenant, mange ! ordonna-t-elle en montrant l'écuelle du doigt.

Le chien leva les yeux au ciel et se serra davantage contre son petit maître.

Mais Benjamin préférait éviter de se disputer avec Eustachia dès le premier soir, il se pencha donc vers lui pour murmurer :

– Zaricot, va manger ta pâtée. T'inquiète, ça va.

Avec un grognement mécontent, l'animal sortit de la pièce et, bientôt, on l'entendit vider bruyamment son écuelle. Benjamin aurait préféré partager le dîner de son chien, c'était sans doute meilleur que l'abominable bouillon qui lui avait été servi.

Lorsqu'il eut enfin réussi à avaler tout son bol, il fut envoyé au lit.

– Tu as école demain. Il faut que tu te couches tôt, décréta Eustachia.

– Vous allez dormir ici ? demanda-t-il.

– Naturellement, répliqua-t-elle avec son air revêche. Je suis responsable de toi.

Benjamin se souvint alors qu'il fallait qu'il fasse comme si la mallette du professeur Tolly se trouvait encore dans la maison.

– Tu vas rester en bas cette nuit, dit-il à Zaricot.

Il alla chercher le panier de son chien et le posa au pied de l'escalier.

Zaricot, surpris, s'installa néanmoins docilement dans son panier.

Benjamin se mit au lit, mais resta longtemps éveillé, guettant le moment où tante Eustachia monterait à l'étage. Quand il fut sûr qu'elle était enfin couchée, il descendit furtivement dans l'entrée et composa le numéro de Charlie.

– Allô ? fit la voix chaleureuse de Rosie.

– C'est…

Benjamin ne put en dire plus car une silhouette sombre se dressa en haut de l'escalier.

– Qu'est-ce que tu fabriques ? lui demanda tante Eustachia.

À l'autre bout de la ligne, Rosie répétait :

– Allô ? Allô ? Qui est-ce ?

– Raccroche ce téléphone, ordonna Eustachia.

– Je veux juste appeler mon ami, plaida Benjamin. C'est alors que Zaricot se mit à aboyer.

– Il est presque minuit ! Retourne tout de suite te coucher !

– Oui, répondit piteusement Benjamin.

Il reposa le combiné et remonta d'un pas traînant.

Le lundi matin, Charlie devait partir tôt. Un car

266

scolaire bleu passait en haut de la rue à huit heures moins le quart précises. Il lui fallait ensuite une heure pour prendre les élèves du département musique dans toute la ville.

Charlie ne vit donc pas Benjamin avant de partir et entendit à peine Rosie lui crier :

– Benjamin a téléphoné hier soir. Enfin, je crois que c'était lui parce que j'ai entendu aboyer dans le fond.

Ce n'est qu'une fois assis dans le car qu'il se rappela ces mots et se demanda ce que voulait son ami.

En arrivant à l'institut, il croisa Fidelio. Ils convinrent de se retrouver à la récréation pour discuter avec Olivia Vertigo.

Charlie n'avait déjà plus l'impression d'être un nouveau. Aujourd'hui, il savait où aller et où trouver ce dont il avait besoin. Son cours avec M. Misair – instruments à vent – ne se déroula pas aussi bien qu'il l'aurait souhaité, mais il réussit à éviter d'être collé, et marqua même quelques points en cours d'anglais.

À la récréation, Charlie et Fidelio cherchèrent Olivia dans le grand jardin encore brumeux. Elle était en train de discuter avec une bande de filles qui avaient toutes un style très original : visage livide, chaussures impressionnantes et cheveux teints ou décolorés, au choix. Ce jour-là, ceux d'Olivia étaient bleus.

Lorsque Charlie lui fit signe, elle traversa la pelouse avec ses énormes bottines à semelles épaisses et bouts renforcés.

— Je parie que Manfred va te demander de les enlever ! lança Charlie.

— Je vais m'efforcer de ne pas le croiser, répliqua Olivia. Alors, quoi de neuf ?

— Marchons un peu, suggéra Fidelio, on aura moins l'air de comploter.

Les deux garçons se relayèrent pour raconter leurs aventures du week-end à la jeune fille qui boitillait entre eux deux. Elle était surexcitée.

— Alors vous voulez que j'emmène Émilia chez les Gong, c'est ça ? Parce qu'elle ne voudra jamais y aller avec vous.

— Tu as tout compris ! confirma Charlie.

Il avait remarqué que Billy Corbec les suivait de loin. Il se demanda s'il devait lui dire ce qui se passait. Mais il décida que non. Pour l'instant, mieux valait mettre le moins de monde possible au courant de leur secret. Billy devait venir passer le week-end chez lui, il apprendrait la nouvelle à ce moment-là.

Olivia allait essayer de sympathiser avec Émilia durant la semaine et lui proposer qu'elles se voient le week-end.

— Ça ne va pas être facile. Émilia est toujours dans la lune. Enfin, j'imagine que c'est normal quand on est hypnotisé !

Et, sur ces mots, elle s'éloigna à grands pas afin de passer les dernières minutes de la récréation avec ses amies.

Charlie n'eut pas l'occasion de voir Gabriel Lasoie

avant l'heure du déjeuner. Il se rua vers la table où il s'était installé avec Fidelio, renversant la moitié de son verre d'eau dans son assiette de frites.

– Salut ! lança-t-il. Ça va ? Je peux faire quelque chose pour vous ?

– Pas pour l'instant, merci, répondit Charlie.

Gabriel avait l'air particulièrement heureux. Il devait sans doute porter des vêtements tout neufs, ou imprégnés de joie de vivre. Charlie se dit qu'il pourrait sans doute leur rendre de grands services, le jour venu. Il commençait déjà à répartir les gens en deux catégories : ceux qui étaient de son côté et ceux qui étaient dans le camp adverse. Bizarre…

Il ne croisa pas Manfred jusqu'à l'heure du dîner, et à son grand soulagement celui-ci ne parut pas se soucier de lui. Zoran, cependant, ne cessait de lancer des coups d'œil sournois dans sa direction. Le menu était exactement le même que la semaine passée : soupe, œufs-frites et poire.

– C'est toujours pareil, commenta Fidelio. Demain, on aura soupe, saucisse-purée-chou et pomme.

Charlie songea qu'un don qui permettait de changer la nourriture infâme de la cantine en plats succulents aurait été plus utile que le sien. Il ferma les yeux et s'imagina qu'il possédait cette faculté. Déjà, son misérable œuf au plat avait meilleur goût.

Maintenant qu'il connaissait le chemin pour aller à la salle du Roi rouge, il y arriva le premier. Enfin presque. Zelda et Betty étaient déjà là, en train de se livrer à un jeu étrange, et elles l'ignorèrent complètement. Zelda était une grande brune, froide et méprisante, Betty était large d'épaules avec des cheveux blonds frisottés. Elles se fixaient sans détourner les yeux, chacune à un bout de la table. Au centre, un plumier en bois allait tour à tour vers l'une puis vers l'autre.

Charlie prit place dans le grand espace vide entre elles et laissa tomber ses livres sur la table.

— Chuuut ! siffla Zelda.

Le plumier glissa vers elle.

— Désolé, fit Charlie.

Le plumier sembla hésiter un instant et repartit vers Betty. Elle grogna puis, en jetant un regard noir à la boîte en bois, la renvoya à Zelda.

Charlie comprit alors qu'elles possédaient toutes deux le même don : celui de déplacer des objets par la pensée.

D'autres élèves entraient petit à petit dans la salle, déconcentrant les deux filles. Tancrède et Lysandre arrivèrent ensemble. Cette fois, Tancrède sourit à Charlie. Ses cheveux se dressaient droit sur sa tête. On entendit un léger grésillement électrique lorsqu'il essaya de les aplatir.

— Ça va, Charlie ? lui demanda chaleureusement Lysandre.

— Très bien, merci.

— Taisez-vous ! ordonna Zelda.

Le plumier s'envola, flotta dans les airs un instant, avant de s'écraser par terre.

– Un jeu de dingues, commenta Lysandre.

– Ce n'est pas un jeu, gronda-t-elle en ramassant la boîte en bois.

Charlie avait réussi à s'asseoir du même côté de la table que Manfred, pour ne pas avoir à subir son regard cuisant. De sa place, il avait une bien meilleure vue sur le portrait du Roi rouge. Il se surprit plusieurs fois à dévisager ce personnage insondable et mystérieux. Il avait un étrange effet apaisant sur lui et ses devoirs lui semblèrent bien plus faciles que d'habitude. Il finit même largement avant que la cloche ne sonne.

Fidelio et Charlie étaient convenus de ne pas parler des « Douze coups de Tolly » dans le dortoir car Billy ne quittait pas Charlie des yeux. Juste avant l'extinction des feux, il s'approcha de son lit.

– Ça marche toujours, pour ce week-end ? demanda-t-il.

– Bien sûr, ma mère est d'accord.

– Et… et qu'est-ce que vous allez faire pour Émilia Moon ? le questionna-t-il, mal à l'aise.

– On n'a pas encore décidé, répliqua Charlie.

Il y avait décidément quelque chose qui clochait chez Billy.

Le petit garçon retourna vite dans son lit tandis qu'une voix aboyait :

– Extinction des feux !

271

Une grande main blanche passa dans l'entrebâillement de la porte et appuya sur l'interrupteur. C'était encore pire de savoir qui était derrière. Charlie imaginait tante Lucrecia rôdant dans les couloirs, écoutant aux portes.

Alors qu'il sombrait enfin dans le sommeil, les mots de Rosie lui revinrent en mémoire : « Benjamin a téléphoné hier soir. Enfin, je crois que c'était lui, parce que j'ai entendu aboyer dans le fond. »

Pourquoi Benjamin l'avait-il appelé si tard ? Pourquoi n'avait-il pas laissé de message ? Et pour quelle raison Zaricot aboyait-il ? Charlie s'endormit avant d'avoir pu répondre à toutes ces questions.

Benjamin, lui, ne dormait pas. Il avait passé une très mauvaise journée. Il faisait froid, avec un vent terrible. En rentrant de l'école, il imaginait tous les bons petits plats bien chauds qu'ils pourraient se préparer pour le dîner, Zaricot et lui : des saucisses, des frites, des croque-monsieur, des beignets de poulet, des bananes flambées... Miam, miam ! Il avait complètement oublié Eustachia Yeldim.

Pourtant, elle était bien là, en train de s'affairer dans la cuisine comme si elle préparait un festin, et non un misérable bol de bouillon. Lorsque Benjamin lui demanda une saucisse, elle le regarda d'un œil vitreux en répliquant :

– Et pourquoi donc ? C'est pas Noël !

Zaricot bondit hors de son panier en jappant de

joie et lécha Benjamin de la tête aux pieds — enfin tout ce qui dépassait : joues, mains, oreilles, cou…

— Ce chien n'a pas bougé de la journée, grommela Mlle Yeldim. Je n'ai même pas pu approcher du placard à balais.

— C'est un très bon chien de garde, affirma Benjamin.

Des mots qu'il regretterait amèrement plus tard.

Le soir, Benjamin entendit Eustachia farfouiller dans toutes les pièces. Que fabriquait-elle donc ? Elle avait pourtant eu la journée pour en faire le tour. Il eut soudain l'étrange impression qu'il y avait quelqu'un d'autre dans la maison. Finalement, il ferma les yeux et sombra dans un sommeil agité.

Il fut réveillé par un bruit terrifiant : une sorte de hurlement, de gémissement… Il sauta du lit et courut sur le palier.

— Zaricot, c'est toi ?

Pour toute réponse, il entendit un grondement sourd, suivi d'une série de grognements et d'aboiements sonores. Quelqu'un était en train d'attaquer son chien. Benjamin dévala l'escalier.

— Zaricot ! Zaricot ! J'arrive !

Il y eut un cri terrible, puis la porte de derrière claqua.

Benjamin s'engouffra dans le couloir et trébucha sur le corps inanimé de son chien.

— Zaricot ! sanglota-t-il en s'agenouillant auprès de lui.

L'animal poussa un jappement pitoyable et son maître, en passant sa main dans son poil, découvrit qu'il était humide et collant.

Tout à coup, la lumière s'alluma et tante Eustachia descendit d'un pas lourd.

– Qu'est-ce que c'est que ce vacarme ?

– Mon chien a été attaqué ! s'écria Benjamin. Il est couvert de sang.

– Oh, là, là ! Quel carnage ! constata-t-elle. On appellera le vétérinaire demain matin.

– Je ne peux pas le laisser dans cet état, protesta Benjamin.

Il courut à la cuisine et revint avec un bol d'eau et des chiffons. La vieille fille le regarda nettoyer puis désinfecter les blessures. On aurait dit d'énormes morsures. Mais quelle sorte de bête aurait pu s'introduire dans la maison ? Et pour quelle raison ?

Eustachia ordonna à Benjamin de retourner se coucher, mais il refusa.

– Je vais dormir à côté de lui, décréta-t-il.

Il alla chercher un oreiller et une couverture, puis s'installa auprès du chien blessé pour y passer la nuit.

Dans la lumière blafarde du mardi matin, Zaricot semblait bien mal en point. Benjamin ne voulait pas aller à l'école.

– Il risque de mourir pendant que je ne serai pas là ! sanglota-t-il.

– N'importe quoi !

Elle essaya de le traîner jusque dans sa chambre, mais il résista.

– Non, non et non !

Elle lui apporta alors ses affaires et voulut le forcer à s'habiller, mais il se débattit. Elle le secoua, le maltraita, le malmena.

– Au secours ! cria-t-il, bien qu'il n'y ait personne pour l'entendre.

Soudain, il se souvint des paroles de Charlie. Il fila par la porte d'entrée, dévala les marches du perron et traversa la rue. Il tambourina à la porte du numéro 9, en pyjama.

La porte s'ouvrit brusquement, si bien qu'il tomba en avant et se retrouva nez à nez avec grand-mère Bone.

– Qu'est-ce que tu viens faire ici, Benjamin Brown ? grinça-t-elle.

– Je veux voir Vassili, expliqua-t-il en se relevant tant bien que mal. M. Vassili Yeldim.

– Il n'est pas là, répliqua-t-elle.

– Si, si, j'en suis sûr ! Monsieur Yeldim ! Monsieur Yeldim ! hurla Benjamin.

– Chuuut ! ordonna grand-mère Bone.

Plusieurs portes s'ouvrirent. Rosie et la mère de Charlie se penchèrent par-dessus la balustrade du premier étage.

– Benjamin ? Que se passe-t-il ? s'inquiéta Amy.

– Mon chien a été attaqué. Je veux voir l'oncle de Charlie, Vassili.

Les deux femmes accoururent vers lui tandis que Vassili sortait sur le palier dans sa robe de chambre en velours rouge.

– Qui me demande ?

– Moi ! Moi, monsieur Yeldim ! cria Benjamin. Mon chien est blessé. Il ne se réveille pas. Pouvez-vous m'aider, je vous en prie ?

Vassili s'empressa de descendre et se dirigea à grands pas vers la porte d'entrée.

– Vassili, tu n'es même pas habillé ! objecta grand-mère Bone.

– Et alors ?

– Le soleil est levé, murmura Rosie.

– Qu'il aille voir ailleurs si j'y suis ! Je m'en moque ! répliqua Vassili. Viens, Benjamin.

Il ouvrit la porte et sortit avec le garçon sur les talons.

Comme tous les matins, la circulation était très dense dans Filbert Street, mais Vassili n'y prêta pas la moindre attention. Sans regarder ni à gauche ni à droite, il fonça au numéro 12. Les voitures freinèrent dans un crissement de pneus, les conducteurs klaxonnaient et insultaient le grand bonhomme en robe de chambre rouge qui traversait la rue avec un petit garçon en pyjama à rayures bleu.

Lorsque Vassili pénétra chez Benjamin, il se retrouva face à sa sœur.

– Ah, tiens donc, Eustachia, fit-il. J'aurais dû m'en douter.

— Qu'est-ce que tu insinues ? répliqua-t-elle froidement.

— Benjamin, où sont tes parents ?

— Je crois qu'ils sont en Écosse sur la piste d'un laveur de carreaux qui a disparu.

— Hum… on va voir ça, répondit Vassili. Mais d'abord, où est ton chien ?

Benjamin le conduisit jusqu'à son panier. Zaricot était roulé en boule, sa truffe en sang posée sur ses pattes. Il avait les yeux fermés et respirait à peine.

— Dieu du ciel ! s'exclama Vassili en se penchant vers lui. C'est une bête sauvage qui a attaqué ton chien. Un animal doté de crocs et de griffes hors du commun.

— C'est ma faute, sanglota le garçon. Je lui ai dit de garder la cave. C'était complètement idiot, d'ailleurs, parce qu'il n'y a rien…

Il s'interrompit en se rappelant, trop tard, qu'Eustachia faisait les cent pas dans l'entrée.

— Comment une bête sauvage a-t-elle pu pénétrer dans la maison ? demanda-t-il à Vassili. Avec toutes les portes fermées ?

— Quelqu'un l'a fait entrer, répondit-il en jetant un regard noir à sa sœur. On va emmener Zaricot chez le vétérinaire, et vite ! J'ai l'impression que, sinon, ce pauvre chien n'en a plus pour longtemps.

Benjamin eut alors une idée. Il se souvint que M. Finistre avait affirmé avoir un don avec les animaux.

– Je connais quelqu'un qui pourrait venir ici, lança-t-il. M. Finistre, le chasseur de souris. J'ai sa carte. Il a trois chats incroyables, on dirait des flammes !

Benjamin se rua dans la cuisine.

– Je m'en vais ! annonça tout à coup Eustachia.

Et elle s'éclipsa si vite qu'ils eurent à peine le temps de la voir.

– Que se passe-t-il, monsieur Yeldim ? voulut savoir Benjamin. Qui peut bien vouloir du mal à Zaricot ? Et pourquoi vos sœurs sont-elles aussi cruelles ?

– C'est la guerre, Benjamin, déclara Vassili. Cela couvait depuis longtemps. Jusqu'à maintenant, elles n'en ont fait qu'à leur tête, mais elles sont allées trop loin et nous n'allons pas les laisser faire !

La fille de l'inventeur

— Regarde, Olivia et Émilia ont l'air d'avoir sympa-
thisé, constata Fidelio.

Le vendredi était déjà arrivé et il se promenait en
compagnie de Charlie dans le jardin blanc de givre.
Non loin d'eux, les deux filles paraissaient en grande
conversation, ou plutôt Olivia parlait et Émilia semblait écouter.

Dans quelques heures, ils rentreraient tous chez eux
pour le week-end. Même Olivia avait réussi l'exploit
de ne pas s'attirer d'ennuis durant toute la semaine.
Soudain, elle se tourna vers les garçons et s'approcha
d'un pas lourd avec ses énormes bottines.

— Ça marche ! annonça-t-elle à voix basse. Je vais
passer chez Émilia demain après-midi. On sera là vers
l'heure du goûter.

— Qu'est-ce que tu vas dire à M. et Mme Moon ?
s'inquiéta Charlie.

— Je trouverai bien quelque chose.

Et elle s'éloigna à grandes enjambées.

La sonnerie retentit, annonçant qu'il était temps de rentrer. Au moment où ils franchissaient la porte, Billy Corbec les frôla.

— À tout à l'heure, Billy ! lui lança Charlie. Tu viens à la maison, tu n'as pas oublié ?

— Non, mais je ne resterai que ce soir, je dois être de retour ici demain.

— Je croyais que tu devais passer tout le week-end chez moi.

— Non, il faut que je rentre. Ordre de la surveillante.

Billy lui lança un regard gêné avant de s'éclipser.

— Il est vraiment bizarre, en ce moment, remarqua Fidelio. Cette nuit, il est sorti du dortoir. C'est l'odeur de ce sac à puces, Beau ou je ne sais quoi, qui m'a réveillé. Je n'ai pas réussi à me rendormir après. Et Billy est revenu au moins deux heures plus tard.

— Il est peut-être somnambule, suggéra Charlie. Il a l'air fatigué.

Les deux garçons n'eurent pas le temps d'approfondir la question car, à trois heures et demie, ils faisaient leurs sacs et, à quatre heures, ils étaient dans leurs cars respectifs : bleu pour les musiciens, violet pour les acteurs et vert pour les artistes. Charlie nota qu'Olivia était montée dans le car vert avec Émilia. Elle avait enfoncé un grand chapeau vert sur sa tête et retourné sa cape violette à l'envers. En effet, la doublure était verte – un peu sale, mais verte tout de même.

– Sacrée Olivia, murmura Charlie en retenant un sourire.

– Qu'est-ce qu'elle a fait ? voulut savoir Billy qui était assis à côté de lui.

– Oh, rien. Elle est drôle, c'est tout.

– Mm…, fit le jeune garçon.

Rosie l'accueillit on ne peut plus chaleureusement. Elle avait fait un gâteau au chocolat et installé un lit bien douillet dans la chambre de Charlie, exprès pour lui.

– Pauvre petit, répétait-elle en s'affairant dans la cuisine, lui versant du jus d'orange, coupant le gâteau et lui proposant des biscuits sablés à la confiture.

Billy était ravi d'être le centre de l'attention. Il n'avait jamais vu une table garnie de tant de bonnes choses.

– On a eu une semaine un peu mouvementée, annonça la mère de Charlie. Le chien de Benjamin a été attaqué et c'est ton oncle Vassili qui s'en est occupé. Il s'est démené ! Il est même sorti en plein jour.

– En robe de chambre, précisa Rosie.

– Zaricot a été blessé ? s'inquiéta Charlie. Mais où est oncle Vassili, maintenant ? Et grand-mère Bone ?

– Chacun dans leur chambre, expliqua Rosie. Ils n'arrêtent pas de se disputer. Tous les soirs, c'est le même cinéma : cris, drames et portes qui claquent !

Je ne sais même plus combien d'ampoules on a dû changer.

Dès qu'ils eurent fini de goûter, Charlie emmena Billy au numéro 12 pour lui présenter Benjamin. Une femme aux cheveux courts et blonds, avec des lunettes, leur ouvrit. Elle portait un tailleur gris mais, malgré son air très professionnel, elle les accueillit avec un grand sourire.

– Bonjour, Charlie. Tu te demandes qui je suis, n'est-ce pas ? Mme Brown, la maman de Benjamin.

Charlie n'en revenait pas. Il ne l'avait pas vue depuis une éternité. Et il aurait juré qu'elle avait de longs cheveux bruns la dernière fois.

– Bonjour, je vous présente Billy.

– Entrez, entrez ! C'est l'heure du traitement de Zaricot.

Charlie pénétra dans l'entrée. Il y avait des sacs et des valises dans l'escalier, le sol était jonché de bottes en caoutchouc et les chaises disparaissaient sous les manteaux et les imperméables. À croire qu'une tornade était passée par là…

– Benjamin est dans le salon, Charlie, l'informa Mme Brown. Il va être content de te voir.

Charlie conduisit Billy au fond du couloir. Il n'était pas venu très souvent dans cette pièce. D'habitude, Benjamin préférait rester dans la cuisine.

Lorsqu'il ouvrit la porte, un concert de miaulements, feulements et sifflements le salua. Il n'en croyait pas ses yeux. Bélier, le chat de couleur cuivrée,

282

était perché sur le dossier d'un fauteuil ; Sagittaire sur un autre, quant à Lion, il était juché sur l'accoudoir du canapé. Ils le défièrent un instant du regard, puis se détendirent. Bélier laissa même échapper un léger ronronnement.

Benjamin était assis sur le canapé, à côté de Lion.

— Entre, Charlie, chuchota-t-il. M. Finistre est en train de soigner Zaricot.

Le chien était couché par terre, avec le chasseur de souris agenouillé à ses côtés. Celui-ci avait une fiole de liquide vert dans une main et du coton dans l'autre. Zaricot avait un pansement sur la truffe et l'oreille recousue. De vilaines cicatrices apparaissaient aux endroits où son poil avait été arraché.

— Il va mieux, souffla Benjamin.

Charlie vint s'asseoir près de son ami mais, dès que Billy posa un pied dans la pièce, les trois chats se mirent à feuler d'un air menaçant.

M. Finistre releva la tête.

— Qu'est-ce qui se passe ? J'aimerais un peu de calme !

Billy recula, le dos collé au mur. Il paraissait terrifié.

— Qui c'est ? demanda Benjamin.

— Billy Corbec, un copain de l'institut, expliqua Charlie. Il est orphelin, alors je l'ai invité à passer le week-end chez moi.

— Salut, Billy ! fit Benjamin à voix basse. Approche, installe-toi.

M. Finistre entreprit alors de changer le pansement

que Zaricot avait au bout du museau. Le chien poussa un petit gémissement. À cet instant, Billy avança d'un pas et les trois chats sautèrent à terre en grondant.

– Ils n'ont pas l'air de m'aimer, fit-il d'une voix étranglée.

M. Finistre le dévisagea en fronçant les sourcils.

– On se demande bien pourquoi. Je crois que vous feriez mieux de sortir, les garçons. Vous stressez ce pauvre vieux Zaricot.

Charlie, Benjamin et Billy se rendirent dans la cuisine qui, pour une fois, était d'une propreté immaculée.

– Alors qu'est-ce qui s'est passé ? voulut savoir Charlie.

– Des tas de choses ! répondit Benjamin.

Il commença par sa rencontre avec tante Eustachia, enchaîna sur la nuit terrible où Zaricot avait été mystérieusement attaqué, puis il raconta comment il avait filé chercher son oncle et comment, depuis cet instant, sa vie avait miraculeusement changé du tout au tout. Vassili avait réussi à localiser ses parents et les avait convaincus de revenir sur-le-champ.

– Je crois qu'il a fait appel à la police pour les retrouver. Ma mère est facile à repérer avec son imper jaune. Enfin, bref, papa et maman sont rentrés à la maison du jour au lendemain. Ton oncle dit qu'on les avait envoyés sur une fausse piste. Je crois que ta grand-mère y est pour quelque chose. Toujours est-il que, dès leur retour, ton oncle Vassili a eu une longue conversation en privé avec eux et que, depuis, ma mère a décidé de ne travailler que lorsque je serai en cours et plus jamais le soir ni le week-end.

Charlie avait du mal à y croire. Oncle Vassili avait enfin relevé la tête. Il pouvait être diablement efficace quand il le voulait.

M. Finistre entra dans la cuisine.

– Je vais y aller, les gars. Zaricot s'en sort drôlement bien, étant donné ce qui lui est arrivé. Je repasserai lundi.

Et il se volatilisa en un éclair, comme d'habitude, avec ses trois chats courant derrière lui telle la queue flamboyante d'une comète.

– Quel drôle de bonhomme, murmura Billy. Il me fait un peu penser à une souris.

Les autres acquiescèrent, mais Benjamin précisa qu'il possédait des pouvoirs extraordinaires.

– Alors que je croyais que Zaricot était mort, M. Finistre a posé ses drôles de pattes sur lui et il l'a guéri. Les chats lui ont tenu chaud en tournant sans arrêt autour de lui. Et pourtant, ils n'aiment pas trop les chiens.

– Ils ne m'aiment pas non plus, remarqua Billy. En principe, tous les animaux m'aiment, mais pas eux.

Charlie eut alors une idée.

– Billy comprend les animaux. Tu veux qu'il parle à Zaricot ? Il pourrait nous raconter ce qui lui est arrivé.

Benjamin hésitait. Il lança un regard inquiet à Billy.

– Il est comme toi, hein ? demanda-t-il à Charlie.

– Oui. Tu pourrais faire ça, n'est-ce pas, Billy ?

Le petit garçon hocha la tête.

– Bon, d'accord.

Benjamin les conduisit de nouveau dans le salon, où Zaricot était en train de lécher l'une de ses pattes blessées. Il paraissait un peu méfiant, mais quand Billy se mit à émettre ses drôles de petits grognements et ronronnements, le chien se détendit. Il dressa les oreilles et écouta.

Lorsque Billy eut fini, Zaricot prit la parole, puis il poussa une sorte de grognement las et se rallongea.

– Alors ? Qu'est-ce qu'il a dit ? demanda Charlie.

– Il a été attaqué par un loup.

– Quoi ? s'écria Benjamin.

– Pas un loup ordinaire, un garçon-loup. Je crois qu'il a voulu dire par là que le garçon s'était changé en loup.

– Waouh !

Benjamin se laissa tomber dans un fauteuil.

– Un loup !

– C'était l'un d'entre nous, murmura Charlie. Forcément. L'un des élèves de l'institut doit avoir le don de se changer en loup – une sorte de loup-garou. Et tante Eustachia l'a laissé entrer pour qu'il éloigne Zaricot de la porte de la cave, pensant que la mallette du professeur Tolly s'y trouvait.

– Pourquoi ? s'écria Billy. Elle n'est pas là ?

Les deux autres le regardèrent. Pouvaient-ils lui

faire confiance ? De toute façon, ils n'avaient pas le choix, réalisa Charlie, parce que, demain, ils allaient tous ensemble chez les Gong. Ils étaient obligés d'emmener Billy.

— La mallette est ailleurs, maintenant, répondit Charlie. Je t'expliquerai ça à la maison.

Benjamin, tout joyeux, leur fit signe du haut de son perron. Sa mère sortit pour leur faire signe aussi. Puis elle prit son fils par les épaules et ils rentrèrent à l'intérieur ensemble.

— Mon oncle Vassili est un génie ! affirma Charlie avec fierté. Avant, Benjamin ne voyait pratiquement jamais ses parents. J'avais même oublié la tête de sa mère.

— Moi, je vais avoir de nouveaux parents, annonça Billy.

— C'est vrai ? Génial ! Quand l'as-tu appris ?

— Oh, hum… l'autre jour. Seulement il faut que je sois… sage.

— Je t'aiderai à éviter les ennuis, promit Charlie.

Ce soir-là, juste avant de dormir, il lui raconta tout ce qui devait se passer le lendemain.

— Mais que va faire Émilia, une fois réveillée ? le questionna Billy.

— On n'en sait rien, avoua Charlie. On ne sait même pas si c'est vraiment Emma Tolly, ni même si elle va venir chez les Gong. Tout est entre les mains d'Olivia, maintenant.

Les parents d'Olivia étaient très sympathiques, heureusement. Lorsqu'elle leur dit qu'elle voulait rendre visite à une certaine Émilia Moon qui habitait Washford Road, à des kilomètres de chez elle, sa mère la conduisit là-bas et accepta de passer reprendre les deux filles chez les Gong à cinq heures.

– Tu es sûre que tu ne veux pas que je t'accompagne ? lui proposa-t-elle par la fenêtre de sa voiture.

Olivia se tenait devant le portail des Moon.

– Non, c'est bon, maman.

Elle lui adressa un signe de la main.

– Ne t'en fais pas.

Mme Vertigo attendit néanmoins que sa fille appuie sur la sonnette. Une femme aux cheveux gris lui ouvrit.

Mme Vertigo redémarra alors en criant :

– Saluuuut !

– Qu'est-ce que vous voulez ? demanda la dame à Olivia.

– Je viens voir Émilia. Elle m'a invitée.

– Elle ne nous a pas prévenus.

La petite bonne femme sèche et revêche ne s'écarta pas pour la laisser entrer.

– Elle a dû oublier, reprit Olivia. Vous ne pouvez pas me laisser dehors, j'habite à des kilomètres et ma mère vient de repartir.

– Pfff ! Émilia ! tonna-t-elle. Viens là !

La jeune fille apparut. Elle avait l'air plutôt maussade.

– Tu as invité cette fille chez nous ? la questionna Mme Moon (car ce devait être elle).

Olivia sourit et agita la main jusqu'à ce qu'Émilia se décide à répondre :

– Oui.

– Tu n'avais pas demandé la permission. Bon, je suis obligée de vous laisser entrer, j'imagine, fit-elle à contrecœur.

Olivia pénétra dans une maison glacée et impeccablement rangée. Émilia lui adressa un pauvre sourire avant de la conduire dans sa chambre, au premier étage. C'était une pièce sinistre. Il n'y avait aucun poster sur les murs, et tout ce que possédait Émilia devait être rangé dans les innombrables commodes et placards. Le couvre-lit était d'une blancheur immaculée et sur l'oreiller trônait un canard en peluche tout neuf.

– C'est chouette, commenta Olivia sans rien trouver d'autre à dire.

Émilia sourit.

– Si on sortait ? On pourrait jouer dans le jardin.

Elle acquiesça.

Le jardin se réduisait à une pelouse soigneusement tondue, entourée d'une haie bien taillée. Derrière la balançoire, dans le fond, Olivia repéra un mur de pierre prometteur.

– Qu'y a-t-il derrière ce mur ? demanda-t-elle.

– Juste une allée qui mène à la grande route.

– On va l'escalader.

– Mais pourquoi ?

– Parce que je veux te montrer quelque chose, expliqua Olivia. Quelque chose d'extraordinaire. Je ne peux pas te dire ce que c'est mais, une fois qu'on sera chez Fidelio Gong, tu verras.

– C'est une mauvaise blague ? s'inquiéta-t-elle.

– Émilia, nous sommes amies, fais-moi confiance.

Olivia paraissait tellement sincère que, bientôt, les deux filles passèrent de l'autre côté du mur.

– On sera de retour avant que ta mère se soit aperçue de notre absence, lui promit-elle.

Pendant ce temps, dans le grenier des Gong, Fidelio, Charlie, Benjamin et Billy grignotaient une pile de sandwichs, assis au milieu des étuis à musique, tandis que différents instruments résonnaient dans la maison.

Charlie mangeait uniquement pour étouffer son angoisse. Avait-il fait le bon choix ? Olivia allait-elle les trouver ? Émilia arriverait-elle à se réveiller ? Et si elle se mettait à hurler, à paniquer complètement ? Si elle s'évanouissait ? Ou si elle se transformait totalement ? Si elle se changeait en oiseau, tiens ? Il reprit un sandwich.

– Ta mère est un vrai cordon bleu, remarqua-t-il en mordant dans un pain de mie-banane-crème de citron.

La voix chantante de M. Gong monta de l'entrée :

– Fi-de-lio ! Il y a deux jeunes filles qui te demandent.

– Fais-les monter, papa !

– Montez tout en haut, illico presto, jolis petits oiseaux !

Olivia éclata de rire mais Émilia ne dit rien – enfin, autant que Charlie puisse en juger avec le bruit qui régnait dans la maison.

– Nous voilà ! annonça Olivia en entrant dans la pièce.

Émilia la suivit. Elle avait l'air intriguée, mais pas apeurée.

Charlie s'approcha d'elle.

– Olivia t'a expliqué ?

– Vous avez quelque chose à me montrer, répondit-elle lentement.

– Oui, c'est un objet que ton père a fabriqué.

Elle fronça les sourcils.

– Mon père est comptable. Il ne fabrique rien.

– Hum, en réalité, c'était un inventeur, corrigea Fidelio. Mais il est mort en te laissant ceci.

Il désigna la mallette métallique au centre de la pièce.

Émilia paraissait de plus en plus perplexe.

– Comment le savez-vous ?

Fidelio se tourna vers Charlie.

– Eh bien, il se trouve que, un jour, j'ai rencontré ta tante, expliqua celui-ci.

– Ma tante ? Je ne savais pas que j'avais une tante !

– Elle est très gentille. Elle te recherche depuis des années. Elle m'a donné cette mallette, j'ai découvert ce qui se trouvait à l'intérieur, et j'ai compris que cela pouvait… euh… te réveiller.

La jeune fille paraissait complètement perdue. Olivia s'installa sur une grosse malle, et la fit asseoir près d'elle.

– Ne t'en fais pas, tout va bien se passer. On est là, la rassura-t-elle.

– J'ignorais que je n'étais pas réveillée, murmura Émilia.

– Bon, on ferait bien de commencer, décida Fidelio. L'heure tourne. Vas-y, Charlie.

Le garçon s'agenouilla près de la mallette. Il appuya fermement sur chacune des lettres qui composaient le nom : « Les douze coups de Tolly ». Avant d'enfoncer la dernière, il jeta un regard circulaire autour de lui. Tous les yeux étaient fixés sur ses doigts. Il remarqua que ceux de Billy Corbec étaient devenus noirs, immenses. Ils remplissaient complètement ses petites lunettes rondes. Cela lui donnait l'air impénétrable et mystérieux.

Lorsque Charlie eut enfoncé la dernière touche, le couvercle s'entrouvrit. Le garçon s'écarta et se tourna vers Émilia. Mais ce fut Olivia qui poussa un cri de surprise. Émilia était pétrifiée.

Quand le chevalier brandit son épée, tout le monde recula d'un bond, même Émilia. Et soudain, la cloche se mit à sonner, et les voix du chœur emplirent la pièce.

L'espace d'un instant, la jeune fille sembla en proie

à une intense douleur. Elle rentra la tête dans les épaules et plaqua une main sur ses lèvres. Elle ferma les yeux et se laissa tomber sur une malle. Une larme roula sur sa joue.

Les autres la regardaient, effarés, impuissants. Inondée de larmes, secouée de sanglots, elle se balança sur place en gémissant jusqu'à ce que le chevalier range son épée et rentre dans la mallette. Lorsque le chœur se tut, que le dernier coup de cloche retentit, Émilia resta muette. Le visage enfoui dans ses mains, elle était parfaitement immobile.

Dans la pièce, personne ne parlait. Charlie referma la mallette, se demandant que faire.

Enfin, Émilia dit d'une toute petite voix :

— Je ne me rendais pas compte que j'étais aussi malheureuse. J'ai vécu toute ma vie avec des gens qui ne m'aimaient pas.

Olivia la serra dans ses bras.

— Tout va s'arranger, maintenant. Tu vas être heureuse. Tu vas voir. Charlie, raconte-lui.

Le garçon lui parla donc de sa pauvre mère qui était morte et de son père, le professeur Tolly, génial inventeur. Puis il lui décrivit Julia Melrose, qui vivait dans sa librairie, et avait tellement hâte de la rencontrer, hâte de pouvoir s'en occuper et la prendre avec elle pour toujours. Il avait gardé le plus extraordinaire pour la fin :

— D'après ton père, tu es capable de voler, Émilia. C'est pour cela que tu les intéresses, à Bloor.

– Moi ? s'étonna-t-elle. Mais je ne vole pas, enfin !

– Eh bien, si, tu l'as fait, au moins une fois. Peut-être que ça ne t'arrive que quand tu en as réellement besoin.

– Par exemple, si tu as peur, suggéra Olivia.

– Je vais t'emmener voir ta tante demain, reprit Charlie.

– Mais… comment ?

– On va trouver un moyen, affirma-t-il. Tu peux partir de chez les Moon quand tu veux, maintenant que tu sais qui tu es.

Tout à coup, une voix s'éleva au-dessus du chant des flûtes et des violons, des tambours et des gammes de piano.

– Il y a une Mme Vertigo à la porte !

– Pile à l'heure. Bravo, maman ! commenta Olivia. On y va, Émilia.

Au bas de l'escalier, les deux filles trouvèrent Mme Vertigo en grande conversation avec Mme Gong. Devant l'insistance d'Olivia, elle interrompit son intéressante discussion sur le souffle et reconduisit les filles chez les Moon. Elle fut quelque peu surprise de les voir escalader un mur, mais fit ce qu'on lui demandait. Elle alla attendre Olivia de l'autre côté de la maison, d'où elle sortit deux minutes plus tard, par la porte principale.

– Tu es une vraie star, maman ! la remercia-t-elle en grimpant à bord de la voiture. Tout s'est déroulé à la perfection.

– Tu mènes une vie palpitante, ma chérie, remarqua Mme Vertigo qui se trouvait être une vraie star.

Une star de cinéma pour être précis.

Pendant quelques instants, après le départ des filles, les quatre garçons restèrent plongés dans un silence perplexe. Charlie était infiniment soulagé que leur plan ait fonctionné. Mais il devait désormais s'assurer qu'Émilia retrouve un vrai foyer.

– Que va-t-on faire de la mallette ? demanda Fidelio.

– Tu peux la garder ? Je risque d'en avoir encore besoin.

– Très bien, elle est en sécurité ici.

Billy Corbec se leva brusquement.

– Je ferais mieux de rentrer, maintenant.

Il fixait le sol et avait une voix tremblante.

Craignant qu'il ne soit malade, Charlie accepta de le raccompagner sur-le-champ. Fidelio devait répéter son violon. La porte à peine refermée derrière eux, les trois amis entendirent le son de son instrument s'ajouter au concert qui s'échappait de la maison des Gong.

Sur le chemin de Filbert Street, Charlie et Billy marchaient en silence, plongés dans leurs pensées, seul Benjamin avançait d'un pas guilleret, sifflotant et bavardant, tout heureux d'avoir retrouvé ses parents et son précieux chien.

Une voiture noire attendait devant le numéro 9.

Alors que les garçons tentaient de jeter un œil à travers les vitres teintées, une portière s'ouvrit et une élégante canne en jaillit, heurtant le genou de Charlie.

– Ouille !

Il recula d'un bond.

– Tu sais qui c'est, Billy ?

– Ce doit être le vieux M. Bloor.

Soudain, Charlie fut pris d'un doute.

– Billy, tu ne dois parler d'Émilia à personne, promis ? Personne ne doit être au courant tant que tout n'est pas réglé.

Le petit hocha la tête.

Charlie l'accompagna à l'intérieur pour reprendre son sac et, après avoir brièvement remercié Rosie et Mme Bone, Billy fila et s'engouffra dans la voiture noire.

– Quel étrange gamin, commenta Rosie tandis que le véhicule s'éloignait.

Émilia Moon était allongée sur son lit, au beau milieu de sa chambre toute blanche et parfaitement rangée.

– Emma Tolly, murmura-t-elle.

Elle répéta plusieurs fois son nom et décida qu'elle le préférait largement à Émilia Moon.

Le téléphone de l'entrée sonna plusieurs fois. C'était étrange. Les Moon ne recevaient jamais d'appels le soir, d'habitude. Mais Émilia ne s'y attarda pas tant elle était surexcitée. C'était la première fois qu'elle ressentait une telle émotion. Jusque-là sa vie avait été sans intérêt, monotone et bien réglée. Mais tout allait changer à présent.

— Maintenant que je suis Emma, chuchota-t-elle.

Tout à coup, la porte de sa chambre s'ouvrit et Mme Moon apparut.

— Habille-toi et prépare tes affaires, ordonna-t-elle. On y va.

— Où ça ?

— On te ramène à Bloor. Ils viennent de nous appeler.

— Mais pourquoi ? s'étonna Emma.

Avaient-ils eu vent de sa visite chez les Gong ?

— Tu as enfreint les règles, Émilia, déclara froidement Mme Moon. Allez, dépêche-toi.

Les mains tremblantes, la jeune fille enfila ses vêtements et descendit. Mme Moon la prit par le bras et l'entraîna vers la voiture où M. Moon, un petit maigrichon à lunettes, les attendait, déjà installé au volant. Ils jetèrent Emma et son sac sur la banquette arrière avant de démarrer en vitesse.

Vu de dehors, l'institut Bloor paraissait gigantesque et intimidant. Une seule fenêtre était éclairée, au dernier étage, mais sinon l'immense bâtiment semblait désert.

Emma traversa la cour et gravit les imposantes marches du perron entre Mme et M. Moon. Celui-ci tira sur une chaîne qui pendait devant la massive porte en bois et une sonnerie retentit quelque part dans les profondeurs de l'école.

Emma sentit son cœur se serrer lorsque Manfred vint leur ouvrir. Elle détourna la tête pour éviter ses yeux noir charbon, craignant qu'il ne l'hypnotise à nouveau. Mais il n'essaya même pas de croiser son regard.

– Merci, fit-il à l'adresse du couple. Entre, Émilia.

Mme Moon posa son sac par terre.

– Au revoir, Émilia. Sois sage.

La lourde porte se referma et Emma se retrouva seule avec Manfred.

– Pourquoi m'avez-vous fait venir ici au beau milieu de la nuit ? demanda-t-elle.

Elle se sentait soudain prête à braver tous les dangers. Une sensation bien nouvelle pour elle. Elle découvrit également qu'elle était très en colère.

– Tu as enfreint les règles, Émilia. Tu vas donc être punie.

– Je ne m'appelle pas Émilia, mais Emma. Emma Tolly.

Manfred se mit à rire. Un rire grinçant et sinistre.

– Nous allons vite te faire oublier toutes ces bêtises. Emma Tolly ! Qu'est-ce qu'il ne faut pas entendre ! Prends ton sac et suis-moi.

Emma aurait voulu se défendre, mais elle ne voyait pas comment. Elle était seule avec Manfred, pour autant qu'elle sache. Peut-être trouverait-elle un moyen de s'échapper plus tard.

Le jeune homme la conduisit dans un labyrinthe de couloirs qu'elle n'avait jamais empruntés, ils montèrent plusieurs escaliers escarpés et traversèrent une multitude de pièces vides, pleines de toiles d'araignée. Il avait une lanterne dans chaque main, mais Emma voyait à peine où elle allait. Il n'y avait visiblement pas l'électricité dans cette aile du bâtiment. Des chauves-souris s'élançaient des plafonds écaillés en grinçant et le vent mugissait à travers les vitres brisées. Enfin, ils arrivèrent dans un réduit minuscule où un lit étroit était collé au mur. Il y avait un oreiller, une couverture, et c'était tout. Le sol et les murs de pierre étaient nus.

Manfred posa l'une des lanternes par terre.

— Bonne nuit ! lança-t-il. Fais de beaux rêves, Émilia Moon.

Il referma la lourde porte derrière lui et Emma entendit la serrure cliqueter alors qu'il donnait un tour de clé. Lorsque le bruit de ses pas se fut éloigné, elle essaya d'ouvrir, mais la porte était verrouillée, comme prévu.

Emma s'assit sur le lit. Elle ne pleura pas. Elle avait assez pleuré pour la journée. Elle resta simplement assise là, à penser à toutes ces choses merveilleuses qu'elle n'aurait jamais, finalement. La gentille tante, des amis, une vie palpitante et cet extraordinaire sentiment de bonheur qui lui était si étranger.

— Ils raconteront que je me suis enfuie, se dit-elle, et personne ne me retrouvera jamais.

Elle parcourut la petite cellule des yeux. Allait-elle passer le restant de ses jours ici ? Jusqu'à ce qu'elle soit grande ? Jusqu'à ce qu'elle soit vieille ?

– Non ! Je suis Emma Tolly désormais, et Emma ne se laissera pas faire. Emma est une fille courageuse et persévérante.

Sur ces bonnes paroles, elle se leva d'un bond et hurla à pleins poumons :

– AU SECOURS ! AU SECOURS ! AU SECOURS !

Elle entendait sa voix résonner dans les pièces vides de l'étage. Mais pas de réponse.

Alors elle cria encore et encore et, cette fois, elle tambourina aussi contre la porte. Elle tapa, cogna, frappa jusqu'à ce que ses orteils soient bleus et ses poings en sang. Puis elle recula et se laissa tomber sur l'étroite couche, épuisée par ses efforts.

Elle allait fermer les yeux, lorsqu'elle entendit un léger bruit de l'autre côté de la porte. Emma se redressa. La clé tourna dans la serrure, on tira le loquet… sa prison était ouverte !

Emma se rua hors de la pièce et regarda autour d'elle. Personne !

Elle retourna prendre la lanterne pour éclairer le couloir. Personne. Rien, mis à part une chauve-souris pendue à une poutre. « Et les chauves-souris ne savent pas ouvrir les portes », se dit-elle.

Levant la lanterne aussi haut qu'elle le pouvait, elle s'engagea dans le couloir.

– Il y a quelqu'un ? chuchota-t-elle. Qui m'a libérée ?

Elle n'osait pas élever la voix de crainte d'alerter Manfred.

Elle arriva à un escalier qu'elle descendit avec précaution. En bas des marches, elle avait la possibilité d'aller à droite ou à gauche. Elle hésita un instant avant de prendre le couloir de droite. Il y avait une drôle d'odeur, peut-être due aux lampes à gaz fixées aux murs.

C'est alors qu'elle aperçut le monstre. Ou était-ce un chien ? Il était gros et court sur pattes, un peu comme un traversin avec quatre pieds et un long museau tout plissé où l'on ne distinguait ni yeux ni gueule.

Le souffle coupé, Emma se plaqua contre le mur. Mais le chien ne l'avait pas vue. Elle allait faire demi-tour lorsqu'une voix ordonna :

– Stop ! Toi, là ! Viens par ici !

Jetant un coup d'œil par-dessus son épaule, elle découvrit un homme en fauteuil roulant, si vieux qu'il avait une tête de squelette. Un plaid écossais était jeté sur ses épaules et ses longs cheveux blancs dégoulinaient comme de la cire de bougie de sa petite casquette en velours.

– Elle s'est échappée ! La mioche de l'inventeur ! Manfred, rattrape-la !

Étouffant un cri, Emma se mit à courir. Elle remonta l'escalier quatre à quatre, se rua dans le couloir, cognant sa lanterne contre les murs, et s'engouffra dans sa cellule, claquant la porte derrière elle. Puis elle attendit, guettant la catastrophe qui n'allait pas manquer d'arriver.

Le visage chafouin de Manfred ne tarda pas à apparaître dans l'entrebâillement de la porte.

– Ah, tu es revenue. Tu n'as pas intérêt à recommencer, je te préviens.

Il claqua la porte et la verrouilla en expliquant :

– J'emporte la clé. Pas la peine d'essayer de lui ouvrir à nouveau. Et, au prochain incident, plus de confiture de tout le week-end.

Visiblement, il ne s'adressait pas à Emma.

Quelque chose vint s'écraser contre un mur.

– Ça suffit ! gronda Manfred.

Une porte claqua, puis le silence revint.

Emma s'approcha de la porte sur la pointe des pieds.

– Qui est là ? chuchota-t-elle.

Pas de réponse.

– Désolée de vous avoir attiré des ennuis.

Toujours pas de réaction. Celui ou celle qui se trouvait derrière la porte était parti... ou alors il aimait tellement la confiture qu'il ne voulait pas risquer d'en être privé.

– Bon, ben, merci quand même d'avoir essayé de m'aider, ajouta Emma.

Elle se rassit sur le lit. La bougie de sa lanterne était presque entièrement consumée. Bientôt, elle allait se retrouver toute seule dans l'obscurité de cette cellule glacée. Elle leva les yeux vers les hauts murs gris et, soudain, à la lueur faiblissante de la chandelle,

elle remarqua une minuscule lucarne au-dessus du lit. En grimpant sur son oreiller, elle pourrait l'atteindre. Mais la fenêtre était trop haute, bien trop haute pour qu'elle puisse y grimper. Même en sautant.

– Charlie a dit que je pouvais voler, murmura-t-elle.

Alors qu'elle prononçait ces mots, elle sentit un picotement au bout de ses doigts, il remonta dans ses bras qui devinrent tout légers…

Vassili Yeldim faisait sa promenade nocturne. Il marchait d'un pas décidé alors qu'il était en plein désarroi. En même temps, il était très content de lui car il commençait enfin à mettre de l'ordre dans la famille. Ses sœurs savaient maintenant à qui elles avaient affaire.

Une ampoule explosa alors qu'il passait devant un réverbère. Il entendit l'habituelle pluie de verre brisé, puis un léger bruit de pas. Vassili soupira, mais décida de ne pas se retourner. Si quelqu'un voulait le suivre, grand bien lui fasse. Cela ne l'avancerait pas à grand-chose de toute façon. Il se mit à marmonner entre ses dents :

– Je n'aurais jamais dû l'inviter au restaurant. Si nous étions restés bien tranquilles chez elle, pour un petit dîner aux chandelles… Et maintenant, elle me prend pour un dingue. C'est normal, Vassili. Jamais elle ne te le pardonnera.

Il réalisa alors que les pas l'avaient rattrapé. Une fille marchait à ses côtés. Une gamine toute pâle avec de longs cheveux blonds un peu emmêlés.

– Excusez-moi, monsieur, fit-elle. Pouvez-vous m'indiquer où se trouve la librairie Melrose ?

– Mais bien sûr, je m'y rends, justement.

– Oh, ça tombe bien, alors. Je m'appelle Emma Tolly.

Le Roi rouge

Il était minuit passé lorsque Vassili sonna à la porte de la librairie. Bien sûr, personne ne répondit. Pourtant, il savait que Julia se couchait tard, elle lui avait confié qu'elle lisait souvent jusqu'à deux heures du matin. Il appuya de nouveau sur la sonnette.

Une fenêtre au-dessus de la porte s'ouvrit brusquement. Mlle Melrose passa la tête dehors en demandant d'un ton furieux :

– Qui est-ce ?

Elle reconnut alors Vassili.

– Oh, c'est vous. Drôle d'heure pour une visite.

– Julia… euh, mademoiselle Melrose, c'est que… ce n'est pas moi. Enfin si, je suis là, évidemment, mais il y a quelqu'un d'autre qui voudrait vous voir.

Vassili recula d'un pas, posant la main sur l'épaule d'Emma.

– Cette jeune fille s'appelle Emma Tolly.

– Quoi ? Je ne… Je n'ai…

La fenêtre claqua. On entendit des pas pressés

dévaler l'escalier grinçant et la porte s'ouvrit dans un tintement de clochettes.

– Bonjour ! lança Emma.

– Nancy ? Oh, tu lui ressembles tellement ! s'écria Mlle Melrose. Entre, entre… Et vous aussi, Vassili. Oh, j'ose à peine y croire ! C'est… Oh, mon Dieu, je ne trouve plus mes mots !

Julia attira Emma à l'intérieur du magasin. En la dévorant des yeux, elle lui caressa les cheveux, le visage, puis la serra contre elle.

– C'est bien toi ! Oh, Emma, comment est-ce possible ?

– Je suis revenue à moi grâce à Charlie Bone et à ses amis. Et ce gentil monsieur m'a conduite jusqu'ici.

– Merci, Vassili, dit la jeune femme du fond du cœur. Venez, on va prendre une tasse de thé, un whisky, quelque chose pour fêter nos retrouvailles !

Elle les fit entrer dans la douillette arrière-boutique. Emma ouvrit de grands yeux en découvrant les étagères chargées de beaux livres, dont les titres dorés scintillaient dans la douce lueur de la pièce. Elle inspira le parfum de vieux papier, de cuir et d'encre et, avec un soupir heureux, déclara qu'il n'y avait pas plus bel endroit au monde.

– Tu pourras y vivre, Emma, proposa gaiement Mlle Melrose. Si tout se passe bien. À moins que tu ne préfères rester chez les gens qui t'ont adoptée.

– Non, non, non ! se récria-t-elle. Je ne veux plus jamais retourner chez eux, c'est sinistre.

– Il faut que tu me racontes. Je veux tout savoir. Quant à vous, Vassili, je suis sûre que vous êtes mêlé à tout cela aussi. Asseyez-vous, asseyez-vous.

Elle allait et venait dans la pièce pour ôter livres et paperasses des fauteuils, retaper les coussins et épousseter les abat-jour.

Une heure plus tard, Vassili reprenait le chemin du 9, Filbert Street. Il sifflotait gaiement, ignorant les lampadaires qui clignotaient avant d'exploser un à un sur son passage. Il n'avait jamais été aussi heureux depuis ses sept ans.

Le dimanche matin, Charlie se réveilla aux aurores et trouva son oncle debout au pied de son lit.

– J'ai d'excellentes nouvelles, Charlie ! Je n'ai pas pu fermer l'œil de la nuit. Emma Tolly est chez sa tante et nous allons faire en sorte qu'elle y reste.

Le garçon se redressa aussitôt.

– Que s'est-il passé ?

Vassili lui raconta que les Moon avaient ramené Emma à l'institut au beau milieu de la nuit et que Manfred l'avait emprisonnée.

– Mais elle s'est échappée, devina Charlie.

– Oui, reprit lentement son oncle et, pour le moment, elle ne veut pas dire comment. Mais quelqu'un a eu vent de vos activités secrètes, quelqu'un vous a trahis, et je pense que tu dois à tout prix découvrir de qui il s'agit.

Charlie avait un horrible pressentiment. Ce ne

pouvait être Benjamin, ni Fidelio, ni même Olivia. Il leur faisait une confiance aveugle. Il ne restait donc que Billy Corbec.

– C'est Billy, annonça-t-il. Mais j'ai pitié de lui, oncle Vassili. Il n'a pas de parents, pas de maison, rien, et j'ai l'impression qu'il a peur de quelque chose. Tu as vu la voiture qui est venue le chercher ? Elle avait des vitres fumées, et la personne qui se trouvait à l'intérieur a sorti sa canne pour m'en donner un coup !

– Le vieillard, murmura Vassili.

– Qui ça ? Tu veux parler de l'arrière-grand-père de Manfred ?

– J'ai deux ou trois choses à te montrer, Charlie. Viens me voir après le petit déjeuner.

Le garçon s'empressa donc de s'habiller et de descendre manger. Il fut surpris de trouver grand-mère Bone dans la cuisine et encore plus surpris lorsqu'elle lui sourit alors qu'il engloutissait sa saucisse et son œuf au plat. C'était louche… Il s'attendait pourtant à ce qu'elle lui fasse la leçon pour avoir enfreint les règles. Peut-être n'était-elle pas encore au courant qu'Emma Tolly s'était échappée.

La dernière bouchée à peine avalée, Charlie fonça au premier étage et frappa à la porte de son oncle.

– Entre, mon garçon.

La voix avait changé : il n'avait plus l'air las ni agacé qu'on le dérange.

Charlie put à peine ouvrir la porte. Le sol était

entièrement couvert de livres. Il dut se frayer un chemin sur la pointe des pieds, cherchant les rares espaces
encore libres, guidé par son oncle :

– Non, pas par là ! Oui, c'est bien… Attention à
celui-là ! Je ne veux pas perdre ma page.

– Que se passe-t-il, oncle Vassili ? demanda-t-il en
trouvant tout juste la place de s'asseoir au beau
milieu des papiers qui jonchaient le lit.

– Tu m'as posé des questions sur le Roi rouge,
Charlie, et j'ai progressé, énormément progressé dans
mes recherches. Mlle Melrose m'a déniché des livres
très rares, expliqua-t-il en montrant de très anciens
ouvrages empilés à côté de son bureau. Ils ont une
valeur inestimable, de vrais trésors. Je n'ai pas encore
tout traduit, mais j'en ai déjà appris beaucoup. J'ai
pris quelques notes. Écoute.

– C'est écrit dans une langue étrangère ? s'étonna
Charlie.

– Plusieurs langues, oui ! Maintenant, ouvre grand
tes oreilles. Le Roi rouge est arrivé en Grande-
Bretagne au XIIIᵉ siècle. On raconte qu'il venait
d'Afrique, mais je n'ai pas réussi à savoir de quelle
partie du continent. Il tient son surnom de Roi
rouge de sa grande cape écarlate et du soleil rouge
éclatant qui orne son bouclier. L'un de ses compagnons d'armes était un chevalier venu de Tolède, la
ville des épées. Le Roi rouge a épousé sa fille, mais
elle est malheureusement décédée à la naissance de
leur dixième enfant. Le roi a alors abandonné son

château pour errer dans la lande, fou de douleur. Différents récits évoquent les incroyables exploits dont il fut l'auteur durant cette période : il était capable, dit-on, de faire se lever les tempêtes, de guérir les blessures et de prévoir l'avenir. Ce texte précise même…

Vassili ouvrit un livre sur ses genoux.

– … que le Roi rouge pouvait réduire n'importe quel ennemi à l'impuissance en le fixant de son regard noir ; en d'autres mots, il l'hypnotisait.

Il reposa l'ouvrage.

– Je pourrais te citer des centaines d'anecdotes étonnantes qui mènent toutes à la même conclusion : le Roi rouge possédait des pouvoirs magiques.

– Donc ceux qui, comme nous, ont un don sont ses descendants ? demanda Charlie.

– Oui, mais l'histoire ne s'arrête pas là.

Vassili se pencha en avant pour dévisager intensément son neveu.

– Le roi a été absent pendant quinze ans. Il a négligé l'éducation de ses enfants qui, pour certains, avaient hérité de l'un ou l'autre de ses nombreux talents. Lorsqu'il est revenu, il a découvert que ses enfants étaient en guerre.

– En guerre ? s'étonna Charlie.

– Oui, avec les seigneurs voisins. Ils se servaient de leurs dons pour duper, voler, piller, mutiler et tuer. Ils terrorisaient les gens des environs.

– Ses enfants étaient tous méchants ?

– Non, seuls cinq d'entre eux étaient fascinés par

le pouvoir. Les autres avaient quitté le château, pour refaire leur vie ailleurs. Certains avaient même vogué vers d'autres horizons, renonçant à utiliser leurs étranges pouvoirs, espérant ainsi échapper à la malédiction familiale. Mais c'était impossible, Charlie, car certains de leurs enfants furent également victimes de cette folie du pouvoir, et souvent les enfants des bons devenaient mauvais. De telle sorte que la lignée demeurait liée par ce fléau, incapable de se libérer de son passé, et cela s'est perpétué jusqu'à aujourd'hui. Au moment où une famille pense avoir éradiqué cette tendance maléfique, soudain naît un individu voué au mal, doté d'un talent dévastateur.

Vassili secoua la tête.

— Des familles entières déchirées, tant de souffrance, tant de désespoir.

— Je suis bien content d'être fils unique, constata Charlie.

Son oncle se mit à rire.

— Si nous restons unis envers et contre tout, nous finirons par gagner, Charlie !

Et, sur ces mots, il se replongea dans ses recherches.

— J'espère !

Le garçon se leva pour slalomer à nouveau entre les piles de livres. Arrivé à la porte, il se tourna pour demander :

— Qu'est-il arrivé au Roi rouge, ensuite, oncle Vassili ? Pourquoi n'a-t-il pas réussi à arranger les choses, malgré ses pouvoirs ?

311

— Il avait laissé la situation se détériorer trop long-temps, déclara-t-il d'un ton solennel. Il aurait fallu qu'il tue tous ses enfants et cela, il n'a pas pu s'y résoudre. Le Roi rouge a quitté le château avec ses trois léopards et on ne l'a plus jamais revu. Même si, de temps à autre, sa présence invisible est ressentie dans divers endroits du pays.

— Tu ne m'avais pas parlé de ces trois léopards, intervint Charlie.

— Ah bon ? Alors c'est un oubli de ma part.

Vassili lui adressa un sourire mystérieux.

— Cet après-midi, je retourne à la librairie pour aider Julia à obtenir la garde d'Emma.

— Tu crois que ça va fonctionner ? Elle va vraiment pouvoir habiter chez sa tante ?

— On va tout faire pour. Les Bloor ne veulent cer-tainement pas que le monde découvre ce qu'ils com-plotaient. Ils vont devoir céder, pour Emma. Quant aux Moon, je n'ai pas l'impression qu'ils prenaient vraiment à cœur leur rôle de parents.

Vassili paraissait très confiant. En fait, il avait changé du tout au tout. C'était un homme neuf.

Charlie laissa son oncle à ses livres pour rendre visite à Benjamin. À sa grande surprise, il ne trouva personne au numéro 12, pas même Zaricot. Il en déduisit que les Brown étaient partis se promener en famille. Tous ensemble. C'était une nouvelle sans précédent ! D'habitude, chaque fois qu'il passait le voir, son ami était là, fidèle au poste.

Il poussa alors jusqu'au parc, pensant que, peut-être, Benjamin avait sorti son chien pour la première fois depuis qu'il avait été attaqué. Mais ils n'y étaient pas.

En rentrant à la maison, il trouva Rosie assise dans le fauteuil à bascule, au coin du feu.

— Je ne suis pas très en forme aujourd'hui, Charlie. Je crois que je vais délaisser les fourneaux pour la journée et faire une petite sieste.

Ça alors ! Rosie n'était jamais malade. Il la regarda traverser la cuisine d'un pas traînant. Que lui arrivait-il ?

Pendant le déjeuner, il eut une grande discussion avec sa mère au sujet d'Emma Tolly.

— C'est un vrai conte de fées ! soupira Mme Bone. J'espère qu'on pourra dire : *Tout est bien qui finit bien !*

— Emma n'a rien à faire avec les Moon. Elle les déteste. C'est Julia Melrose, sa vraie famille.

— Oui, mais comment le prouver ?

Amy Bone secoua la tête.

— Qui va croire toutes ces histoires d'enfant hypnotisé, de chevalier à l'armure étincelante, de cloche qui sonne... et ce fameux message du professeur Tolly ?

— Personne n'a besoin de le savoir. D'après oncle Vassili, les Bloor voudront éviter que les gens apprennent ce qu'ils complotaient et ils nous laisseront Emma sans opposer de résistance.

— Ça m'étonnerait. Ils vont vouloir faire payer quelqu'un, c'est sûr. Sois prudent, Charlie.

— Ne t'inquiète pas pour moi, maman.

Après manger, Mme Bone devait aller travailler chez le marchand de fruits et légumes. Elle promit de revenir à temps pour l'aider à faire son sac.

– Je n'en ai pas pour longtemps. Rosie est dans sa chambre, si tu as besoin d'elle.

La maison était très calme. Oncle Vassili était parti. Et quand Charlie jeta un œil dans la chambre de Rosie, il la trouva endormie. Il passa sur la pointe des pieds devant la porte de grand-mère Bone, puis redescendit pour filer chez les Brown. Mais ils n'étaient toujours pas rentrés. Il faisait un froid glacial et, en retraversant la rue, Charlie sentit de légers flocons de neige se poser sur ses cheveux.

C'est alors qu'il les vit : trois silhouettes sombres qui descendaient la rue. Les sœurs Yeldim marchaient au pas, coude à coude, refusant de céder le passage, si bien que les gens étaient obligés de descendre du trottoir pour les contourner. Charlie espéra un instant pouvoir filer au parc avant qu'elles ne le remarquent, mais c'était trop tard, elles accéléraient déjà le rythme.

Ils se retrouvèrent devant le numéro 9.

– Charlie, quel heureux hasard ! s'exclama tante Lucrecia. Nous voulions justement avoir une petite conversation avec toi.

– En privé, ajouta tante Eustachia.

– Ah bon…

En montant les marches du perron, il les entendit murmurer dans son dos.

Dans le hall, elles déposèrent aussitôt leurs manteaux trempés en tas dans ses bras.

— C'est agaçant, cette neige qui se glisse partout ! remarqua tante Venicia en donnant une pichenette dans les cheveux de Charlie avec ses longs ongles.

— Entrez ! Entrez ! les encouragea grand-mère Bone qui se trouvait dans la pièce du fond. Presse-toi, Charlie. Nous n'avons pas toute la journée !

— Je sais, répliqua-t-il, étant donné que tante Lucrecia travaille comme surveillante et tante Eustachia comme garde d'enfants.

Les deux grand-tantes le fusillèrent du regard, sans rien répondre cependant. L'idée de filer s'enfermer dans sa chambre lui traversa l'esprit, mais il préféra en finir au plus vite avec cette « petite conversation » qui promettait d'être, comme toujours, fort désagréable. Il pendit donc docilement les pardessus de moleskine au portemanteau avant de prendre place à la table, face aux quatre sœurs Yeldim.

— Eh bien, Charlie, tu as été très occupé, ces temps-ci, n'est-ce pas ? remarqua tante Lucrecia.

— Occupé à fourrer ton nez dans des affaires qui ne te regardent pas, compléta tante Eustachia.

— J'ose espérer que ça ne va pas devenir une habitude, renchérit grand-mère Bone.

— Je suis sûre que non, affirma tante Venicia avec un sourire doucereux.

Elle croisa les bras et, prenant appui sur la table, tendit son long cou vers son neveu.

– Tu voulais juste aider une amie, pas vrai, Charlie ? Nous sommes au courant pour Emma Tolly. Et nous savons où trouver la fameuse mallette. Elle appartient aux Bloor, tu le savais ?

– N'importe quoi, elle est à Mlle Melrose, et jamais vous ne l'aurez ! rétorqua Charlie.

– Misère !

Tante Venicia leva les bras, faisant mine d'être horrifiée.

– Il ferait presque peur ! La mallette peut rester où elle est, elle ne nous intéresse plus. N'est-ce pas, mes sœurs ?

– Plus du tout, affirmèrent-elles en chœur.

Charlie ne les croyait pas. La mallette avait permis de sortir Emma de l'hypnose, elle n'avait donc apparemment plus d'utilité. Mais, tout au fond de lui, il sentait qu'elle pouvait encore lui servir. Il avait encore quelqu'un à réveiller.

Il se surprit soudain à dire :

– Mon père n'est pas mort, vous savez.

Grand-mère Bone devint livide.

– Mais qu'est-ce que tu racontes ? Bien sûr qu'il est mort !

– Non, il est toujours vivant. Et je vais le retrouver.

– C'est donc cela que ton oncle t'a fait croire ? reprit tante Lucrecia. Vassili n'a plus toute sa tête, figure-toi. Il ne sait pas ce qu'il raconte. Il faut que tu cesses d'écouter ce qu'il te dit.

316

– Promets que tu ne discuteras plus avec lui, ordonna tante Eustachia.

– Pas question, répliqua Charlie.

Grand-mère Bone tapa du poing sur la table. Un silence de mort s'ensuivit. Son petit-fils jugea le moment bien choisi pour prendre congé. Il se leva et repoussa sa chaise.

– Attends ! intervint tante Venicia. J'ai un cadeau pour toi.

Elle se pencha pour tirer quelque chose de son grand sac.

– Tiens.

Le paquet enveloppé de papier kraft glissa sur la table bien cirée.

Charlie le fixa en demandant :

– Qu'est-ce que c'est ?

– Ouvre-le ! l'encouragea sa grand-tante avec un clin d'œil.

Il avala sa salive. C'était sûrement un piège. Il tira sur la ficelle et écarta le papier, découvrant une cape bleue soigneusement pliée.

– Une cape ? Mais j'en ai déjà une !

– Elle est en lambeaux, objecta grand-mère Bone. Le professeur Bloor nous a prévenues qu'il t'en fallait une nouvelle et tante Venicia t'en a gentiment cousu une.

– Elle est très douée de ses mains, commenta tante Lucrecia.

Venicia arborait un si large sourire que Charlie remarqua qu'elle avait du rouge à lèvres sur les dents.

– Merci, fit-il, pas vraiment convaincu.

– De rien, répondit-elle en le congédiant d'un revers de main. Tu peux disposer maintenant, Charlie.

Il s'en fut donc, sa cape neuve sous le bras. Arrivé dans sa chambre, il constata que l'ancienne avait disparu de son placard. Il examina le cadeau de sa grand-tante sous toutes les coutures, mais la cape semblait normale. Elle était en tout point identique à la précédente.

Charlie en parla à sa mère lorsqu'elle vint l'aider à faire son sac.

– C'est très gentil de la part de Venicia, mais ça ne lui ressemble pas. Je ne l'ai jamais vue faire de cadeau à personne, même à Noël.

– Elles ne veulent peut-être pas que je leur fasse honte, suggéra-t-il, comme Lucrecia travaille à l'institut…

– Ça doit être ça, acquiesça sa mère. Les Yeldim sont très fiers.

Pourtant, Charlie avait encore des doutes…

Le jeu des ruines

Lorsque Charlie arriva à l'institut le lendemain matin, il sentit un vent d'excitation souffler dans le hall. Les élèves avaient du mal à tenir leur langue et se donnaient des coups de coude en montrant du doigt la longue table installée contre l'un des murs lambrissés. Elle était couverte de centaines de petites lanternes en verre.

— Le jeu des ruines a lieu ce soir, lui annonça Fidelio dans les vestiaires, où les bavardages allaient bon train.

— Qu'est-ce qu'on doit faire ? paniqua-t-il en pensant à la fille qui n'en était jamais ressortie. Je ne connais même pas les règles.

— Il s'agit d'une sorte de chasse au trésor. Une médaille est cachée au cœur des ruines. Pour gagner, il faut la retrouver et ressortir avec en moins d'une heure. Chaque section joue à son tour. Ce soir, ce sont les élèves de théâtre, demain d'arts plastiques et mercredi, ce sera à nous. Ce n'est pas facile. L'an dernier, personne n'a trouvé la médaille. L'année d'avant, quelqu'un l'avait bien dénichée, mais il a mis trois heures pour ressortir alors ça n'a pas compté.

– Quel est l'intérêt ? Tout ça pour une médaille ? s'étonna Charlie.

– Le gagnant remporte un an sans retenue, sauf s'il commet une faute très grave, bien sûr. En plus, tu as droit à des jours de congé et à des cadeaux : instruments de musique, boîtes de peinture, costumes… Et puis, c'est une satisfaction, quand même !

– Mm…

Charlie avait un mauvais pressentiment. Il essayait de se convaincre que c'était ridicule, qu'il y aurait des centaines d'enfants avec lui dans les ruines, qu'il était impossible de se perdre dans ces conditions. Pourtant, il était déjà arrivé que des élèves disparaissent. Et quelqu'un qui pouvait se changer en bête sauvage rôdait, guettant sa proie.

– Ne fais pas cette tête-là, Charlie ! Ce soir, on regardera les autres jouer de la galerie des Arts. Ça va te plaire, je te le promets, lui assura Fidelio.

Après le dîner, les élèves de théâtre se rendirent dans le hall pour prendre leur lanterne. La galerie qui surplombait le jardin se remplissait de spectateurs tandis que, un à un, les enfants aux capes violettes sortaient dans le jardin. Charlie était content qu'Olivia ait, pour une fois, mis des chaussures confortables, des baskets qui lui permettraient de courir vite, au cas où.

La file de lanternes vacillantes ondulait sur la pelouse comme un long serpent brillant. Puis, progressivement, la tête du serpent disparut, avalée par les pans de murs éboulés.

– Et maintenant ? chuchota Charlie.

– On attend, décréta Fidelio.

Ils n'eurent pas à attendre longtemps. Les enfants les plus jeunes ressortirent des ruines en courant, peu après y avoir pénétré. Ils avaient eu peur du noir, ou de se perdre. Au fur et à mesure qu'ils rentraient dans le hall, leurs noms étaient rayés de la liste. Ils rendaient vite leur lanterne et filaient se coucher, tout penauds.

Olivia fut l'une des dernières à revenir. Fidelio et Charlie l'attendaient en haut de l'escalier qui menait à son dortoir.

– Ça ne m'a pas plu du tout, leur confia-t-elle. Il y a quelque chose derrière ces murs qui me donne la chair de poule. À plusieurs reprises, j'ai cru voir une ombre sur la pierre mais, le temps que je me retourne, elle avait disparu.

– Quel genre d'ombre ? voulut savoir Fidelio.

– Un animal… une sorte de chien, je ne sais pas. Je ne suis pas arrivée jusqu'au cœur du château. Personne n'a réussi.

– Eh bien, je suis content que tu sois ressortie, commenta Charlie en regardant les baskets de son amie.

321

– Je suis restée avec Bindi. Je me sens en sécurité avec elle, parce qu'elle a un don. Manfred m'a jeté un tel regard en me tendant ma lanterne, j'avais l'impression que ma dernière heure était venue !

– Non, pas toi, Olivia, affirma-t-il.

Le lendemain soir, c'était au tour de la section d'arts plastiques de jouer. Olivia rejoignit les deux garçons dans la galerie. Charlie fut soulagé d'apprendre qu'Emma Tolly ne participait pas à la chasse au trésor. Il se demandait si elle était toujours chez Mlle Melrose. Si son oncle s'en était mêlé, elle y était sûrement. Oncle Vassili était extrêmement puissant, à sa façon.

Rien d'extraordinaire ne se produisit au cours de cette seconde soirée. Personne ne trouva la médaille. Et tout le monde ressortit entier des ruines.

Le mercredi soir arriva. Tandis que les élèves en bleu faisaient la queue pour prendre leur lanterne, un courant d'air glacé traversait le hall. Il allait faire un froid de canard dehors, Charlie était bien content de pouvoir s'emmitoufler dans sa cape neuve. Cette fois, le professeur Bloor en personne se tenait devant la table pour distribuer les lanternes. Lorsque leurs mains se frôlèrent, il adressa un signe de tête solennel à Charlie. Et, soudain, celui-ci comprit qu'il n'avait rien à craindre du professeur. En fait, c'était lui qui semblait avoir peur de Charlie.

On ouvrit les portes du jardin et les premiers enfants s'élancèrent dans l'obscurité. C'était une

nuit sans lune, sans étoiles et le ciel était complètement noir. Le sol, cependant, scintillait légèrement.
En levant sa lanterne, Charlie constata que la neige
avait gelé et recouvrait le sol d'une fine couche
brillante. Elle craquait sous leurs pas comme du verre
brisé.

— Je suis juste derrière toi, lui glissa Fidelio. Continue à avancer.

En se retournant, Charlie vit le visage souriant de
son ami dans le halo de sa lanterne.

— Bonne chance, répondit-il dans un murmure.
J'espère que tu vas trouver la médaille.

— Silence ! ordonna une voix cinglante. Interdit de
bavarder, même en chuchotant.

Manfred se tenait à l'entrée des ruines, cochant
sur une longue liste le nom des enfants qui passaient
devant lui. Une grosse lanterne pendait au-dessus de
sa tête. En levant les yeux, Charlie découvrit que
Zelda Dobinski se tenait derrière lui, une longue
perche à la main pour l'éclairer. Elle lança un regard
glacial à Charlie lorsqu'il passa sous la grande arche
de pierre.

Il se retrouva dans une cour pavée, entourée de
hautes haies. Face à lui s'ouvraient cinq passages
voûtés, séparés par quatre trônes sculptés. Fidelio lui
donna un coup de coude en désignant celui du
milieu. C'est donc vers celui-ci qu'ils se dirigèrent.
Au début, ils eurent l'impression d'être les seuls à
avoir choisi cette entrée mais, au fur et à mesure, ils

croisèrent d'autres groupes d'enfants qui se pressaient droit devant ou avançaient à petits pas derrière eux. Certains couraient même en sens inverse.

— Tu crois qu'on va dans la bonne direction ? souffla Charlie.

— Va savoir…, répondit Fidelio.

Ils tournèrent à angle droit et s'engagèrent dans un couloir si étroit que leurs coudes frôlaient les murs.

De temps à autre, ils débouchaient dans une petite cour agrémentée d'un bassin gelé. Charlie tomba en admiration devant une fontaine qui représentait un grand poisson crachant de l'eau. Fidelio dut le tirer par un pan de sa cape pour l'en éloigner. Parfois, ils trébuchaient sur les restes d'une statue écroulée ou une urne couverte de mousse. Plus le temps passait, plus le silence qui les entourait s'épaississait. Ils n'entendaient plus les pas pressés ou les chuchotements étouffés des autres enfants.

— Comment verra-t-on qu'on est arrivés au centre ? demanda Charlie.

— Il y a une tombe, c'est tout ce que je sais.

— Une tombe ? Qui est enterré là ?

— Charlie ! s'écria soudain Fidelio. Arrête-toi. Ta cape… Il y a un truc qui cloche !

— Quoi ?

Il se retourna pour regarder. Sa cape luisait dans la pénombre. De petits fils brillants étaient tissés dans l'étoffe, lui donnant l'apparence d'une sorte de nuage scintillant.

— C'est ma grand-tante qui me l'a cousue, mais pourquoi avoir choisi ce tissu bizarre ?

— Peut-être pour que quelqu'un puisse te suivre dans le noir… te pourchasser, suggéra Fidelio.

Charlie l'ôta vivement et la jeta par terre.

— Eh bien, c'est raté ! Je vais sans doute mourir de froid, mais ils ne m'auront pas !

— On se mettra tous les deux sous la mienne s'il gèle trop, proposa son ami.

Le couloir dans lequel ils s'engagèrent ensuite ressemblait davantage à un tunnel. Ils devaient avancer pliés en deux pour ne pas se cogner la tête contre le plafond voûté.

Charlie commençait à se sentir oppressé. Il accéléra le pas pour déboucher dans une petite cour ronde. Trois statues se dressaient au milieu mais, à cette distance, il n'aurait pu dire ce qu'elles représentaient. Il s'aperçut alors que sa chandelle était presque entièrement consumée.

Pensant que son ami allait émerger du tunnel derrière lui, il lui lança :

— Hé, Fidelio, regarde !

Pas de réponse. Il se pencha pour regarder à l'intérieur. Pas de lumière, pas de Fidelio.

— Allez, arrête de me faire marcher ! cria-t-il en revenant sur ses pas dans le tunnel.

De sa main libre, il tâtonnait contre les murs, le sol. Son ami était-il tombé, ou alors avait-il pris un autre couloir ?

– Fidelio ! Fidelio ! hurlait-il sans plus se soucier de chuchoter.

Ses cris résonnèrent dans le silence. Et, tout à coup, sa bougie s'éteignit.

Charlie réalisa alors qu'il savait depuis le début ce qui l'attendait. Il avait enfreint les règles, comme son père avant lui. Il avait sauvé Emma Tolly et il allait devoir payer. Mais il n'allait pas se laisser faire sans se battre. Jetant sa lanterne maintenant inutile, il parcourut le chemin en sens inverse, à tâtons. Le tunnel devait à un moment ou à un autre déboucher dehors, car il sentait sur son visage un souffle d'air frais – enfin pas vraiment frais, plutôt un mélange de terreau et de pierre humide.

Arrivé à un embranchement, il aperçut de la lumière. N'en croyant pas ses yeux, il courut... et découvrit une lanterne posée sur un immense tombeau de pierre. Quelqu'un surgit de derrière le monument. Charlie reconnut la petite tête blanche de Billy Corbec. Les verres ronds de ses lunettes brillaient comme deux lunes minuscules.

– Je l'ai ! cria-t-il en brandissant une médaille dorée au bout d'une chaîne.

– Bravo ! le félicita Charlie. Dis, j'ai perdu ma lanterne, Billy. Je peux te suivre ?

– La médaille est à moi ! gronda-t-il en empoignant sa lanterne avant de prendre la fuite.

– Mais je ne veux pas te la prendre, Billy !

Il vit la lumière s'éloigner et disparaître. Impossible de savoir où il était parti. Pas moyen de deviner. Pas même un léger bruit pour le guider.

Soudain, pourtant, un bruit résonna dans l'obscurité. Des pas pressés. Quatre pattes qui couraient. Et le souffle d'un animal haletant. Charlie fit un bond en arrière. Trébuchant, titubant, il se mit à courir, courir pour fuir ces pas feutrés, cette aigre odeur de bête.

Fidelio avait arrêté de chercher son ami, pensant qu'il était peut-être déjà ressorti des ruines. Quelque chose d'étrange s'était produit dans cet étroit tunnel. On l'avait poussé dans un autre couloir, mais impossible de voir *qui* l'avait poussé. Il avait demandé à tous ceux qu'il avait croisés s'ils avaient vu Charlie, mais sans résultat.

— Billy Corbec a trouvé la médaille, lui avait-on annoncé.

Mm… Il se demandait bien comment.

Il fut le dernier à émerger des ruines, semblait-il.

— Charlie Bone est ressorti ? demanda-t-il à Manfred qui rayait un à un les noms de sa liste.

— Il y a une éternité.

— Tu es sûr ?

— Évidemment, gronda Manfred.

Fidelio se rua dans le hall et demanda à tous les élèves s'ils avaient vu Charlie. Tous ceux qui le connaissaient jurèrent que non.

— Qu'est-ce qu'il y a ? s'inquiéta Olivia en voyant son air paniqué.

— Charlie est encore dans les ruines.

— Comment ça ? Mais ils ont dit que tout le monde était ressorti !

— C'est faux ! décréta Fidelio et il monta en courant au dortoir.

Billy Corbec était assis sur son lit, entouré d'une petite cour d'admirateurs qui contemplaient la médaille pendue à son cou.

— Vous avez vu Charlie Bone ? leur demanda Fidelio.

— Non, répondirent-ils en chœur.

Billy se contenta de secouer la tête.

— Félicitations, je vois que tu as gagné, constata Fidelio.

Il se laissa tomber sur son lit, sans savoir quoi faire. Une demi-heure plus tard, une voix aboya :

— Extinction des feux dans cinq minutes.

Fidelio se précipita dans le couloir.

— Madame la surveillante, Charlie Bone n'est pas rentré.

La grande femme dans son uniforme bleu empesé ne se retourna même pas.

— Ah bon, marmonna-t-elle en continuant sa ronde.

Fidelio s'arrachait les cheveux.

— Alors vous vous en fichez ? cria-t-il.

Elle l'ignora.

— Vous êtes en retard, dit-elle à Gabriel Lasoie qui arrivait en courant.

– Désolé, madame la surveillante, marmonna-t-il.

Une fois seul avec Fidelio, il soupira :

– Non mais franchement, ils m'ont obligé à finir mes devoirs après avoir tourné des heures au milieu de ces vieilles pierres.

Il remarqua alors le visage blême de son ami.

– Qu'est-ce qui t'arrive ?

– Charlie n'est pas rentré.

– Quoi ?

Gabriel se métamorphosa brusquement. Ses yeux gris brillaient de détermination et il paraissait soudain plus grand, plus droit qu'auparavant.

– C'est ce qu'on va voir, décréta-t-il d'un air grave en faisant volte-face.

Fidelio le suivit, se demandant ce qu'il avait en tête. En haut de l'escalier, Gabriel se retourna.

– Retourne au dortoir, Fidelio. Tu ne peux rien faire.

– Je veux venir avec toi. C'est mon ami.

– Ce n'est pas ta place. Ce serait trop dangereux. Laisse-nous gérer ça.

Gabriel avait acquis une nouvelle assurance. Fidelio recula.

– Qui ça, nous ?

– Les Héritiers du Roi rouge, répondit Gabriel avant de dévaler les marches.

La bataille des dons

— Où allez-vous comme ça ? cria M. Misair en voyant Gabriel traverser le hall. Vous devriez être dans votre dortoir.

Le jeune garçon l'ignora. Il fila par une petite porte, grimpa un escalier et s'engouffra dans le couloir qui menait à la salle du Roi rouge. Il n'y avait là que deux personnes lorsque Gabriel fit irruption : Lysandre et Tancrède, tous deux en train de lire.

— Charlie Bone est encore dans les ruines ! annonça Gabriel.

Les deux garçons levèrent le nez de leurs livres.

— Manfred et Zelda aussi, compléta-t-il.

— Et Zoran ? demanda Lysandre.

— Je pense qu'il a déjà changé d'apparence, expliqua Gabriel. Il doit être à l'intérieur.

— Alors il est temps d'intervenir, conclut Lysandre.

Ils formaient un étrange trio : l'Africain, le gamin aux cheveux hérissés et le grand maigre au visage long et solennel. Marchant côte à côte, ils passèrent devant le professeur Bloor qui fermait son bureau, le professeur Tempest avec son pupitre sous le bras et M. Misair qui rangeait les lanternes. Mais personne ne pouvait les arrêter.

Ils sortirent dans la nuit glacée et traversèrent la pelouse gelée en direction des ruines.

Dans leur dos, les enfants s'attroupaient derrière les grandes baies vitrées de la galerie des Arts. Un vent de désobéissance soufflait sur l'institut. Olivia Vertigo avait lancé la rumeur : un garçon était perdu dans les ruines. Faisant fi du règlement et des menaces de la surveillante, les élèves des différents dortoirs sortaient de leur lit et filaient dans les couloirs, échangeant des murmures angoissés.

Fidelio se posta près d'Olivia dans la galerie.

— Tu sens ce qui arrive ? lui demanda-t-elle.

Une tempête couvait. Un vent puissant tourbillonnait autour des trois silhouettes qui se dirigeaient d'un pas décidé vers les hautes murailles de pierre, gonflant leurs capes comme des voiles. Ils n'avaient pas de lanternes, mais Fidelio remarqua que le vent avait repoussé les nuages noirs et que la pleine lune éclairait maintenant le jardin d'une lueur argentée.

— C'est Tancrède, chuchota Olivia. Je me suis renseignée. Il paraît qu'il a le pouvoir de convoquer les vents et les tempêtes.

— Et Lysandre ?

— Personne ne sait vraiment. Mais il est très puissant. On m'a dit qu'il savait réveiller les spectres. En revanche, tout le monde est d'accord sur une chose : Zoran Pike peut changer de forme, mais seulement à la nuit tombée.

– C'était donc ça, murmura Fidelio.

Il savait déjà de quoi Manfred était capable et il avait entendu dire que Zelda Dobinski déplaçait des choses par la force de la pensée. Des objets, d'accord, mais pouvait-elle déplacer des gens ?

Au fin fond des ruines, Charlie s'accroupit derrière un muret. Il pensait avoir échappé à la bête, mais elle le talonnait à nouveau. Il entendait les pierres éboulées rouler sous ses pattes.

Il se releva, fit quelques pas, mais soudain quelque chose tomba en travers de son chemin. En se penchant, il sentit les contours émoussés d'une statue. Elle avait failli le tuer ! Il l'enjamba et continua à avancer à tâtons. Il entendit alors un craquement sinistre, suivi d'un grand bruit d'éclaboussure : une fontaine s'était détachée de sa base pour tomber dans son bassin. L'eau déborda et une immense vague le renversa. Les pierres pleuvaient de toutes parts.

Il roula sur le ventre, couvrant sa tête de ses mains.

– Je n'abandonnerai pas ! Ils ne m'auront pas ! Ils ne m'auront pas ! répétait-il.

Mais combien de temps tiendrait-il à ce rythme-là ? Ses ennemis étaient puissants. Et il n'avait personne pour l'aider…

Comme en réponse à ses pensées, une brise se leva dans les sous-bois entourant la ville. Elle prit de l'ampleur, enfla, devint un vent violent qui s'engouffra dans les ruelles pavées en mugissant. Il soufflait si fort qu'il faisait sonner les cloches de la cathédrale sans discontinuer, comme pour annoncer une catastrophe imminente. Charlie vit alors la pleine lune émerger des nuages. Sa lueur argentée éclaira les ruines, mettant au jour tous les dangers potentiels. D'énormes blocs de pierre se détachaient des murs, mais il pouvait maintenant slalomer pour les éviter. Si seulement il avait su dans quelle direction aller…

Malheureusement, la bête aussi profitait de la clarté de la lune. Elle commençait à s'énerver. Son grondement semblait provenir de partout à la fois. Et soudain, Charlie la vit se dresser à quelques mètres de lui. Ses yeux jaunes brillaient d'une étrange lueur et ses babines retroussées découvraient de longs crocs étincelants.

Il resta figé sur place, persuadé qu'elle allait lui sauter à la gorge, mais une forme pâle et fantomatique s'interposa entre eux. Charlie distingua les contours d'une lance et d'un bouclier. Une autre silhouette apparut, puis une autre et encore une autre. Elles encerclèrent la bête. L'animal acculé poussa un hurlement rageur.

Alors que Charlie reculait pas à pas, il trébucha sur ~~ierre couverte de mousse et tomba sur le côté, ~~uisson de ronces. Voyant sa proie si proche et sans défense, la bête voulut se jeter sur elle mais, aussitôt, deux lances lui barrèrent la route, manquant lui trancher la truffe. La bête gronda, ses yeux furieux rivés sur Charlie qu'elle ne pouvait atteindre. Elle avait visiblement peur de ces lances scintillantes.

Le garçon se releva tant bien que mal et s'éloigna en titubant. Les ronces lui avaient écorché profondément le visage et les mains, le sang coulait sur ses lèvres, dégoulinait de ses doigts. Il était secoué de violents frissons, il ne sentait plus ses pieds, il avait la tête tellement vide qu'il arrivait à peine à penser.

– Il faut que je sorte d'ici avant d'être complètement congelé, murmura-t-il en claquant des dents.

Quelque chose de chaud lui frôla alors les jambes. Baissant les yeux, il aperçut le chat cuivré, Bélier. Sagittaire apparut à sa gauche, et Lion surgit de derrière une statue, juste devant lui. Truffe contre queue, les chats encerclèrent Charlie, et la chaleur de leur poil rougeoyant se diffusa dans son corps, réchauffant jusqu'à ses os glacés.

Lorsqu'il fut capable de marcher un peu plus vite, les chats se mirent en file indienne devant lui et éclairèrent sa route, guidant ses pas à travers les ruines.

Petit à petit, il commença à reconnaître des statues devant lesquelles il était déjà passé. Beaucoup étaient à terre, mais il fut heureux de constater que le grand poisson se dressait toujours au milieu de sa fontaine.

Enfin, il arriva à la cour où débouchaient les cinq

tunnels voûtés. Le vent retomba et, au loin, les cloches se turent. Les trois chats bondirent sur un trône sculpté et entreprirent de faire leur toilette.

– Vous ne venez pas avec moi ? leur demanda Charlie.

Ils le regardèrent en ronronnant.

– Eh bien, merci, alors.

Face à lui, il apercevait le sol blanc et gelé à travers la grande arche par laquelle il était entré. Mais qui – ou quoi – l'attendait dehors ? Était-il vraiment libre ? Il hésita, prit une profonde inspiration et passa sous la voûte de pierre.

Quelqu'un apparut à ses côtés.

– Salut, Charlie ! lança Gabriel. Tu es sain et sauf !

Le garçon éprouva un tel soulagement qu'il crut s'évanouir. Mais des bras puissants le retinrent de chaque côté. Tancrède et Lysandre le dévisagèrent anxieusement.

– Hé, ho ! fit le premier.

– Ça va ? demanda le second.

– Oui, oui, merci, les rassura Charlie.

Il remarqua alors que le sol était jonché de brindilles et de branches cassées et que la neige gelée avait été repoussée en immenses congères glacées.

– Il y a eu une tempête ?

– Entre autres, oui, confirma Lysandre en riant.

– Et c'était un peu trop pour certaines personnes, visiblement, enchaîna Tancrède en riant encore plus fort.

336

Charlie distingua deux silhouettes agenouillées par terre. Il reconnut Manfred et Zelda.

— Allez, viens ! l'encouragea Gabriel. Nana a préparé un festin de minuit !

— C'est vrai ? Et on a le droit ? s'étonna Charlie.

— Exceptionnellement, aujourd'hui, tout est permis, l'informa Lysandre.

Alors qu'ils approchaient de la masse sombre de l'institut, Charlie vit que certaines fenêtres étaient brillamment éclairées. Dansant et sautant sur place au milieu des autres élèves, Fidelio et Olivia lui firent signe.

Il leur répondit.

— Ce sont mes amis, ils ont l'air drôlement joyeux !

— C'est Fidelio qui m'a prévenu que tu avais disparu, lui expliqua Gabriel. Il m'a dit que tu étais resté prisonnier des ruines.

Charlie frissonna.

Lorsque Tancrède ouvrit la porte du jardin, ils furent accueillis par une foule en délire. Les enfants parlaient, riaient, criaient tous en même temps.

— Comment tu as fait pour ressortir, Charlie ?

— Que s'est-il passé là-dedans ?

— Tu as vu la bête ?

— Pourquoi t'es-tu perdu ?

— Reculez ! ordonna Lysandre en les repoussant gentiment.

— Laissez passer le héros, s'il vous plaît ! cria Tancrède.

La foule s'écarta alors docilement, formant un étroit couloir où Charlie s'engouffra. Lorsqu'il déboucha finalement dans le hall, il vit que la longue table des lanternes disparaissait maintenant sous des montagnes de sandwichs, de tourtes, de hot dogs et de frites. La cuisinière s'affairait derrière, servant les enfants affamés.

– Ah, l'invité d'honneur ! s'exclama-t-elle en voyant Charlie. Alors, pauvre chaton gelé, qu'est-ce qui te ferait plaisir ?

Complètement dépassé par les événements, il contempla le buffet en balbutiant :

– Eh bien, euh… je ne…

– Il veut de tout, répondit Lysandre à sa place. De tout.

– Un assortiment de tout pour le héros du jour ! annonça Nana en remplissant une assiette.

Charlie aperçut Fidelio et Olivia qui tentaient de se frayer un passage dans la foule.

– Vous pourriez servir mes amis, après ? demanda-t-il. Ils sont…

– Non, répliqua la cuisinière en lui tendant son assiette. Ces trois-là d'abord.

Elle désigna ses sauveteurs.

– Sans eux tu ne serais plus là, non ?

– Euh, j'imagine que non, en effet. Désolé.

Elle lui adressa un clin d'œil en servant Gabriel et Tancrède, qui voulaient de tout, et Lysandre qui prenait juste des frites.

Tous les enseignants de la section musique se trouvaient dans le hall, tentant de former des groupes d'enfants. M. Misair avait l'air exaspéré, alors que le professeur Tempest semblait plutôt bien s'amuser. De temps à autre, il entonnait une chanson en poussant les enfants vers le buffet.

Mlle Chrystal adressa un grand sourire à Charlie en levant le pouce. Elle aidait Mme Dance à empêcher les autres élèves de pénétrer dans le hall. À part Tancrède et Lysandre, seuls les musiciens avaient le droit d'entrer.

Olivia avait réussi à dégotter une cape bleue qui lui permettait de profiter de la fête sans se faire repérer. Elle rejoignit Charlie avec deux hot dogs.

– J'en ai pris un pour toi. Mon pauvre, tu es couvert d'égratignures. Et tes cheveux sont dans un état !

Il tâta sa touffe broussailleuse qui avait amassé tant de feuilles et de brindilles dans l'aventure qu'on aurait réellement dit un buisson de ronces.

Il n'avait plus faim du tout, mais il n'osa pas décevoir son amie.

– On n'a qu'à partager, proposa-t-il puis, baissant la voix, il ajouta : Où as-tu trouvé cette cape ?

– C'est celle de Billy, expliqua-t-elle. Il était trop fatigué pour venir, petit bonhomme. Tu sais qu'il a trouvé la médaille ?

– Oui, je sais.

Fidelio lui lança un regard interrogateur en haussant un sourcil. Charlie décida d'avoir une conversation sérieuse avec Billy. Il avait vraiment eu un comportement très étrange ces derniers temps.

– J'ai du mal à croire qu'on fasse un tel festin, juste parce que je suis resté coincé dans un château en ruine, murmura-t-il.

– C'est grâce à Nana. Quand elle a décidé quelque chose, personne ne peut l'arrêter. Pas même le professeur Bloor. L'an dernier, un certain Oliver Flash a disparu pendant trois jours. Il s'était perdu dans une partie très ancienne du bâtiment. Impossible de le retrouver. Il a fini par ressortir en se faufilant par un trou dans le parquet. Il était couvert de bleus et d'égratignures, il avait les cheveux pleins d'araignées et, au début, il n'arrivait même plus à parler. Enfin bref, Nana a organisé un grand festin en son honneur, et après il est rentré chez lui. Il n'est plus jamais revenu.

– Je le comp...

La phrase de Charlie resta en suspens car la porte du jardin s'ouvrit brusquement. Le professeur Bloor et tante Lucrecia firent irruption, soutenant chacun Manfred par un bras. Il n'avait plus du tout l'air menaçant, comme ça. Sa tête pendait sur le côté et ses terribles yeux étaient à demi clos. La surveillante jeta un regard assassin à Charlie avant de s'engouffrer dans l'aile ouest.

Le silence se fit dans le hall tandis que M. Carp et un autre professeur arrivaient, traînant le corps inanimé de Zelda Dobinski.

Même si les élèves craignaient Manfred et Zelda, ils furent un peu refroidis de les voir dans cet état. Bientôt, ils montèrent un à un se coucher.

Tout le monde semblait dormir lorsque Charlie, Gabriel et Fidelio rentrèrent dans leur dortoir. Seuls quelques hoquets montaient du lit de Billy. Charlie s'approcha de lui à tâtons dans la pénombre.

– Tu dors ? chuchota-t-il.

– Je suis désolé de t'avoir abandonné dans les ruines, marmonna-t-il. Je ne voulais pas qu'il t'arrive malheur.

– Ce n'est pas grave. Mais tu nous as trahis, n'est-ce pas ? Tu as dit à quelqu'un qu'on avait réveillé Émilia. Pourquoi as-tu fait ça ?

Pas de réponse.

– Quelqu'un t'a forcé ?

Après un long silence, Billy murmura :

– Je voulais juste être adopté. C'est mal ?

Charlie n'avait pas de réponse à cela.

Le lendemain, la vie reprit son cours normal. À la seule différence que les professeurs se montrèrent plus compréhensifs que d'habitude. Ils firent mine de ne pas remarquer les bâillements et le manque de concentration de Charlie, qui s'endormit carrément pendant le cours d'anglais. Seul M. Misair était d'aussi mauvaise humeur que d'habitude.

Mais pendant le goûter, Fidelio accourut pour annoncer à Charlie une nouvelle extraordinaire. Son frère, Félix, était venu à l'institut sous prétexte de lui apporter un violon qu'il avait fait réparer, alors qu'il voulait en réalité lui raconter ce qui se passait à l'extérieur.

– Emma et Mlle Melrose se sont enfermées dans la librairie et refusent de laisser entrer quiconque. Les Moon ont tambouriné des heures à la porte en réclamant qu'elle leur rende Emma. Ils prétendent que l'enregistrement du professeur Tolly ne prouve rien. Sans document dûment signé, ils ne veulent pas croire que c'est sa fille.

Charlie se redressa.

– Tu veux dire qu'après tout ce qu'on a fait, Emma ne va pas pouvoir rester avec sa tante ?

– Ça semble difficile, à moins qu'on ne retrouve les papiers.

– Quels papiers ?

– Ceux qui prouvent son identité. L'acte de naissance, le jugement d'adoption, tout ça.

Charlie poussa un grognement.

– Mais ce sont eux qui les ont, non ? Les Bloor. Ils ont dû les cacher quelque part.

– Sans doute, confirma Fidelio. Il ne nous reste plus qu'à les retrouver.

Charlie se voyait déjà surpris en train de fouiller dans un grenier lugubre et puni par des années de retenue.

– Ça ne va pas être facile, murmura-t-il.

Il se trouve que, finalement, Fidelio et Charlie

n'eurent pas besoin de faire quoi que ce soit. Quelqu'un régla le problème à leur place. Et de façon très spectaculaire.

Les explosions commencèrent une demi-heure avant l'extinction des feux. La première passa presque inaperçue. La lampe qui surmontait la porte principale s'éteignit avec un claquement sourd, en projetant quelques éclats de verre. La suivante fut plus impressionnante. L'une des vitres de l'aile ouest se fendilla avant de venir s'écraser sur les pavés de la cour.

Les élèves bondirent hors de leur lit ou surgirent des sanitaires, laissant tomber brosse à dents et serviettes dans leur hâte.

Charlie ouvrit la fenêtre de son dortoir et douze têtes curieuses se penchèrent pour regarder dehors. Ils aperçurent un homme de haute taille vêtu d'un long pardessus noir. Il portait des gants noirs, une écharpe blanche, et son abondante chevelure était couleur de jais.

– Waouh !

– Qui est-ce ?

– Qu'est-ce qu'il fabrique ?

Des questions s'élevaient de toutes les directions. Charlie vit alors que d'autres fenêtres s'étaient ouvertes et que la moitié de l'institut regardait dans la cour.

– C'est mon oncle, annonça-t-il, tout fier, avec un petit sourire.

– Ton oncle ?

– Qu'est-ce qu'il veut ?

– C'est lui qui a cassé la vitre ?

– Comment a-t-il fait ?

– Il n'a pourtant pas l'air du genre à briser les fenêtres.

Les murmures enflaient malgré les menaces de la surveillante qui arpentait le couloir en tonnant :

– Fermez les fenêtres ! Au lit ! Extinction des feux ! Extinction des feux !

Certains enfants retournèrent se coucher, mais d'autres restèrent à la fenêtre. L'homme faisait les cent pas dans la cour, les yeux levés vers eux. En apercevant Charlie, il sourit. Le garçon retint son souffle. Il sentait l'étrange bourdonnement qui précédait toujours les exploits de son oncle.

– Bloor ! cria soudain Vassili. Tu sais pourquoi je suis là. Laisse-moi entrer.

La grande porte cloutée de bronze resta close. Les murmures se turent. Tout le monde se demandait ce qui allait se passer.

– Très bien, gronda Vassili.

Il tournait désormais le dos aux enfants pour faire face aux appartements privés des Bloor dans l'aile ouest.

Il y eut une explosion qui fit voler dans les airs tous les carreaux d'une de leurs fenêtres, puis une autre et encore une autre. Chaque fois, l'explosion prenait de l'ampleur et les éclats de verre se brisaient sur le sol avec plus de force.

Charlie n'en revenait pas. Il réalisait seulement la

puissance dont disposait son oncle lorsqu'il était décidé à se servir de son don.

— Yeldim ! tonna une voix. Arrête ou j'appelle la police.

— Alors là, ça m'étonnerait, répondit Vassili. Il se passe des choses dans cet institut que tu ne voudrais sans doute pas ébruiter. Donne-moi donc les papiers d'Emma Tolly avant que je fasse exploser toutes les ampoules de cette école !

Charlie vit une fenêtre de l'aile ouest se refermer précipitamment. Elle n'était pas éclairée mais, une seconde plus tard, une autre vitre explosa. Vassili se tourna ensuite vers l'aile est, où les professeurs, ignorant que tout venait des ampoules électriques, étaient encore en train de ranger leurs classes.

BANG ! BANG ! BANG ! Trois fenêtres du laboratoire de sciences explosèrent mais, cette fois, c'était plus grave. À l'intérieur, quelque chose avait pris feu. Une fumée noire à la forte odeur de produit chimique envahit l'institut.

— Arrête ! cria le professeur Bloor. Vassili, je t'en supplie !

— Donne-moi les papiers, répliqua-t-il.

Silence.

Puis, tout à coup, une pluie d'éclats colorés comme des pierres précieuses vint recouvrir les débris de verre qui jonchaient déjà la cour. Quelqu'un avait oublié d'éteindre la lumière dans la chapelle et les magnifiques vitraux en avaient fait les frais.

– Bon, d'accord ! hurla une voix.

Dans le silence qui suivit, une liasse de papiers s'envola d'une fenêtre de l'étage. Ils tourbillonnèrent lentement dans les airs avant de se poser par terre comme d'énormes flocons de neige.

En courant pour les ramasser, Vassili se mit à glousser. Ce gloussement se transforma en puissant éclat de rire, un rire à gorge déployée, un grand ha-ha-ha ! triomphant.

Les enfants qui assistaient à la scène ne purent s'empêcher de l'imiter et, bientôt, la cour de l'institut Bloor s'emplit de centaines de rires dont l'écho résonna jusqu'à Noël.

La plus longue nuit
de l'année

Les journaux du lendemain mentionnèrent l'incident sous le titre : « Mystérieuses explosions à l'institut Bloor ». Même si on leur avait dit la vérité, personne ne l'aurait crue.

Vassili apporta les papiers à Mlle Melrose. Ils prouvaient sans aucun doute possible qu'Émilia Moon était en réalité Emma Tolly, les Moon durent donc se résigner. Ils n'avaient jamais tellement aimé Emma, ils allaient surtout regretter le salaire juteux que leur versaient les Bloor pour s'occuper de l'enfant.

Il était évident qu'on avait imité la signature du professeur Tolly sur les papiers d'adoption, mais Mlle Melrose décida de fermer les yeux. Elle voulait juste vivre avec sa nièce, et Emma ne souhaitait rien d'autre que de passer sa vie en compagnie de sa tante dans cette merveilleuse maison pleine de livres.

Au lever du jour, la cour de l'institut Bloor offrait

un spectacle féerique. Le sol était jonché d'éclats de verre. De grands pans de vitre, des cristaux brillants comme des diamants et de petits morceaux multicolores, le tout recouvert d'une fine poussière argentée qui étincelait à la lumière du soleil levant.

Les ouvriers appelés pour nettoyer les dégâts en croyaient à peine leurs yeux. Fixant les hauts murs de pierre aux fenêtres brisées, ils se grattaient le crâne. Qu'avait-il bien pu se passer durant la nuit ?

– Je n'inscrirai jamais mon gamin dans cette école, affirmait l'un.

– Moi non plus, disait l'autre.

– Cet endroit me donne la chair de poule, renchérit un troisième.

Au numéro 9, Filbert Street, Rosie s'affairait aux fourneaux pour préparer des sablés de Noël. Oncle Vassili et ses sœurs avaient cessé de se faire la guerre. Pour le moment. Vassili avait remporté une bataille, mais Charlie savait que ce ne serait pas la dernière. Son oncle avait enfin relevé la tête, ce qui ne plaisait guère aux sœurs Yeldim. Tôt ou tard, elles voudraient prendre leur revanche.

Le fauteuil à bascule qui était au coin du feu resta vide pendant un week-end entier. Charlie ne croisa pas une seule fois grand-mère Bone. Mais il savait qu'elle ruminait, enrageait, bouillait de colère dans sa chambre. Il s'en moquait. Il n'avait pas peur. Il avait de bons amis et un oncle sur lesquels il pouvait compter. Il pensait même offrir à sa grand-mère une

348

nouvelle paire de chaussettes en grosse laine écossaise pour Noël. Elle en avait grandement besoin.

Sa mère jugea qu'il valait peut-être mieux qu'il ne retourne pas à l'institut après les vacances de Noël (elle avait eu un choc en le voyant couvert de bleus et d'égratignures), mais il refusa.

– Il faut que j'y retourne, maman, affirma-t-il. Pour maintenir l'équilibre.

Elle le dévisagea, perplexe.

– C'est difficile à expliquer. Je sais qu'il s'y passe des choses terribles, mais il y a aussi de bons côtés. Et je crois que je peux encore être utile là-bas.

– Je vois...

Sa mère avait l'air tellement mélancolique, soudainement, qu'il mourait d'envie de lui dire qu'un jour, peut-être, elle reverrait son mari. Mais il tint sa langue. Il était trop tôt, il ne voulait pas lui donner de faux espoirs. Au lieu de cela, il lui demanda ce qu'elle voulait pour Noël.

– Oh, au fait ! s'exclama-t-elle. Mlle Melrose nous a tous invités à une grande fête, une sorte de soirée de bienvenue pour Emma. Super, non ?

Elle avait retrouvé le sourire.

La fin du trimestre passa en un éclair. Les élèves n'eurent pas un instant de répit entre les répétitions des pièces de théâtre, des chorales et des concerts, la préparation des expositions et des différents spectacles. D'un bout à l'autre de l'institut, on entendait fredonner, taper du pied, battre la mesure.

349

Il fallut une semaine à Manfred et Zelda pour se remettre du traitement que Tancrède et Lysandre leur avaient fait subir. Et encore, ces deux tristes personnages n'étaient plus tout à fait eux-mêmes. Manfred gardait ses yeux de braise rivés au sol et Zelda avait tellement mal à la tête qu'elle ne pouvait plus jouer au jeu du plumier. En revanche, Zoran était redevenu lui-même. Il n'avait plus rien d'un loup, mis à part ses yeux jaunes, peut-être.

Le dernier jour avant les vacances, la section théâtre donna une représentation de *Blanche-Neige*. Rosie et la mère de Charlie étaient dans le public, mais oncle Vassili préféra ne pas venir. Il ne se sentait pas vraiment le bienvenu. Charlie le comprenait.

Olivia fut extraordinaire dans le rôle de la méchante belle-mère. Personne n'aurait pu se douter qu'elle n'avait que onze ans. Lorsqu'elle remonta sur scène pour saluer, elle fut accueillie par un tonnerre d'applaudissements.

Quand il vint lui dire au revoir, Charlie la trouva entourée d'une foule d'admirateurs. Mais elle le repéra, un peu à l'écart des autres, et lui lança :

– On se voit à la fête, Charlie !

La soirée de Mlle Melrose avait lieu lors de la plus longue nuit de l'année, trois jours avant Noël. Charlie et sa famille furent les derniers à arriver parce que Rosie avait changé cinq fois de tenue avant de se décider pour une robe en satin mauve à froufrous.

Grand-mère Bone, qui boudait toujours, n'était pas invitée.

Julia Melrose avait réussi à faire tenir un nombre incroyable d'invités dans son petit salon. Même Fidelio était venu avec son pétulant papa, et Olivia accompagnée de son actrice de mère. Benjamin avait amené Zaricot, complètement remis de ses blessures, ainsi que ses deux parents. M. Finistre était suivi des trois Flammes. Les chats ne voulaient pas être en reste, sentant qu'une fête se préparait. Et, après tout, ils avaient eux aussi joué un rôle capital dans cette histoire.

Le comptoir de la libraire était couvert de bouteilles, de verres et de nombreux plats. Oncle Vassili se servit d'un peu de tout et commenta, les yeux brillants :

– Vous êtes un vrai cordon bleu, chère Julia !

– Oh, ce ne sont que quelques amuse-gueules, se défendit-elle en rougissant.

D'innombrables bougies, de toutes les tailles et de toutes les couleurs imaginables, éclairaient la douillette petite pièce de leurs flammes dansantes. Charlie nota qu'il n'y avait plus une seule ampoule dans aucune lampe. Mlle Melrose n'avait voulu prendre aucun risque.

Au bout d'un moment, les enfants décidèrent d'aller faire la fête entre eux dans le magasin, car le salon était bondé d'adultes qui parlaient et riaient trop fort. Mais, un peu avant minuit, Julia leur demanda d'approcher. Elle voulait faire un petit discours.

Ce fut très bref. Les larmes aux yeux, elle remercia tous ceux qui l'avaient aidée à retrouver la fille de sa sœur, Nancy.

— Le jour où M. Yeldim… je veux dire Vassili a amené Emma à ma porte, c'était le plus beau jour de ma vie, hoqueta-t-elle.

Et elle dut s'asseoir pour se moucher car ses joues ruisselaient de larmes.

Un murmure de sympathie parcourut l'assemblée. Emma se jeta à son cou. Mais toute gêne fut dissipée par M. Finistre – très chic avec son gilet en fausse fourrure – qui sauta sur un fauteuil pour dire comme il avait été heureux de lancer les recherches. Et comme il était fier de ses trois chats.

C'est alors qu'un léger différend opposa Zaricot et les trois Flammes. Mais il se résuma à quelques grondements et feulements étouffés, et fut vite réglé par l'intervention de M. Finistre.

Emma Tolly fit le dernier discours de la soirée. Elle n'avait plus rien de commun avec Émilia Moon. Elle avait une queue-de-cheval dansante et les joues roses d'excitation. Comme si la pâle Émilia Moon n'avait jamais eu de réelle existence, ce n'était qu'un lointain souvenir, une silhouette triste sortie d'un conte de fées.

— Je suis tellement heureuse ! commença-t-elle. J'ai encore du mal à croire à ce qui m'arrive. Je n'arrête pas de me pincer pour vérifier que c'est bien vrai. Mais avant d'ajouter autre chose, je tenais à vous annoncer que je retournerai à l'institut après les vacances.

Mlle Melrose sursauta, surprise.

Elle voulut se lever en objectant : « Non, je… », mais Vassili la fit rasseoir doucement.

– Je suis désolée, tatie, poursuivit Emma. J'avais dit que je n'irai plus, mais j'ai changé d'avis. C'est un bon établissement et j'ai un excellent professeur d'arts plastiques. Et, surtout, il y a Fidelio, Olivia et Charlie. Ils n'ont peur de rien, et puis…

Elle fronça les sourcils et ajouta, presque pour elle-même :

– Il y a d'autres enfants qui ont besoin de moi. Alors j'y retourne.

Elle adressa un sourire radieux à l'assistance.

– Maintenant, j'aimerais remercier tout le monde de m'avoir aidée à trouver qui j'étais vraiment, en particulier Charlie, qui a été à l'origine de tout !

– À Charlie ! s'écria Julia Melrose en levant son verre.

– À Charlie !

Tout le monde porta un toast tandis qu'une horloge se mettait à sonner.

Charlie mit quelques minutes à réaliser que tous les yeux étaient fixés sur lui. Il avait l'esprit ailleurs, auprès de quelqu'un qui, lui aussi, avait sombré dans le sommeil en entendant sonner le douzième coup.

À suivre…

Table des matières

Prologue, 7

Charlie entend des voix, 9

Les tantes Yeldim, 25

Les trois Flammes, 43

La mallette mystérieuse, 63

Tout seul dans le noir, 81

Des vacances gâchées, 97

Hypnotisé ! 115

Une entorse au règlement, 133

La salle du Roi rouge, 151

Des squelettes dans le placard, 171

Des réponses, enfin ! 187

Jeux de l'esprit, 201

Les secrets du professeur Tolly, 215

Le pacte noir de Billy, 235

Les douze coups de Tolly, 245

La guerre est déclarée, 263

La fille de l'inventeur, 279

Le Roi rouge, 305

Le jeu des ruines, 319

La bataille des dons, 331

La plus longue nuit de l'année, 347

Jenny Nimmo

L'auteur

Jenny Nimmo est née en Angleterre. Élevée dans des pensionnats du Kent et du Surrey, elle quitte l'école à seize ans pour étudier le théâtre et devenir régisseuse assistante et comédienne au sein d'une troupe. Puis elle quitte temporairement la Grande-Bretagne pour enseigner l'anglais à des enfants en Italie. À son retour, elle travaille à la BBC, d'abord en tant qu'iconographe puis comme régisseuse, et enfin directrice d'un programme pour enfants. Lorsqu'elle quitte la BBC, elle épouse l'artiste gallois David Wynn Millward et part s'installer au pays de Galles dont les paysages et les mythes l'inspirent toujours. Durant l'été, tous deux donnent des cours d'arts plastiques dans le vieux moulin où ils vivent. Jenny Nimmo a trois enfants.

Kellie Strøm

L'illustrateur

Kellie Strøm est né en 1967, à Copenhague, d'une mère galloise et d'un père danois. Il grandit en Irlande avec son frère Enda. Il commence à travailler pour divers journaux et magazines dès l'âge de quatorze ans. Il se consacre à cette activité pendant plusieurs années, avant de se tourner vers le livre de jeunesse, la bande dessinée et le cinéma qui occupent désormais le plus clair de son temps. Kellie Strøm vit aujourd'hui à Londres avec sa femme et leurs deux enfants.

Mise en pages : Maryline Gatepaille

Loi n° 49-956 du 16 juillet 1949
sur les publications destinées à la jeunesse
ISBN : 978-2-07-061545-2
Numéro d'édition : 255826
Numéro d'impression : 307407
1er dépôt légal dans la même collection : juin 2008
Dépôt légal : août 2013

Imprimé en France par la Nouvelle Imprimerie Laballery - 58500 Clamecy